Franco Lucentini
Der unbekannte Begleiter

Franco Lucentini

Der unbekannte Begleiter

Drei Erzählungen

Mit einem Nachwort
von Carlo Fruttero

Aus dem Italienischen
von Dora Winkler

Piper
München Zürich

Die Originalausgabe erschien 1973 unter dem Titel
»Notizie delle scavi« bei Mondadori in Mailand.
Carlo Frutteros Nachwort erschien unter dem Titel
»Ritratto dell'artista come anima bella«
als Vorwort zur italienischen Ausgabe.

Von Carlo Fruttero und Franco Lucentini liegen auf deutsch
außerdem vor:
Die Sonntagsfrau
Wie weit ist die Nacht
Der Palio der toten Reiter
Der Liebhaber ohne festen Wohnsitz
Die Wahrheit über den Fall D.
Ein Hoch auf die Dummheit
Das Geheimnis der Pineta

Von Carlo Fruttero liegt auf deutsch außerdem vor:
Der unsichtbare Zweite

Der Verlag dankt Herrn Dr. Olaf Kühl für die Durchsicht der
russischen, polnischen und tschechischen Begriffe in der Erzählung
»Die unbekannten Gefährten«.

ISBN 3-492-04579-9

Gesetzt aus der Adobe Garamond
Satz: Uwe Steffen, München
Druck und Bindung: Clausen & Bosse, Leck
Printed in Germany

www.piper.de

Die ersten beiden Erzählungen dieses Bandes sind 1947 und 1950 entstanden. Die dritte, vielleicht weniger ungeschickte, stammt aus dem Jahr 1964. Doch trotz der Unterschiede im Schreibstil spinnt sich der Faden einer idealen Autobiographie durch die drei Erzählungen; daher ist die Reihenfolge, in der sie hier abgedruckt sind, nicht nur chronologisch.

F. L.

Die Tür

(1947)

Als sie mit mir zu Ende war, fing meine Mutter an, wegen Adriana zu schimpfen.

»Und sag deiner Schwester«, schrie sie, »solange sie bei mir wohnt, kann sie Amerika vergessen, und nachts muß sie hier schlafen. Hier, hast du verstanden? Und mit den zwei oder drei Tagen bei der Freundin, den zehn Tagen in Neapel, den Ausflügen nach Genua ist Schluß, aus und basta! Meine Tochter ist sie ja schon lange nicht mehr, aber wenn sie hier wohnen will, dann hat sie auch hier zu sein und hier zu schlafen. Und sie muß im Haushalt helfen. Ist das klar? Und von Amerikanern will ich hier nichts wissen. Ist das klar? Diese Ausflüge, ha! Verdammte Schlampe!«

Die Ausflüge brachten meine Mutter in dieser ganzen Sache mit Adriana am meisten auf die Palme, vor allem deshalb, weil sie, wenn die Tochter fort war, keinen zum Schimpfen hatte. Außerdem hatte sie den begründeten Verdacht, daß meine Schwester von diesen Reisen ein schönes Sümmchen nach Hause brachte, und kam nicht darüber hinweg, daß sie nie eine Lira davon gesehen hatte.

»Also, darf man erfahren, wo du diesen ganzen Monat gewesen bist?« schrie sie durch die Trennwand hindurch meine Schwester an, die aufgestanden war und die man drüben herumgehen hörte.

Nach den Berechnungen meiner Mutter mußte Adrianas letzter Ausflug – wenn man drei- oder viertausend

Lire pro Nacht ansetzte – ihr über hunderttausend Lire eingebracht haben. In Wirklichkeit hatte er ihr gar nichts eingebracht, denn diesmal war sie sofort im San-Gallicano-Hospital gelandet. Aber das wußte meine Mutter nicht.

»Also, gehen wir?« fragte meine Schwester, die mit ihren Koffern in die Küche kam.

Als meine Mutter die Koffer sah, blieb ihr die Luft weg.

»Äh! He!« würgte sie. »Hure! Schlampe!« brüllte sie dann. »Was denn? Hast du nicht gehört, was ich gerade zu deinem Bruder gesagt habe? Kaum bist du gekommen, willst du schon wieder weg? Und meinst vielleicht, du kannst dann wiederkommen? Meinst du, ich lasse dich wieder rein? Pfui, du Drecksluder, geh nur, geh, geh, sonst schlag ich dich noch tot.«

»Die schlag ich noch tot, die! Die schlag ich noch tot!« brüllte sie.

»Hast du ihr denn nicht gesagt, daß ich gehe?« fragte meine Schwester.

»Ich bin ja gar nicht zum Reden gekommen«, sagte ich. »Sie hat mir keine Zeit dazu gelassen.«

»Ich gehe fort«, sagte meine Schwester. »Vielleicht komm ich mal wieder, in … in ein paar Jahren; vielleicht komm ich auch nicht wieder. Hier ist ein bißchen Geld. Die Sachen von mir, die ich hierlasse, kannst du verkaufen.«

Wir gingen hinaus, bevor sie wieder Luft bekam. Auf der Treppe hörten wir sie noch kreischen: »Glaub bloß nicht, daß du mir ein Almosen gegeben hast, du! Glaub bloß nicht, daß ich dein Geld nötig habe. Wenn du mir früher gesagt hättest, daß du gehst, hätte ich längst schon die Kammer vermieten können, längst schon! Ich kann für die Kammer viertausend Lire verlangen, viertausend Lire ...«

Draußen regnete es. Wir gingen dicht an den Häusern entlang. Meine Schwester mit dem kleinen Koffer voraus, ich hinterher.

»Bist du wenigstens wieder gesund?« fragte ich. »Wenn es sich nämlich verschlimmert, wenn du dort eingeschlossen bist, was willst du dann machen?«

»Nein, ich war bei der Untersuchung«, sagte sie, ohne einen Augenblick stehenzubleiben. »Es ist gut ausgeheilt.«

Sie ging schnell auf ihren hohen Absätzen und sprang über die Pfützen. Ab und zu drehte sie sich um und guckte in ein Schaufenster.

»Ich will nur sehen, ob ich auch nichts zu kaufen vergessen habe«, sagte sie.

»Das können wir ja sehen, wenn wir dort sind«, meinte ich. »Wenn nötig, geh ich es dir kaufen.«

»Apropos«, sagte ich dann, »ich hab dir auch was kaufen wollen, aber ich habe dieser Tage Ausgaben gehabt ... daher ist es nicht gegangen.«

»Etwas kaufen?« fragte Adriana. »Was denn? Ein Geschenk?«

»Na ja, ja«, sagte ich. »Aber weißt du, die Ausgaben ...«

»Was denn für Ausgaben?« fragte sie. »Mir scheint, du hast doch schon lang kein Geld mehr.«

»Na ja, wie du meinst«, sagte ich. »Jedenfalls komm ich schon irgendwie zurecht, mach dir keine Sorgen.«

»Hör mal«, sagte sie.

Ich stolperte über den Koffer und fiel fast auf sie, denn sie war plötzlich stehengeblieben.

»Trinken wir einen Kaffee?« fragte sie. »Gehen wir doch irgendwo rein, solange es regnet.«

Wir gingen in ein Café in der Nähe des Pantheons. Drinnen saßen schon zwei Paare; die Männer starrten Adriana an, während sie sich den Regenmantel auszog. Sie war blond und hatte ein schönes, elegantes Kleid an. Ich bestellte zweimal Cappuccino.

»Hör zu«, sagte meine Schwester, »kann ich dir vielleicht helfen? Geld hab ich keins, wie du weißt, aber ich könnte doch von dem ganzen Zeug, das ich da auf der Seite habe, ein bißchen was verkaufen. Dann reicht es halt nicht für drei, sondern nur für zwei Jahre, oder ich spare eben, damit es trotzdem drei Jahre reicht, das wird sich dann schon zeigen. Sag?«

»Nein«, sagte ich, »das hab ich dir doch schon gesagt. Ich weiß ja nicht, ob dein Plan, drei Jahre dort drin zu bleiben, so gut ist, und richtig verstanden hab ich ihn auch nicht; aber wo du dir jetzt solche Mühe damit gegeben hast, ist es sicher besser, daß du nichts mehr daran änderst. Oder ändere ihn meinetwegen und bleib zehn Jahre drin oder nur ein einziges Jahr oder auch überhaupt nicht, aber ich will davon nichts abhaben. Und außerdem komm ich doch immer prima zurecht, ich finde immer eine, die mich aushält, ohne daß ich dir etwas wegnehmen muß.«

Ich hatte mir nicht vorgestellt, daß sie wieder mit dieser Geschichte anfangen würde, aber ich merkte sofort an ihrem Gesicht, daß es wieder soweit war.

»Es regnet nicht mehr«, sagte ich schnell, »wollen wir gehen?«

»Warte«, sagte sie. »Hör doch!«

»Ich hör ja«, sagte ich ärgerlich.

»Hör zu«, sagte sie, »wenn du dich von einer von diesen alten Vetteln aushalten lassen mußt ... Ich meine, wenn du dich mit so einer Wachtel zusammentun mußt, die vielleicht noch kränker ist als ich, dann … Ich will dir ja jetzt nicht noch mal einen Antrag oder eine Liebeserklärung machen …, aber könntest du dich dann nicht genausogut von mir aushalten lassen? Was kostet dich das schon? Sag, könntest du nicht?«

Wenn sie mir wieder mit dieser Geschichte kam, hatte ich kein anderes Argument als das grundlegende, daß ich keinen Bock darauf hatte. Aber es war schwer, es ihr jedesmal wieder ins Gesicht zu sagen.

»Und dein Plan?« fragte ich ungeschickt. »Das Leben im Keller? Du wolltest doch heute damit anfangen, und jetzt hast du schon genug davon?«

»Ach, das ist doch Blödsinn«, sagte sie. »Das ist doch nur Blödsinn.«

»Vielleicht ist es ja Blödsinn«, sagte ich, »aber du hast es doch jetzt so lange vorbereitet! Du bist doch so drauf versessen gewesen! Und vielleicht ist es ja auch gar kein Blödsinn, was weiß ich! Jedenfalls …«

»Jedenfalls«, sagte meine Schwester, »weißt du, um dich zu kriegen, würde ich alles stehen- und liegenlassen, jederzeit.«

Sie merkte, daß sie zuviel gesagt hatte, und biß sich auf die Lippen. Dann klopfte sie mit dem Kaffeelöffel an ihr Glas, um den Kellner zu rufen, und bezahlte.

»Bist du jetzt sauer?« fragte sie.

»Ich bin nicht sauer«, sagte ich, »aber reden wir nicht mehr davon. Ist das nicht besser?«

Sie antwortete nichts.

»Ist gut«, sagte sie nach einer Weile.

Es regnete immer noch, aber weniger stark. Das Haus war nicht weit vom Pantheon entfernt, wir waren in wenigen Minuten dort.

»Es gibt keinen Pförtner«, sagte meine Schwester. »Das ist ein Problem weniger. Der Eingang ist im Hinterhof.«

Im zweiten Hinterhof gab es nur diese Tür, und die Mauern waren fensterlos. Es gab nur Luken, auf jedem Stock eine, die vermutlich zu den Aborts gehörten.

»Ich habe es als Lagerraum gemietet«, sagte sie, während sie in der Handtasche nach den Schlüsseln suchte. »Ich habe alles im voraus bezahlt. Glaubst du, die werden je kommen und mir Ärger machen?«

»Und woher sollen die denn wissen, daß du da drinnen bist?« meinte ich.

Die Tür war aus dickem Holz mit Eisenbeschlägen. Meine Schwester schloß hinter uns ab und schob den Riegel vor. Wir standen oben an der Treppe im Dunkeln.

»Gibt es kein Licht?« fragte ich.

»Nein«, sagte Adriana. »Unten habe ich eine Petroleumlampe, aber wozu sollte ich auf der Treppe Licht brauchen? Zünd ein Streichholz an.«

Die Treppe führte ungefähr zwanzig Stufen steil nach unten, dann ging es nach links. Wir mußten ein Dutzend Streichhölzer anzünden, bis wir unten waren.

»Wie findest du's?« fragte meine Schwester, als wir auf der letzten Stufe standen.

Der Keller vor uns war ein langgestreckter Raum zwischen zwei hohen, weißgekalkten Wänden, an denen eine große Zahl Kisten gestapelt waren. Hinten, hinter einem quergestellten großen Tisch, waren undeutlich noch andere Möbelstücke zu erkennen. Der Fußboden war teilweise aus festgeklopfter Erde, dann, vom Tisch bis zur hinteren Wand, aus Zement.

»Den Zementboden habe ich gießen lassen«, sagte meine Schwester, als sie die Lampe auf dem Tisch anzündete. »Ich habe auch die Wände weißen und den Wasserhahn reparieren lassen. Das hat nicht viel gekostet. Alles übrige habe ich gelassen, wie es war. Die Möbel habe ich gebraucht gekauft.«

Die Möbel waren der Tisch, zwei Stühle, ein Bett, das an der hinteren Wand stand, und ein Spiegelschrank. An der Wand waren ein paar Wandbretter angebracht, darauf stand ein Bezinkocher, etwas Geschirr, ein Bügeleisen.

»Gar nicht schlecht«, sagte ich. »Aber«, sagte ich dann, »wenigstens aufs Bett hättest du statt der amerikanischen Militärdecke da einen Überwurf aus Damast legen können. Rosa oder hellblau. Alle Frauen haben doch so was.«

»Alle Huren, willst du sagen.« Meine Schwester lachte. »Aber ich muß da ja allein schlafen.«

Nicht nur die Bettdecke, auch alles andere da drin war amerikanisch, einschließlich der Benzinkanister für den Kocher und der Lampe. Sie hatte die Beine nicht nur für ein paar lumpige Lire breitgemacht. Die Lebensmittelkisten stapelten sich zum Teil bis zur Decke hinauf.

»Das sieht ja aus wie ein Lager des Flüchtlingshilfswerks UNRRA«, sagte ich.

»Die sind sehr nett zu mir gewesen«, sagte meine Schwester. »Sie haben mir die Kisten direkt mit dem Jeep hierhergebracht.«

»Und was ist hinter dem Vorhang?« fragte ich.

»Das Bad«, sagte sie. »Das heißt: Ein richtiges Bad ist es nicht; es sind ein Klo und ein Waschbecken.«

»Jedenfalls hast du dich ganz gut eingerichtet«, sagte ich. »Aber …«

»Aber?« fragte sie.

Sie hatte sich aufs Bett gesetzt und die nassen Schuhe ausgezogen. Sie war dabei, die Strümpfe zu wechseln.

»Aber?« wiederholte sie.

»Also gut«, sagte ich. »Verschiedenes ... Das Ganze da ist ja so merkwürdig, daß es einem schon ein, zwei Monate Spaß machen kann, vielleicht auch ein paar Monate länger ... Aber dann, glaubst du nicht, daß es dir dann langweilig wird?«

Meine Schwester hielt inne, während sie den Strumpf herunterrollte, und sah mich an.

»Warum?« fragte sie. »Glaubst du ... Holst du mir die Pantoffeln aus dem Schrank?« bat sie. »Die grünen, die mit den hohen Absätzen.«

Dann sagte sie: »Glaubst du vielleicht, daß mir das Leben da oben Spaß macht?«

Ich reichte ihr die Pantoffeln und setzte mich neben sie auf das Bett. »Ich weiß nicht«, sagte ich. »Mir macht es manchmal schon Spaß.«

»Mit deinen alten Weibern?« fragte meine Schwester.

»Nein«, sagte ich. »Mit den alten Weibern nicht. Aber ich mag es, um die Häuser zu ziehen, mich rumzutreiben.«

»Na ja«, sagte sie, »ich glaub, ich hab mich genug rumgetrieben. Jetzt möchte ich hierbleiben. Eine andere, der alles so zuwider gewesen wäre wie mir, hätte sich vielleicht sogar umgebracht. Ich hab mich für diesen Mittelweg entschieden. Vielleicht krieg ich ja dann wieder Lust, mich rumzutreiben. In drei Jahren vielleicht.«

»Jedenfalls«, sagte ich, »kannst du ja immer auch vorher wieder raus. Wenn es dir nicht mehr gefällt, brauchst du dich ja nicht zu zwingen.«

Meine Schwester lachte, dann wurde sie ernst. Dann lachte sie von neuem.

»Hör zu«, sagte sie, »wenn ich mich hätte umbringen wollen, hätte ich es nicht mit Permanganat gemacht. Du weißt ja, was dann passiert. Danach geht man ans Fenster und schreit: ›Ich hab Permanganat geschluckt, ich hab Bleichmittel getrunken!‹, und dann wird einem der Magen ausgepumpt. Und das ist nicht lustig. Deswegen hab ich mich ja für diese Lösung hier entschieden. Hier kann ich nicht nach einer Woche oder einem Monat wieder raus, zu denen da oben zurück, und sagen: ›Da bin ich wieder.‹ Wenn ich hierbleibe, dann nur, weil ich bleiben muß, ich kann dann nicht wieder raus. Verstehst du?«

»Nicht richtig«, sagte ich. »Wieso kannst du dann nicht wieder raus?«

Sie fing an, den anderen Strumpf herunterzurollen. »Weil da hinten, siehst du?« Sie zeigte zur Treppe auf der anderen Seite des Kellers hinüber. »Da hinten ist noch so eine Tür wie die, die auf den Hof geht, und die schließt die Treppe unten. Auch die kann man zusperren. Wenn beide Türen zu sind, dann kann ich schreien, soviel ich will, es hört mich niemand.«

Ich stand auf und hob die Lampe hoch, um zur Treppe hinüberzuleuchten. Man sah die großen Türangeln; der Türflügel stand weit offen und berührte die Wand des dunklen Treppenhauses. Ich fing an zu verstehen.

»Paßt der Schlüssel der oberen Tür auch zu der hier?« fragte ich.

»Ja«, sagte sie.

»Und es gibt nur einen?«

»Ja.«

»Und wer hat den dann?«

»Du«, sagte sie. »Drei Jahre lang. Es ist nicht wichtig, ob es genau drei sind oder einen Monat mehr oder weniger. Ungefähr für drei Jahre. Dann kommst du und machst mir auf. Findest du nicht, daß ich das gut geplant habe?«

»Doch, prima«, sagte ich. »Bloß, nehmen wir mal an, daß die mich morgen wieder einbuchten und ich diesmal nicht ungefähr drei Jahre, sondern ungefähr fünf, ungefähr sieben Jahre und drei Monate ohne Bewährung sitzen muß. Dann hättest du aber ganz schön Zeit, um dich endgültig von den Lebenden zu verabschieden, was?«

»Das macht doch nichts«, sagte sie. »Dann kannst du doch jemanden schicken und mich rausholen lassen. Aber laß dich bloß nicht wieder auf so gefährliche Sachen ein«, sagte sie dann. »Laß dich nicht wieder einbuchten! Dann mußt du doch wieder mit diesen Knastbrüdern zusammensein, und die stinken nicht weniger als die Leute draußen, und mit den Gefängniswärtern – und die stinken noch mehr. Ist das vielleicht ein Vergnügen? Gib bloß acht!«

»Ist ja gut«, sagte ich, »aber wenn zum Beispiel ich es bin, der krepiert, bevor ich noch jemanden schicken kann? Wenn eines von den alten Weibern sauer wird und mich umbringt? So was kann vorkommen – plötzlich muß man den Löffel abgeben. Oder dir kann was passieren, du kannst krank werden, hier unten, ganz allein. Und willst du dann vielleicht hier drin verrecken, willst du, daß ich dich hier drin sterben lasse?«

Sie richtete sich die Strumpfbänder und sah zu Boden.

»Hör zu«, sagte sie, »wenn ich hier krepiere, dann darf dich das nicht kümmern; dann bin ich nämlich gut krepiert. Ohne diese …, ohne das …, ohne das Ganze halt. Aber wenn du krepierst – das ist wirklich nur meine

Sache, du hast damit gar nichts zu tun, ich sag das nicht, um dir eine Szene zu machen –, aber wenn du krepierst, dann will ich auch krepieren. Ist das in Ordnung? Erlaubst du mir wenigstens das, das geht dir doch nicht auf den Wecker? Hast du was dagegen zu sagen?«

Ich hatte nichts zu sagen, aber die ganze Angelegenheit fing an, mich allmählich ziemlich zu nerven.

»Ich glaub, du fängst jetzt an, mich zu nerven«, sagte ich. »Hör mal gut zu: Wenn du diese ganze große Sache da wegen mir machst, dann hättest du dir die Inszenierung auch sparen können. Diese Geschichte, daß du dich von der Welt zurückziehen willst, bloß um dich von der Welt zurückzuziehen, die überzeugt mich mit der Zeit immer weniger. Wieso ausgerechnet drei Jahre? Was erwartest du denn, daß in drei Jahren passiert? Wenn du das wegen mir tust, glaub bloß nicht, daß ich meine Meinung ändere. Wenn das alles bloß Theater ist und du das für mich aufführst, dann laß dir gesagt sein, daß es jämmerliches Theater ist und in drei Jahren nur noch jämmerlicher würde. Du glaubst doch nicht etwa, daß mir deine Opferbereitschaft imponiert, was? Glaubst du etwa, du kannst eine Rührszene aufführen, ein tolles Theaterstück, bei dem ich am Ende in drei Jahren mit dem Schlüssel in der Hand wahnsinnig vor Liebe hier auftauche? Glaubst du vielleicht, daß ich mich auf einen solchen Blödsinn einlasse? Den Schlüssel, liebe Adriana, den behalte mal schön selbst, ich will nämlich mit dieser Geschichte nichts mehr zu tun haben. Ich hätte es früher kapieren müssen, daß an dem Ganzen was faul ist, daß das nicht alles ist. Du bist doch nicht der Typ, der allein lebt, dem die andern egal sind, der am liebsten in Ruhe gelassen wird. Du brauchst die große Leidenschaft, was?

Die große Hoffnung! Die brauchen wir ja schließlich alle, auch ich, aber wenn ich Theater spielen will, dann führ ich das für mich allein auf; da ziehe ich nicht noch unter falschen Vorspiegelungen einen herein, der überhaupt nichts damit zu tun hat.«

»Du mußt schon entschuldigen«, sagte ich danach. »Ich hab dir gesagt, was gesagt werden mußte. Ich hätt es dir früher gesagt, wenn ich es früher kapiert hätte.«

Adriana strich sich den Rock hinunter und schlüpfte in die Pantöffelchen. Sie kam zu mir herüber, an den Tisch, und gab mir einen Kuß auf die Wange.

»Du bist immer so klug«, sagte sie lachend, »du verstehst alles. Aber du denkst immer zuviel an dich selbst, du bist ein bißchen eingebildet, und daher verstehst du manchmal alles, und manchmal verstehst du nichts.«

»Was willst du damit sagen?« fragte ich, unsicher geworden. Sie lachte, sie war sehr schön, und es war deutlich zu sehen, daß ich ihr in diesem Augenblick völlig egal war, daß ihr Interesse etwas anderem galt.

»Jetzt erkläre ich es dir«, sagte sie. »Du hast ganz richtig verstanden, du hast verstanden, daß das noch nicht alles ist. Du irrst dich eben nie! Es ist wahr, ich habe sie, die große Leidenschaft, die große Hoffnung. Aber das bist nicht du. Ich würde für dich immer noch alles aufgeben, aber das, worauf ich hier drin warte, das bist nicht du. Auch ich führe mein Theater für mich allein auf, so dumm, wie du meinst, bin ich nämlich nicht. Ja, der Wunsch, es allein zu machen, ist so groß gewesen, daß ich es dir nicht erklären wollte, damit du ja nicht glaubst, daß ich dich da hineinziehen will.« – »Siehst du, wie du dich getäuscht hast? Das kommt daher, daß du mich nicht liebhast!« sagte sie und umarmte mich dabei. »Und dabei hast du ja auch gar nicht gewußt, daß es noch eine Tür gibt.«

Ich hatte ihre Haare im Gesicht, sie glänzten im Lampenlicht.

»Was für eine Tür?« fragte ich erschrocken.

»Die da«, sagte sie.

Sie löste sich von mir und ging um den Tisch herum in die Mitte des Kellers. »Die hier«, sagte sie.

In der Mitte der Wand links von mir waren dunkle Flecken zu sehen, die ich vorher nicht bemerkt hatte. Aber es sah nicht wie eine Tür aus. Ich nahm die Lampe und wollte näher treten.

»Nein«, schrie sie. »Laß die Lampe hier.«

Ich ließ die Lampe stehen und ging näher hin. »Was ist das?« fragte ich.

Hinter vier quer über die Wand genagelten Brettern war die schwarze Öffnung einer Tür zu sehen. Meine Stimme hallte im leeren Raum wider.

»Was ist da dahinter?« fragte ich.

»Ich weiß es nicht«, sagte meine Schwester. »Als ich den Keller gemietet habe, hat man mir gesagt, daß der Raum da unten nicht als Lager benutzt werden kann, es ist da zu feucht. Es ist anscheinend ein weiterer Keller, aber er gehört nicht zum Gebäude; die Fundamente gehen nur bis hier.«

»Und wohin führt er?« fragte ich. »Ist da unten noch ein Ausgang?«

»Nein«, sagte sie. »Er ist in die Erde hineingegraben, es gibt keine Ausgänge. Ich weiß nicht, wie groß er ist, weil ich nie hinuntergestiegen bin. Mehr weiß ich nicht. Jetzt müßtest du mir diese Bretter von der Wand runternehmen.«

Ich überlegte einen Augenblick lang, was sich hinter dieser Geschichte wohl verbergen könnte; ich war immer noch mißtrauisch, ja, mißtrauischer als vorher, nachdem sie mich so unsicher gemacht hatte. Dann gab ich es auf. Ich schob eine Kiste Trockenmilch zur Tür hinüber und stieg darauf. Dann fing ich an, das oberste Brett abzulösen.

»Hast du irgendwas aus Eisen, etwas zum Stemmen?« fragte ich. »Das sitzt fest.«

Sie ging zum Tisch und kramte in der Schublade herum.

Ich sah, wie sie beim Suchen den Kopf senkte und ihr im weißen Lichtkreis der Lampe die blonden Haare ins Gesicht fielen. Sie hatte ein graues, weiches Kleid an mit einer weißen Bluse darunter. Zum ersten Mal dachte ich daran, wie es wohl sein mußte, wenn sie allein da unten am Tisch sitzen und warten würde.

Sie kam mit einem Küchenmesser und einem Dosenöffner wieder. »Kannst du es mit einem davon schaffen?« fragte sie.

Ich nahm das Messer, aber es war nicht stark genug und verbog sich.

»Gib mir das andere da«, sagte ich.

Der Dosenöffner war nicht besonders geeignet, aber es gelang mir trotzdem, das oberste Brett abzunehmen. Die anderen gingen leicht ab. Ich stieg von der Kiste herunter, um das letzte abzulösen.

Von der Türöffnung wehte ein Modergeruch herein. Eine hölzerne Treppe ohne Geländer führte nach unten; nur die ersten Stufen waren zu sehen.

»Das Holz ist sicher morsch«, sagte ich. »Da können wir nicht runter. Das bricht zusammen, und wir fallen.«

»Aber wir müssen doch überhaupt nicht da runter«, sagte meine Schwester.

Ich blieb mit dem Dosenöffner in der Hand stehen und sah sie an. »Aber was willst du denn machen?« fragte ich. »Willst du nachher allein da runter? Was … was glaubst du denn, was du da findest? Was glaubst du … Sag mal, warum hab ich vorhin nicht dort hineinleuchten dürfen? Lach nicht, du dumme Gans! Was ist da unten?«

»Ich weiß es nicht«, sagte sie. »Ich will da nicht runter und will es nicht wissen. Ich will nicht einmal reinleuchten, und ich will auch nicht, daß du es tust.«

Ich bekam allmählich Angst. Ich glaubte zwar nicht, daß sie richtig verrückt war, aber mir kam es vor, als habe sie irgend etwas Schlimmes im Sinn. Ich sah auf das Messer, das sie noch immer in der Hand hielt.

Sie fing an zu lachen.

»Wie dumm du doch bist! Was denn, hast du Angst, daß ich dich umbringen will?« lachte sie.

»Warum hab ich diese Bretter abnehmen müssen?« fragte ich.

Sie lachte weiter, aber es war kein fröhliches Lachen mehr.

»Warum hab ich diese Bretter abnehmen müssen?« fragte ich wieder.

»Komm her«, sagte sie, »setzen wir uns.«

Wir gingen zum Tisch zurück. Sie versorgte Messer und Dosenöffner, dann setzte sie sich aufs Bett. Ich ließ sie nicht aus den Augen. Ich wußte, daß sie es merken würde, aber ich beobachtete trotzdem unablässig ihre Hände; ich paßte auf, daß mir nichts entging.

»Du kannst unter dem Kissen nachsehen«, sagte sie traurig. »Es ist kein Revolver darunter.«

»Du weißt doch, was ich für ein Leben führe«, sagte ich. »Du müßtest mich verstehen.«

»Ich versteh dich ja«, sagte sie.

Wir schwiegen eine Weile, jeder hing seinen eigenen Gedanken nach. Ich stand an den Tischrand gelehnt vor ihr.

Sie wirkte jetzt plötzlich sehr müde. Sie klopfte sich das Kissen unter ihrem Kopf zurecht und legte sich hin.

»Hol mir die Zigaretten, sie sind in der Handtasche.«

Ich holte ihr die Zigaretten, dann lehnte ich mich wieder an den Tisch.

Sie rauchte schweigend und sah zur Decke hoch.

»Du weißt, was ich für dich fühle«, sagte sie.

»Ja«, sagte ich. »Das ist nichts Neues.«

»Und das ist es nicht allein«, sagte sie. »Ich habe noch andere Gefühle. Einen ganzen Haufen, genau könnte ich sie dir gar nicht aufzählen. Wenn es anders wäre, wenn das ein anderes Leben wäre, dann könnte man das in Ordnung bringen ..., wir könnten als anständige, rechtschaffene Menschen leben. Aber wir haben Pech gehabt. So, wie es uns jetzt geht, all das ..., da kommt einem doch nur das Kotzen. Es wäre doch alles noch besser als diese ekelhafte Sauerei, dieses Durcheinander. Wenn es nur eine einzige Sache gäbe, die alles andere verdrängen, die einem keine Zeit lassen würde, das alles zu fühlen, die alles wegfegen würde ...«

»Die große Leidenschaft«, sagte ich.

»So ist es eben«, sagte sie. »Ich bin doch nur eine arme Hure, nicht?«

Sie wandte sich ab, um ihre Zigarette im Aschenbecher auszudrücken, der auf dem Schemel neben dem Bett stand. Sie lächelte mich mit einem gezwungenen Lächeln an, es sah so aus, als wollte sie das Thema wechseln.

»Du weißt, daß ich ziemlich ängstlich bin«, sagte sie. »Glaubst du nicht, daß ich hier drin Angst kriegen könnte?«

»Aber sicher«, sagte ich, »vor allem bei der offenen Tür dort hinten, wo du nicht mal weißt, was da unten ist. Ich glaube, in drei Jahren würde ich hier verrückt. Einmal ...«

Bestürzt hörte ich auf zu sprechen. »Ach so ...«, sagte ich. »Ach so, das ist's also.«

Meine Schwester sah mich an, sie wartete darauf, daß ich etwas sagte, daß ich protestieren würde.

Ich stand auf und fing an, im Keller herumzugehen und die Aufschriften auf den Lebensmittelkisten zu lesen: »Army Ration C«; »Evaporated Milk«; »Safety Matches«; »Cocoa«; »Army Ration C«; »Army Ration C«. Zweimal blieb ich vor der Tür stehen und schaute hinunter. Man konnte nichts sehen, es roch nach Moder und Schlamm.

Ich ging wieder zu ihr, setzte mich aufs Bett.

»Das ist also die große Leidenschaft?« sagte ich. »Die Angst? Ist es die Angst, die alles wegfegen, alles reinigen soll?«

»Ich hab nichts anderes gefunden«, sagte sie. »Etwas anderes hab ich nicht finden können.«

Sie nahm meine Hand und streichelte sie, dann ließ sie sie wieder los.

»Glaubst du nicht, daß es oben genug Angst gibt?« fragte ich.

»Aber die ist dreckig«, sagte sie. »Die hier ist anders. Ich erwarte hier eine ganz andere Angst.«

Sie erwartete die Höllenangst, die absolute Angst. Sie saß ihr schon im Nacken.

»Ich weiß nicht«, sagte ich. »Für meinen Geschmack ist das ein bißchen gewaltsam. Es kommt mir auch ein bißchen unnötig vor. Ich verstehe nicht, was du dir davon erhoffst.«

»Ich hoffe auf eins«, sagte sie. »Ich warte auf etwas.«

»Aber worauf denn?« fragte ich.

»Auf jemanden.«

»Was?«

»Ich warte auf jemanden.«

»Du machst mich noch wahnsinnig«, sagte ich. »Was ist denn das jetzt für eine Neuigkeit? Wen erwartest du?«

»O Gott«, jammerte sie, »das kann ich dir nicht erklären, ich kann dir das nicht erklären. Ich bin so müde. Heute nacht hab ich überhaupt nicht geschlafen. Ich möchte schlafen.«

»Na, dann schlaf doch!« sagte ich. »Leg dich ins Bett, und schlaf eine Mütze voll. Danach reden wir dann.«

»Denn siehst du«, sagte sie, »ich glaube, daß da unten ...«

»Nichts da«, sagte ich, »jetzt will ich nichts wissen. Leg dich ins Bett und schlaf. Wir haben danach noch genug Zeit zum Reden. In Ordnung? Legst du dich hin?«

»In Ordnung.« Sie lächelte und stützte sich auf den Ellbogen. »Hilfst du mir beim Aufstehen?«

Ich machte das Bett frei, damit sie die Beine ausstrekken konnte, dann half ich ihr beim Aufstehen.

»Ich bin so müde«, sagte sie und fing an, sich auszuziehen. Sie legte sorgfältig die Jacke und die Bluse auf dem Stuhl ab. Den Rock und die Strümpfe hängte sie gefaltet über das Kopfteil des Bettes. »Gibst du mir das Nachthemd?« fragte sie. »Es ist unten im Schrank.«

Sie wollte sich schon die Unterwäsche ausziehen, dann sah sie zu mir herüber. Sie nahm das Nachthemd und ging hinter den Vorhang. Ich hörte sie mit der Puderdose und dem Tiegel mit der Nachtcreme hantieren. Sie streckte einen Arm heraus, damit ich ihr ein Handtuch reichen konnte, das im Schrank war. Dann wollte sie ihren Kamm, der in der Handtasche war.

Ich setzte mich auf den Tisch und wartete.

»Ah!« schrie sie. »Ich hab's doch gewußt, daß ich was vergessen habe!«

»Die Zahnbürste«, sagte ich. »Stimmt's?«

»Ja«, lachte sie.

»Ich könnte dir ja eine kaufen gehen«, sagte ich, »aber wo finde ich um diese Zeit eine?«

Sie kam hinter dem Vorhang hervor.

»Du kannst sie in der Apotheke kaufen, die Nachtdienst hat«, sagte sie. »Ich geh inzwischen ins Bett. Du kannst draußen bleiben, solange ich schlafe; du kannst ja in ein Café gehen. Ich schlafe ungefähr zwei Stunden.«

»Oder ...«, sagte sie. »Wenn du willst, bleibe ich wach und warte auf deine Rückkehr ... Du kommst schnell zurück, und wir verabschieden uns voneinander und reden nicht mehr darüber ... Wir reden dann wieder, wenn du wiederkommst, in ... drei Jahren.«

»Du bist ja blöd«, sagte ich. »Geh ins Bett. Ich bin in einer Viertelstunde zurück, aber du mußt jetzt sofort schlafen.«

»Kauf zehn Stück«, sagte sie.

»Wieso denn zehn?«

»Na ja ...«

»Ach so«, sagte ich.

Sie schlüpfte unter die Decke und drehte das Gesicht zur Wand.

»Ciao«, sagte ich und streichelte sie. »Schlaf jetzt.«

»Ciao.«

Auf der Treppe merkte ich, daß ich keine Streichhölzer mehr hatte. Ich kehrte um und versuchte, die Kiste mit den »safety matches« wiederzufinden, die ich vorher gesehen hatte. Meine Schwester schien schon zu schlafen. Ich nahm die Streichhölzer, ging wieder nach oben und schloß die Tür auf. An dem Türschlüssel hing noch ein anderer, das mußte der Haustorschlüssel sein. Ich probierte ihn am Haustor aus, bevor ich hinausging, denn es war zugesperrt. Er paßte.

»Wissen Sie, ob hier in der Nähe eine Apotheke ist, die Nachtdienst hat?« fragte ich einen Mann, der gerade eine Bar zumachte.

»Auf der Piazza San Silvestro«, sagte der.

»Wissen Sie, wieviel Uhr es ist?«

»Fast zwei.«

Als ich auf der Piazza San Silvestro die Zahnbürsten verlangte, guckte mich der Apotheker komisch an. Ich hörte ihn leise etwas zu der Kassiererin sagen, als ich hinausging.

Ich nahm den Weg über die Via del Tritone und kam zum Nachtcafé; dort bestellte ich einen Kaffee mit Schuß.

»Mit Grappa?«

In dem Moment fiel mir wieder ein, daß meine Schwester gesagt hatte, sie erwarte jemanden, und dann hatte sie noch etwas gesagt. »Denn siehst du«, hatte sie gesagt, »ich glaube, daß da unten ...«

»Lassen Sie«, sagte ich, »ich komm nachher wieder.«

So schnell wie möglich eilte ich zum Pantheon zurück. Ich mußte eine Weile suchen und fing fast an zu rennen, bevor ich die Straße und das Haustor wiederfand. Auf der Treppe wäre ich beinahe gestolpert. Das Licht brannte immer noch auf dem Tisch. Adriana schlief ruhig, das Gesicht zur Wand gekehrt.

Eine Weile sah ich ihr beim Schlafen zu, ich war nicht sicher, was ich tun sollte. Ich wollte die Lampe nehmen, aber dann dachte ich, sie könnte aufwachen und Angst bekommen. Ich ging wieder zu der Kiste mit den Streichhölzern und nahm mir ein paar Schachteln. Dann ging ich direkt zur Tür, hielt mich mit einer Hand am Fußboden fest und fing an hinunterzusteigen.

Die Treppe schien ziemlich stabil zu sein, sie knarrte nicht einmal. Nach der vierten Stufe mußte ich oben loslassen. Nun hielt ich mich an den Seiten fest. Irgendwann traf mein Fuß, mit dem ich mich nach unten vorantastete, ins Leere: Die Stufe war weggebrochen; als ich weiter nach unten tastete, um die nächste Stufe zu finden, berührte ich Erdboden. Ein paar Meter über meinem Kopf sah ich das erleuchtete Rechteck der Tür.

Ich wartete eine oder zwei Minuten im Dunkeln, ohne mich zu bewegen. Kein Laut war zu hören. Es war sehr feucht. Schließlich zündete ich ein Streichholz an und hielt es mir hoch über den Kopf, bis es abgebrannt war. Dann zündete ich noch eins an. Dann einen ganzen Haufen gleichzeitig und drehte mich im Kreis, ohne mich von meinem Standplatz zu rühren. Dann wollte ich wieder hinaufsteigen, schließlich war da nichts weiter zu sehen: Es war ein viereckiger Schacht, ungefähr drei Meter hoch und völlig leer. Die Wände hatten keine Vertiefungen oder Öffnungen, der Boden war schlammig und von mit Schimmel überzogenen Steinen übersät.

Um ganz sicherzugehen, schritt ich noch die Wände ab und zündete dabei weitere Streichhölzer an; noch einmal besah ich mir den Boden und die Ecken. Dann ging ich wieder nach oben, darauf bedacht, kein Geräusch zu machen. An der Tür rief ich leise: »Adriana!«, damit sie nicht erschrecken sollte.

Sie antwortete nicht. Als ich näher kam, sah ich, daß sie immer noch schlief wie vorher, nur daß sie ein bißchen lauter atmete. Ich setzte mich neben das Bett und wartete darauf, daß sie aufwachte; dann stand ich wieder auf und guckte hinter den Vorhang. Ich sah mich dann ein bißchen im Keller um, schaute mir die Kisten und Pakete an. Eine Kiste war offen und zur Hälfte gefüllt mit amerikanischen Zeitschriften und Romanen; ich nahm mir eine Zeitschrift und setzte mich wieder ans Bett. In diesem Augenblick machte Adriana die Augen auf, sah mich an und stieß einen lauten Schrei aus. Ich sprang auf und packte sie an den Armen.

»Was ist?« fragte ich. »Adriana, was ist, was war denn? Was hast du? Liebes, was hast du? Ich bin's doch! Was hat dir angst gemacht? Was hast du gesehen? Hab keine Angst. Ich bin doch hier.«

Sie starrte mich eine Weile an, wie weggetreten. Dann schloß sie die Augen und machte sie wieder auf.

»O Gott«, sagte sie, »ich hab geträumt, daß …«

Ich setzte mich aufs Bett und nahm sie an den Schultern hoch, suchte nach einem weiteren Kissen, um es ihr unter den Kopf zu legen.

»Warte«, sagte ich, »ich hol dir noch ein Kissen, ich hol dir was zu trinken.«

»Nein«, sagte sie, »bleib hier. Bleib hier.«

»Ich bleib ja hier«, sagte ich. »Hab keine Angst.«

Ich hielt sie fest an meine Brust gedrückt und spürte, wie sie zitterte.

»Lehn dich so an«, sagte ich und stützte mit meinem Körper ihren Kopf und ihre Schultern. »Du brauchst keine Angst zu haben.«

Sie zitterte weiter. Manchmal schien sie sich zu beruhigen, dann zitterte sie plötzlich wieder stärker.

»Ich hab geträumt ...«, sagte sie.

»Nicht reden«, sagte ich. »Sei ruhig. Sei jetzt ruhig, Liebes, nicht reden.«

Das Nachthemd war ihr von den Schultern gerutscht, ich zog es ihr wieder rauf. Ich streichelte ihr die Arme, die Haare, das Gesicht. Sie tastete mit einer Hand auf der Decke nach meiner. Als ich ihre Hand in meine nahm, dachte ich an dieses ganze Leben, das sie geführt hatte, an dieses Leben, das ich geführt hatte. An das Leben, das alle führten. Ich hielt ihr stumm die Hand fest, und das Zittern ließ allmählich nach.

Schließlich war sie ruhig, drehte den Kopf und sah mich an, sie lächelte.

»Meine Güte, ich armes Ding«, sagte sie, »wie dumm ich bin. Was hast du für eine dumme Schwester.«

»Du bist nicht dumm«, sagte ich. »Du bist ein Schatz. Das kann doch jedem passieren, daß man irgendwas glaubt, daß man wer weiß was machen will, und dann sieht man, daß man es nicht kann, daß es einem nicht liegt, daß es besser ist, es zu machen wie alle anderen. Auch dir kann das passieren, hast du gesehen? Das hier ist nichts für dich ... du bist doch klein ... und zart ...«

Sie fing an zu lachen. »Ich bin überhaupt nicht klein. Ich bin groß«, sagte sie.

»Ist gut«, sagte ich, »du bist groß. Aber jetzt gehen wir hier weg, laß uns nach Hause gehen. Wir verkaufen das ganze Zeug hier, und du nimmst dir ein Häuschen auf dem Land. Das würde dir doch gefallen, nicht wahr? Davon träumen doch alle … alle Mädchen, von so einem Häuschen auf dem Land, nicht davon, hierzusein und Alpträume zu kriegen.«

Sie lachte und streichelte mir das Gesicht. »Was für ein Lieber du doch bist«, sagte sie.

»Aber was hast du denn geträumt?«

Sie fing wieder an zu zittern, beruhigte sich aber gleich.

»Ich hab geträumt, daß einer hier reingekommen ist.«

»Aber wer?«

»Einer halt …«, sagte sie. »Der, den … Ich hab dir doch vorhin gesagt, daß ich auf jemanden warte … Auf jemanden, der hier reinkommen wird …«

»Jemand, der durch die Tür da kommen soll?« fragte ich.

»Ja.«

»Aber da unten ist doch alles dicht«, sagte ich, »da ist doch kein Eingang. Hast du nicht gesagt, daß da alles zu ist?«

»Ja, ja, doch.«

»Na also, wenn da kein Eingang ist, wer soll denn da kommen? Oder glaubst du vielleicht, der ist schon da? Ist es jemand, der schon da unten ist?«

»Ich weiß nicht«, sagte sie. »Ich glaube nicht, daß er schon da ist.«

»Aber wer soll es dann sein? Wie soll der reinkommen? Ist es ein Ungeheuer?«

»Ja«, sagte sie. »So ist es. Mehr oder weniger. Weißt du, in drei Jahren, glaube ich, werd ich eine solche Angst kriegen … ich werd so schrecklich gespannt warten …, daß einfach jemand kommen muß, auch wenn niemand da ist, jetzt noch.«

»Hu«, sagte ich und gab ihr einen Kuß, »dummes Mädchen!«

»Also wenn ich dann zurückkomme«, sagte ich, »dann finde ich dich mit einem schrecklichen Monster im Bett vor.«

Sie sah mich lachend an.

»Das ist typisch«, lachte sie. »Mit dir kann man nicht reden. Und warum soll das Monster eigentlich schrecklich sein? Es könnte doch auch ein wunderschöner junger Mann sein.«

»Richtig«, sagte ich. »Aber wozu muß das dann ein Geist sein, ein Monster? Kannst du nicht ohne diesen ganzen Aufwand einen finden, der kein Monster ist? Ohne daß du … daß du so lange wartest?«

Sie lachte weiter, und auch ich lachte, aber mein Lachen klang falsch. Sie merkte es und hörte auf. Langsam hob sie den Kopf und sah mich mit ihren weit aufgerissenen blauen Augen ausdruckslos an. Sie atmete kaum, dann legte sie ihren Mund auf meinen.

Ich fluchte und wollte aufstehen, aber ich konnte mich nicht mehr bewegen.

Draußen mußte es jetzt schon bald Tag sein. Die Lampe war fast heruntergebrannt.

»Schläfst du?« fragte sie.

Ich schaute zur Decke hoch, die kaum mehr zu sehen war. In den Ecken hatten sich dichte Schatten gesammelt. Der Schrankspiegel glänzte, wie die Spiegel in den möblierten Zimmern glänzen, abends, während die letzten Seufzer erklingen zwischen den zerwühlten Leintüchern, wenn der Schweiß am Körper kalt geworden ist.

»Nein.«

»Hab keine Angst«, sagte sie.

»Nein. Wovor denn?«

»Daß ich jetzt glaube ..., daß ich jetzt erwarte, daß ...«

»Ich hab keine Angst«, sagte ich.

»Möchtest du gleich gehen?«

»Ich weiß nicht.«

Sie hatte möglicherweise nichts erwartet, aber sie nahm es trotzdem nicht gut auf. Ich spürte, wie sie unter der Decke die Hände zusammenkrampfte.

»Du verstehst jetzt doch«, sagte sie, »daß ich hierbleiben muß? Ist das jetzt klar?«

»Ich weiß nicht«, sagte ich.

»Und was wirst du machen?«

»Ach, das Übliche, denk ich.«

Wir schwiegen wieder, lange. Die Lampe ging ganz aus.

Sie fing wieder an zu sprechen, aber nicht zu mir.

»Ich werd nicht gleich Angst kriegen«, sagte sie. »Jetzt hab ich ja dies hier, woran ich denken kann. Eine ganze Zeitlang. Danach wird es anfangen mit dem Wachliegen und Auf-die-Tür-Sehen und dem Warten. Aber es ist nicht so, wie ich es dir erzählt habe. Vielleicht ist es ganz und gar nicht, wie ich gesagt habe. Ich weiß nicht, worauf ich warte. Aber ich warte darauf, daß das alles aufbricht. Irgendwas muß passieren. Es kann ein Schrei sein, ein Riß, irgendwas. Irgendwer. Ein Riß am Ende, ein Riß in der Erde, da unten. Das ganze Leben lang warte ich schon darauf, diese ganzen Jahre. Aber draußen ist ja keine Zeit, um daran zu denken. Draußen haben wir nur Zeit, uns immer wieder neue Hoffnungen zu machen und von neuem anzufangen, und es passiert nichts. Man kommt nie weit genug, draußen ... Da haben wir immer irgendeinen guten Einfall, irgendeinen netten Trost, und dann haben wir keine Lust mehr auszusteigen, was? Die Tür bleibt zu.«

»Die Tür bleibt zu«, wiederholte sie. »Wenn da, auf der anderen Seite, jemand ist, der kommt nicht rein.«

»Du glaubst, daß da jemand ist, da auf der anderen Seite?«

»Ich weiß es nicht«, sagte sie. »Es könnte sein. Es müßte sein ... Irgendwas müßte dasein ... Und wenn es so wäre ... egal, was es wäre ... dann wär das doch immer noch besser als das hier, nicht wahr ...? Besser als dieser Scheiß hier, nicht wahr?«

»Warum?« fragte ich.

»Verstehst du denn nicht ...«

»Nein.«

Ich hörte sie im Dunkeln schlucken.

»Weil eben niemand den Mut hat ...«, sagte sie nach einer Weile.

Ich sagte nichts.

»Hast du mich lieb?« fragte sie.

Die Zeit wollte nicht vergehen.

»Zünde die Lampe an«, sagte sie. »Ich muß mich anziehen.«

Sie zitterte beim Anziehen, weil es so kalt und feucht war. Sie zog wieder das graue Kleid an, die Schuhe. Sie ging hinter den Vorhang, um sich zu schminken. Dann kam sie wieder heraus und machte den Kocher an.

»Soll ich dir was Heißes machen, einen Kaffee?« fragte sie.

»Nein«, sagte ich, »laß nur, ich trinke draußen einen.«

Sie wärmte eine Tasse Milch für sich, trank sie halb aus.

»Gehn wir«, sagte sie. »Ich bring dich raus.«

Mitten im Raum blieb sie stehen, zog etwas aus der Tasche.

»Die Schlüssel«, sagte sie. »Du willst sie also nicht haben?«

Ich antwortete nicht. Ich guckte seitwärts auf die Wand. Meinem Gesicht mußte anzumerken sein, wie lästig mir das alles war. Ich war so müde.

Ohne mich noch einmal anzusehen, ging sie zur Tür, die zu dem unterirdischen Raum führte, und wollte schon die Schlüssel hinunterwerfen.

»Wart doch!« schrie ich. »Und wie soll ich denn rauskommen?«

Sie blieb mit erhobenem Arm stehen. Langsam verzog sie beschämt das Gesicht und wurde rot. Bis in den Hals und in die Haarwurzeln hinein.

»Wie dumm von mir!« sagte sie. »Gott, wie dumm. Wie konnte ich nur daran nicht denken!«

»Du kannst sie ja nachher runterschmeißen«, sagte ich verlegen, während wir die Treppe hochstiegen.

Aber das wäre nicht das gleiche gewesen, als wenn sie sie vor meinen Augen weggeworfen hätte. Auch die letzte Szene, eine unschuldige Szene, war ihr danebengegangen. Sie hatte wieder einmal dumm dagestanden, und zudem noch vor mir.

Wenn mein Mitleid mit ihr nur ein bißchen, ein kleines bißchen größer gewesen wäre als mein Mitleid mit mir selbst, dann hätte vielleicht wirklich etwas aufbrechen können ... ich hätte es zerschlagen können, für sie und für mich selbst. Aber für ein anderes Mitleid war kein Platz da. Es gab nur einen Augenblick, zuletzt, während sie gerade die Tür wieder zumachen wollte. Ich mußte an diese ganze Zeit der Angst denken, die sie erwartete, bis sie schließlich die Holztreppe runtersteigen würde, um den Schlüssel wiederzuholen ... Und dann mußte ich daran denken, wie sie wieder nach oben kommen würde, wie sie wieder in dem grauen Licht hier draußen stehen würde, so wie ich jetzt ... Ich wollte sie bei der Hand nehmen, etwas sagen, aber ich rührte mich nicht. Dann stand ich vor der abgeschlossenen Tür und horchte auf ihre Schritte, die sich nach unten entfernten.

Ich ging wieder in das Nachtcafé. Aber auch die anderen Cafés öffneten jetzt.

»Machen Sie mir einen Doppelten«, sagte ich.

»Mit Schuß?«

»Ja«, sagte ich. »Grappa.«

Am anderen Ende des Tresens saß ein Typ, der mich beäugte. Er kam zu mir, stellte sich zwischen mich und die Tür.

»Hat man dir nicht gesagt, daß du abhauen sollst?«

Ich war so müde, daß ich nicht sofort kapierte.

»Mir?« fragte ich. »Wer bist du überhaupt? Was willst du?«

»Gehn wir«, sagte der und packte mich am Arm.

Zu dem Barmann sagte er: »Der kriegt jetzt seinen Kaffee von uns.«

Im Polizeipräsidium ließen sie mich den ganzen Vormittag warten; dann brachten sie mich zu einem stellvertretenden Kommissar.

»Seit wann bist du zurück?« fragte der.

»Warum?« fragte ich.

»Los, ich hab nicht ewig Zeit«, sagte er. »Vor zwei Monaten haben wir dich zurückgeschickt, wir haben dich gewarnt, nicht wiederzukommen. Also?«

»Aber ich hab doch meine Familie hier«, sagte ich.

»Und den Wohnsitz, hast du den auch hier?«

»Ich hab einen Antrag gestellt«, sagte ich.

»Gut«, sagte er, »wenn du uns nichts anderes zu sagen hast, dann kriegst du jetzt einen Monat Gefängnis, und dann wirst du ausgewiesen. Wenn du danach noch mal versuchen solltest wiederzukommen, bitte sehr, wir stehen dir jederzeit zur Verfügung.«

Er wandte sich an den Polizisten, der mich hergebracht hatte.

»Der da bleibt noch für die Ermittlungen zur Verfügung«, sagte er.

Die Ermittlungen gingen am Nachmittag los; ein Hauptkommissar führte sie durch.

»Weißt du, daß heute nacht einer umgebracht wurde?«

Ich hatte mir so etwas vorgestellt; sonst hätten sie ja nicht einen Hauptkommissar an mich vergeudet.

»Es wird doch jede Nacht einer umgebracht«, sagte ich.

»Gib acht, wie du antwortest«, sagte der. »Also, von dem Ermordeten von heute nacht müßtest du etwas wissen, wenigstens müßtest du ihn kennen, der ist nämlich ein bekannter Päderast.«

»Wieso«, fragte ich, »stehe ich jetzt auch noch auf der Liste der Päderasten?«

»Auf der Liste der anständigen Leute …« – er stand vom Stuhl auf und gab mir zwei Ohrfeigen – »stehst du jedenfalls nicht«, sagte er und setzte sich wieder hin.

Dieser Scherz mußte zur Zeit in Mode sein, denn sie hatten ihn schon vorher zweimal mit mir gemacht.

Danach wollte er wissen, was ich in der Nacht so getrieben hatte, und natürlich kam ich da wieder in Schwierigkeiten. Am Schluß war mein Gesicht, obwohl ich es geschafft hatte, eine ziemlich wahrscheinliche Geschichte zu erfinden, völlig verschwollen.

»Also, Bürschchen, du weißt entweder was von dieser Sache«, sagte er zum Abschluß, bevor er das Aufnahmebüro des Gefängnisses anrief, »oder du weißt was von einer anderen.«

Das bedeutete, daß ich im Knast bleiben mußte, bis er herausfinden würde, wer den Päderasten kaltgemacht hatte. Mindestens so lange.

Im Gefängniswagen waren wir zu fünft.

»Keiner von euch sagt ein einziges Wort!« sagten die Polizisten.

Sie ließen uns am gewohnten Ort aussteigen. Der Anführer klingelte, ein Wärter schloß das Tor und das Gitter auf.

»Fünf und drei Beamte«, sagte der Anführer.

Im Aufnahmebüro nahmen sie uns unsere Kettchen und Ringe ab, in der Habekammer dann den Rest.

»Aber dürfen wir denn nicht die Zigaretten behalten?« fragte ich. »Die haben wir doch immer behalten dürfen!«

»Ach so, wenn du die behalten willst …«

In der Durchsuchungszelle probierten sie es wieder, ich konnte ungefähr die Hälfte der Zigaretten retten. Ein paar wollte dann noch der, der mich in den Trakt brachte, bevor er mich unten an der Treppe stehenließ.

»Da kommt einer!« rief er.

»Schick ihn nur rauf, wir freuen uns immer!« rief der andere von oben.

»Was hast du gemacht?« fragte der von oben, als ich heraufkam.

»Ich hab gestohlen«, sagte ich. Der mußte dort die ganze Nacht auf einem Stuhl sitzen und hielt gern ein Schwätzchen ab, wenn sich die Gelegenheit bot. Aber ich hatte die Nase voll von der Fragerei.

»Warum haben sie dir dann Einzelhaft verpaßt?«

Auf der Tür stand tatsächlich: »Isolationszelle«.

»Weiß nicht«, sagte ich. »Ich mag jetzt nicht reden. Ich bin müde.«

»In Ordnung. Wie du willst ...«, sagte er. Er schloß die Tür wieder ab.

Nach einer Weile erschien er an der Klappe, sagte, ich dürfe nicht rauchen. Er sagte auch, solche wie ich müßten ausgepeitscht werden.

Am nächsten Morgen brachten sie mich wieder ins Polizeipräsidium zum Verhör, zwei Tage später noch einmal, dann eine Woche lang nacheinander jeden Tag. Schließlich beruhigten sie sich und fingen an, anderswo zu suchen. Mich ließen sie weiter in der »Isolation« schmoren.

Nach vier Monaten brauchten sie Platz für einen Schub politischer Häftlinge, und meine Einzelhaft wurde aufgehoben.

»Putz mal hier durch«, sagte der Wärter. »Bring deine Pritsche in Ordnung, und räum dein Zeug auf eine Seite. Es kommen jetzt zwei Neue. Gib acht, das sind anständige Leute, keine Delinquenten wie du. Gib acht, sonst wirst du es bereuen.«

Es kam ein vornehmer, wohlgenährter Typ zusammen mit einem halbblöden jungen Kerl, der bösartig aussah.

Der Vornehme war ganz leutselig.

»Auch Sie sind natürlich ein ›Politischer‹!« sagte er beim Hereinkommen und streckte mir die Hand entgegen.

»Ich hab gestohlen«, sagte ich.

Er blieb verblüfft mit ausgestreckter Hand stehen.

»Aber doch … politisch?«

»Nein«, sagte ich. »Ich glaub nicht. Ich hab in einer Bank gestohlen.«

Da wurde der Typ schrecklich wütend, er ließ den Oberwärter holen, sagte, das habe es ja noch nie gegeben, daß »Politische« mit gemeinen Verbrechern zusammengesperrt würden. Schließlich mußte er sich beruhigen, da es eben keinen anderen Platz gab. Er nahm die Entschuldigungen des Oberwärters an.

»Außerdem«, sagte der Oberwärter lächelnd, »sind Sie ja nur vorübergehend hier! Ihre Situation wird ja hoffentlich bald geklärt sein!«

»Das will ich meinen«, versicherte ihm der Vornehme, »das will ich meinen! Wie Sie wissen, verwendet sich Seine Majestät persönlich für uns!«

Der junge Kerl hatte kein Wort gesagt. Er kam zu mir rüber und sah sich meine Sachen an, die ich auf das Wandbrett neben dem Fenster geräumt hatte.

»Du nimmst dein Zeug hier weg und tust es dahin«, sagte er und zeigte auf das Wandbrett neben der Tür, da, wo die Kübel standen. »Räum auch deine Pritsche weg, das hier ist unser Platz.«

»Hast du gehört, was er gesagt hat?« fragte der Oberwärter. »Mach schnell, weil wir die anderen Pritschen aufstellen müssen.«

Die ganze Zeit über, während sie sich einrichteten, versuchte der junge Kerl, die Wärter zu überreden, mich sofort in die Strafzelle zu versetzen. Aber er war sogar dazu zu dumm.

Am Tag darauf fanden sie einen Vorwand. Das heißt, der vornehme Typ fand ihn. Er rief heimlich den Wärter und zeigte ihm, daß ich einen der Kleiderhaken von der Wand abgemacht hatte. Er sagte, ich hätte ihn genommen, um sie damit zu schlagen. Ich hatte ihn aber genommen, um ein Stück trockenes Brot zu zerkleinern, das ich noch seit Tagen übrig hatte.

In der Strafzelle war ich ungefähr zehn Tage, und dann mußten sie mich auf die Krankenstation bringen. Als ich wieder in den Trakt kam, waren die beiden Politischen nicht mehr da; vielleicht hatte Seine Majestät sich ja für sie verwendet. Statt dessen war da einer, der wegen Betrugs saß, und ein anderer, gegen den noch ermittelt wurde. Der mit dem Betrug hatte Verwandte, die ihm zu essen brachten, und im übrigen ziemlich viel Geld auf dem Konto. Wenn morgens der für die Besorgungen kam, bestellte er eine Menge Zeug, aber uns gab er nie was ab. Der andere stellte mir eine Menge Fragen, und nach ein paar Tagen war er weg. Ich glaube, sie ermittelten gar nicht seinetwegen, sondern er war da, um gegen mich zu ermitteln.

Ich hatte immer noch das Fieber, das ich in der Strafzelle gekriegt hatte, aber sie wollten mich nicht mehr auf die Krankenstation zurückschicken. Den ganzen Tag lag ich auf der Pritsche und beobachtete den Schatten des Fenstergitters, der die linke Wand entlangwanderte, dann gegen drei Uhr über der Tür stand und am Abend langsam auf der rechten Seite verschwand. Am Abend brüllte jemand aus den Fenstern des anderen Trakts: »Tür auf, Schließer!«, und alle antworteten. Dann schrillte die

Klingel, und in der Zelle ging die Glühbirne über der Tür an. Der wegen Betrugs saß, faltete seine Hosen schön ordentlich und ging ins Bett. Am Morgen, wenn es noch dunkel war, kam der für die Besorgungen und machte die Klappe auf.

»Junger Mann«, rief er.

Er rief den anderen: Bei mir wußte er, daß ich nichts auf dem Konto hatte.

»Junger Mann«, sagte er, »es gibt Cirio-Marmelade, wollen Sie welche?«

Der wollte die Cirio-Marmelade, die Mozzarella, den Wein, alles, was es zu kaufen gab. Dann legte er sich wieder ins Bett und schlief, bis geweckt wurde. Aber ich konnte nicht wieder einschlafen. Dann läutete die Weckklingel, die Putzleute brachten das Wasser, leerten die Kübel. Danach kam der Oberwärter mit dem Wärter, der an die Gitterstäbe schlug. Einmal war ich, als sie kamen, noch im Bett.

»Was ist los?« fragte der Oberwärter. »Bist du krank?«

»Ja«, sagte ich.

»Warum hast du dann nicht um ärztliche Untersuchung gebeten?«

»Äh ... äh ...«, sagte ich. »Ah ...«, brüllte ich. »Au ... Aua ...«, schrie ich.

Die schauten mich neugierig an, denn vorher war ich doch immer ruhig gewesen.

»Jetzt beruhige dich mal«, sagten sie. »Wir kommen nachher wieder vorbei.«

Als sie wieder vorbeikamen, hatte ich mich beruhigt.

»Hast du dich beruhigt?« fragten sie.

»Ja.«

»Brauchst du was?«

»Nein«, sagte ich. »Danke, ich brauche nichts.«

Der mit dem Betrug bot mir ein Glas Wein an.

»Danke«, sagte ich. »Ich trinke nicht.«

Diesen ganzen Tag lang und den Tag darauf dachte ich an Adriana. An die Angst oben und an die unten. An diesen Einfall von ihr, sich dort unten einzurichten. An die Tür, die sie im Auge behielt, und an die Tür, die ich im Auge behielt. Durch die Tür, auf die ich jetzt sah, kamen die Putzleute herein, der Oberwärter, die Wärter, der Priester, der Barbier; die, die wegen Betrugs, wegen Politik, wegen Diebstahls, wegen Mordes verurteilt waren. Irgendwann würde es sich ändern, auch der Schatten des Fenstergitters würde verschwinden, und am Abend würde irgendeine Alte hereinkommen; oder eine weniger alte, aber nicht weniger blöde Frau; oder irgendein anderer Vertreter des Bürger-, Militär- oder Priesterstands; vielleicht würde irgendein Freund oder Verwandter hereinkommen, mit dem man ein schönes Gespräch würde führen können, um sich eine Weile lang wieder besser zu fühlen; jemand, der sich freuen würde, einen Freund zu besuchen, aber der dann auch nichts weiter zu sagen haben würde. Am Ende würde dann niemand mehr reinkommen. Aber ich würde nicht die Genugtuung haben, das noch zu erleben.

Durch die Tür, auf die Adriana sah, kam schon jetzt niemand mehr rein.

»Liebe Adriana«, schrieb ich, »ich schreibe Dir nach Hause für den Fall, daß Du zurückgekommen bist. Wenn Du tatsächlich zurückgekommen bist, hast Du, glaube ich, einen Fehler gemacht; ich glaube, Du hast recht gehabt, da unten bleiben zu wollen, auch ohne die Angst, auch ohne die Hoffnung, daß etwas passieren, daß jemand kommen würde… Du hast recht gehabt, als Du gesagt hast, daß niemand den Mut hat. Ich glaube, daß Du ihn gehabt hast, und selbst wenn Du zurückgekommen bist, hast Du ihn gehabt. Ich glaube, wenn jemand etwas verdient, dann bist Du es. Erst jetzt habe ich verstanden, daß…« Dann wußte ich aber nicht, was ich verstanden hatte, ich wußte nur, daß der Mut…, daß mir der Mut gefehlt hatte, sie so liebzuhaben, wie sie es gern gewollt hätte. Jetzt hätte ich es auch gewollt, wenn es nicht zu spät war. »Aber vielleicht ist es jetzt ja nicht mehr so«, schrieb ich. »Vielleicht ist es jetzt für Dich nicht mehr so.«

Es dauerte noch weitere drei Monate, bis sie den fanden, der den Päderasten umgebracht hatte. Ja, wie es schien, waren sie nicht einmal sicher, daß es wirklich der war, aber jedenfalls mußte der mich ablösen, da ich ja fast ein Jahr gesessen hatte. Sie gaben mir den Ausweisungsbescheid und setzten mich in den Zug. »Gib acht, daß du nicht wiederkommst«, sagten sie. »Du hast ja gesehen, was dann passiert. Und du kannst noch froh sein, daß es so glimpflich abgelaufen ist.«

Am ersten Bahnhof stieg ich aus und kehrte nach Hause zurück.

»Sei still«, sagte ich zu meiner Mutter. »Man darf dich nicht hören. Es darf keiner wissen, daß ich hier bin.«

»Was hast du wieder angestellt?« fragte sie.

»Weißt du nichts von Adriana?« fragte ich.

»Nein«, sagte sie. »Die hat sich nicht mehr blicken lassen. Und was hast du so gemacht?«

»Ist kein Brief von mir an Adriana hier angekommen?« fragte ich.

»Nein«, sagte sie. »Aber warum suchen sie dich, was hast du angestellt?«

»Nichts«, sagte ich, »es ist bloß wegen dieser Sache mit dem Wohnsitz. Vorläufig bleibe ich hier, aber wir müssen auf den Pförtner achtgeben.«

Ich blieb eine Woche lang im Bett, damit das Fieber verging. Jedesmal wenn es an der Tür klingelte, schreckte ich auf. Ich hatte keine Angst, daß es die Polizei wäre, ich dachte, es könnte Adriana sein. Denn jetzt war die Sache nicht mehr nur so, wie sie am Anfang gewesen war. Jetzt träumte ich, daß ich mit ihr schlief. Tagsüber dachte ich dann daran. Den ganzen Tag und die ganze Nacht mußte ich schließlich daran denken. Aber zwischen uns waren diese beiden verschlossenen Türen. Und zudem wußte ich ja nicht einmal, ob sie noch da drin war. Sie konnte auch weggegangen sein, ohne nach Hause zurückzukommen. Es konnte auch etwas anderes passiert sein.

Ich wartete nicht ab, bis das Fieber weg war. Eines Abends stand ich gegen sechs Uhr auf und ging in die Küche, um mich zu rasieren. Ich war wackelig auf den Beinen, aber der Kopf tat mir nicht mehr weh, im Gegenteil, ich fühlte mich richtig leicht.

»Bügelst du mir die Hosen auf?« fragte ich meine Mutter.

»Geht's dir besser? Gehst du raus?«

»Ich geh ein bißchen spazieren«, sagte ich.

Auf der Straße ging ich langsam, ich blieb stehen, um mir die Schaufenster anzusehen. Beim Pantheon setzte ich mich auf ein Mäuerchen und schaute den Katzen unter mir zu. Es war nicht kalt. Ich wäre gern noch ein bißchen durch die Straßen geschlendert, hätte gern noch ein bißchen gewartet, aber jetzt war die Ungeduld zu groß. Ich ging in ein Café und trank eine Grappa, dann ging ich direkt zu dem Haus und in den zweiten Hinterhof. Vor der Tür blieb ich stehen, ohne zu wissen, was ich tun sollte. Die Tür war verschlossen, wie ich sie vor einem Jahr verlassen hatte; es gab kein Anzeichen dafür, daß Adriana weggegangen war oder nicht. Ich ging wieder auf die Straße hinaus und blieb unter dem Haustor stehen, um nachzudenken. Ich zündete mir eine Zigarette an. Dann ging ich zurück und klopfte laut mit einem Stück Ziegelstein an, dreimal. Dann klopfte ich noch ein paarmal, aber lauter konnte ich nicht klopfen, sonst wären Leute gekommen. Ich wartete eine halbe Stunde, mit dem Ohr an der Tür, aber es war kein Geräusch zu hören. Ich versuchte mich an die Länge der Treppe und des Kellers zu erinnern, um mir vorzustellen, ob sie mich hätte hören können oder nicht. Dann fing ich wieder an zu klopfen, lauter und in Abständen, immer dann, wenn ein vorbeifahrender Lastwagen oder ein herunterrasselnder Rolladen auf der Straße den Lärm übertönte. Bevor das Haustor für die Nacht geschlossen wurde, ging ich fort. Ich ging nach Hause zurück und wieder ins Bett.

Zwei Abende danach stand ich wieder an die Wand gelehnt im Torweg des Hauses. Es regnete. Ich hatte alte Schlüssel mitgenommen und Draht, um auszuprobieren, ob ich es schaffen konnte, die Tür aufzubrechen, aber sie war nicht aufgegangen. Ich hatte wieder geklopft, aber niemand hatte geantwortet. Dann war ich ein bißchen durch die Straßen spaziert, bis es wieder zu regnen anfing. Jetzt hatte ich mich im Torweg untergestellt und schaute auf das nasse Pflaster und die Leute, die mit Schirmen vorübergingen. Gegenüber dem Haustor war eine Metzgerei, man sah die aufgehängten Rinderhälften, das Sägemehl auf dem Fußboden, eine Frau, die an der Kasse saß und ab und zu das Telefon bediente. Weiter drüben war ein Milchgeschäft. Eine junge Frau in einer Kittelschürze kam ohne Schirm heraus und rannte dicht an der Hauswand entlang bis zur Metzgerei. Es hatte jetzt so stark zu regnen angefangen, daß die Tropfen im Torweg hochspritzten; ich zog mich ein wenig ins Innere zurück. Durch den Wasserschleier hindurch war der Laden gegenüber fast nicht mehr zu sehen, die junge Frau stand in der Tür und wartete, daß der Regen nachließ. Dann lief sie über die Straße und ging mit gesenktem Kopf in den Torweg herein. Sie blieb stehen, wie vom Donner gerührt.

»Du bist's«, sagte sie.

Ich starrte sie im Dämmerlicht des Torwegs an, ohne ein Wort herauszubringen. Sie wirkte abgemagert, und das nasse Haar klebte ihr im Gesicht.

»Du bist's«, sagte sie wieder.

Sie hatte eine vorn gebundene weiße Kittelschürze an, die voller Flecken war, darunter eine verwaschene Bluse. In der Hand hielt sie ein in Zeitungspapier gewickeltes Päckchen.

»Du bist's ...«, wiederholte sie. »Du bist's ...«

Sie packte meinen Arm und drückte ihn fest, zerrte an meinem Ärmel. Ich schluckte und konnte nicht sprechen. Ich streichelte ihr die Hand, die das Päckchen hielt und kalt und naß war, ich zupfte ihr den Kittelärmel zurecht, der ihr am Handgelenk klebte. Ich streckte die Hand aus, um ihr das Gesicht zu streicheln, und sie drückte sich an mich, umarmte mich krampfhaft, als ich sie im Dunkeln auf den kalten Mund küßte und es mir dabei in den Ohren dröhnte wie Donner, immer näher, als würde es gleich zerbersten.

Langsam löste sie sich von mir und strich sich mit der Hand über die Lippen. Dann ließ sie die Arme hängen, stand da, ohne sich zu rühren, und sah auf die Wand hinter mir.

»Meine Liebste«, sagte ich, aber meine Stimme hatte keinen Klang. »Adriana«, sagte ich und nahm ihre Hand, aber sie zog sie zurück. »Ich hab dir einen Brief geschickt«, sagte ich. »Einen Brief, in dem ich dir gesagt hab, daß ich …, daß ich dich jetzt liebe, aber daß du … Ich hab gemeint, so habe ich dir geschrieben, daß es für dich jetzt nicht mehr so ist … Daß es vorbei ist.«

Sie sah immer noch auf die Wand und schlug das nasse Zeitungspapier, das aufgegangen war, fester um das Päckchen.

»Ja«, sagte sie. »Es ist vorbei. – Mir ist kalt«, sagte sie. »Ich bin nur kurz rausgegangen, nur so in der Kittelschürze …«

»Also«, sagte ich, »du gehst jetzt raus? Du bleibst nicht immer da unten?«

»Ich bin diese Eier kaufen gegangen«, sagte sie. »Die frischen sind besser als das Eipulver, das ich unten habe.«

»Ich bin vorgestern schon mal dagewesen«, sagte ich. »Ich hab geklopft, aber du hast es nicht gehört. Aber gehen wir doch runter«, sagte ich. »Du erkältest dich ja.«

»Aber unten …«

Sie drehte das Eierpäckchen in den Händen, sie schien verlegen zu sein.

»Aber ich hab Besuch unten«, sagte sie. »Ich weiß nicht … Aber wenn du kommen willst …«

Ich mußte mich an die Wand lehnen.

»Was für Besuch? Ein Mann?« fragte ich.

»Nein«, sagte sie. »Weißt du, Leute halt, Bekannte. Es ist ein Amerikaner gekommen … Nicht, nicht deswegen... Das mach ich jetzt nicht mehr. Aber ich hab auch eine Frau da, die putzt, ein paar Sachen wäscht, und es sind noch ein paar andere da, wir reden ein bißchen...«

»Meinetwegen«, sagte ich, »auch wenn du einen Amerikaner da hast... kann ich doch einen Augenblick runterkommen? Wir können ein wenig zusammensitzen...«

Sie ging zur Kellertreppe, wo jetzt ein Licht angebracht worden war. Ich ging hinter ihr hinunter.

»Und diese Tür also...«, fragte ich. »Der Jemand, der reinkommen sollte...?«

»Ach..., ach, nichts«, sagte sie. »Nichts.«

Der Amerikaner war eigentlich ein englischer Sergeant, er wartete unten an der Treppe auf sie.

»Hällo«, sagte er.

»Dschoh«, sagte meine Schwester, »das ist ein Freund.«

»Freund«, sagte der Amerikaner.

Andere vier oder fünf saßen hinten am Tisch. Eine Frau kochte etwas auf der Kochplatte, sie kam uns entgegen und nahm das Eierpäckchen.

»Das hier ist ein Freund«, sagte meine Schwester zu denen, die um den Tisch herumsaßen.

»Angenehm«, sagte ich. »Ah, angenehm!« sagte ich, als ich sah, daß einer davon ein Priester war. »Sehr erfreut!«

Die anderen waren eine junge Frau, ein Typ zwischen Hure und Angestellter, mit großem Busen, sowie ein italienischer Feldwebel und ein gutgekleideter Zivilist von ungefähr dreißig Jahren.

»Don Aldo«, sagte die junge Frau, »hat gerade gesagt, daß die Bekehrung der Ungläubigen immer ein Wunder ist, weil sie nicht ohne das Einwirken der Gnade vollzogen werden kann.«

»Aber dann«, sagte der italienische Feldwebel, »heißt das ja, daß auch heutzutage noch Wunder geschehen können!«

»Aber gewiß! Ganz gewiß doch!« sagte Don Aldo. »Wir brauchen gar nicht so weit zu gehen, wir müssen nur an das alltägliche Wunder der Eucharistie denken!«

»Eben«, sagte die junge Frau. »Genau, wie auch ich schon immer gesagt habe. Das müßte doch auch die härtesten Köpfe überzeugen.«

»Und auch ...«, sagte Don Aldo lächelnd, »ein gewisses Blondköpfchen, das ich kenne ... Ein ganz bestimmtes eigensinniges Blondköpfchen ...«, sprach er weiter und sah dabei meine Schwester an. »Und damit habe ich genug gesagt!«

»Nein, fahren Sie doch fort, Pater Aldo«, sagte der Gutgekleidete. »Das Thema interessiert mich brennend.«

»Der Herr Doktor Micheli«, wandte sich Don Aldo an mich, »ist Journalist. Und als guter Journalist möchte er jeder Frage auf den Grund gehen. Und er tut wohl daran! Der Geist des Journalismus ist ein bißchen wie der Geist der Religiosität, wenn er allerdings durch den Glauben erleuchtet wird.«

Mir war nicht ganz klar, was er sagte, aber dieser Doktor Micheli schien richtig begeistert zu sein, und auch der italienische Feldwebel nickte mit dem Kopf. Die Frau mit dem großen Busen hatte sich mit den Ellbogen auf dem Tisch aufgestützt, um besser zuzuhören. Ich sah zu Adriana rüber, aber sie schien das Gespräch gar nicht merkwürdig zu finden, ja, sie fing sogar an mitzureden.

»Auch mein ... mein Freund hier hat bei einer Zeitung gearbeitet«, sagte sie.

»Aha, ein Kollege!« sagte Doktor Micheli, wirkte aber nicht sehr überzeugt. Er stand jedoch auf und gab mir die Hand.

»Gestatten Sie?« sagte er. »Doktor Micheli.«

»Angenehm«, sagte ich.

»Adriana«, sagte ich dann, »ich muß jetzt gehen. Kommst du ein Stück mit?«

»Geben Sie acht, daß Sie sich nicht erkälten, Fräulein Adriana«, sagte Doktor Micheli. »Tun Sie wenigstens was über die Schultern.«

»Nein, ich begleite ihn nur bis zur Tür.«

Ich sah, daß der Amerikaner uns nachging; er wollte sicher Adriana allein sprechen, auf der Treppe, wenn sie wieder runterkam. Auf dem zweiten Treppenabsatz blieb ich stehen, nahm sie beim Arm, drückte sie gegen die Wand und schüttelte sie.

»Adriana«, sagte ich. »Was ist passiert? Was ist nur mit dir passiert? Was hast du gemacht. Wie konntest du?«

»Au«, sagte sie. »Tu mir nicht weh!«

Ich sah jetzt, wie abgemagert sie war, wie heruntergekommen. Ihre Augen waren wie beschlagen, und sie hatte keine Farbe im Gesicht. Ihre Haare wirkten grau, ihre Stimme war nicht wiederzuerkennen. Die Angst mußte da unten, ohne daß sie es gemerkt hatte, furchtbar angewachsen sein. Sie mußte aus diesem Schacht gestiegen sein, während sie noch glaubte, es aushalten und sich wehren zu können. Dann mußte die Panik sie plötzlich angefallen und völlig überwältigt haben. Ich hatte mir ja von Anfang an so etwas Ähnliches vorgestellt. Aber ich hatte mir nicht vorgestellt, daß sie im Augenblick des Zusammenbruchs den Priester rufen würde … Den Priester und diese anderen da … Jetzt war sie mit denen da zusammen.

Sie, die, egal was sie in der Vergangenheit auch getan und wo sie sich herumgetrieben haben mochte, doch noch nie in so einer Scheiße gesteckt hatte. »Adriana«, sagte ich und streichelte sie. »Es war die Angst, nicht? Es ist doch wegen der Angst, daß du jetzt so lebst? Daß du die da in Kauf nimmst?«

»Wieso?« fragte sie. »Was ist denn mit denen? Sind die nicht etwa wie die anderen auch?« fragte sie.

»Wie die anderen?« fragte ich. »Wie die anderen? Doch. Doch, aber …«

»Hast du was Besseres?« fragte sie. »Kennst du vielleicht jemand Besseren, den du mir herschicken kannst?«

Ich wollte noch antworten, mir schien, es müßte etwas zu antworten geben, aber es gab nichts. Es gab nur eins, vielleicht hätte ich noch den Mut gehabt, es zu sagen, aber sie sagte es zuerst.

»Oder glaubst du vielleicht …«, fragte sie. »Glaubst du, *du* bist besser?«

Ich fing wieder an, die Treppe raufzusteigen, ich wollte weg. Dann blieb ich noch einmal stehen und sagte: »Sei mir nicht böse«, sagte ich. »Ich hab dich lieb. Die anderen Sachen, die ich dir sagen wollte, die kann ich jetzt nicht sagen. Ich kann mich kaum auf den Füßen halten, ich habe Fieber. Ich komm wieder, wenn es mir bessergeht. Aber ich wollte dir sagen, daß ich … ja, du hast recht, ich bin nicht besser, vielleicht bin ich nicht besser. Aber weißt du noch, wie du warst, als ich damals hier weggegangen bin, als du darauf gewartest hast, daß jemand durch diese Tür kommt? Damals warst nämlich *du* besser. Darauf zu warten, daß da unten jemand kommt, das war verrückt, vielleicht war es auch dumm, aber es war jedenfalls besser als das jetzt, als das, was du jetzt in Kauf nimmst …«

Ich stieg weiter nach oben, und sie blieb unten und lachte. Je weiter ich nach oben kam, desto lauter wurde das Lachen. Dann hörte es auf, und ich hörte die Tür ins Schloß fallen.

Auf der Straße war es kalt, alle Läden waren geschlossen. Ich ging eine Weile durch die Straßen um das Pantheon herum, dann, glaube ich, zum Largo Argentina und auf den Fluß zu. Dann kehrte ich um und wanderte ziellos weiter, fast bis zum Morgen. Beim ersten Café, das ich offen fand, ging ich hinein und bestellte einen Doppelten.

Ich bemerkte, daß es das Nachtcafé war, als ich den Kerl am Tresen sah, der aufstand und mir entgegenging.

»Der da kriegt seinen Kaffee von uns«, sagte er.

In dieser Nacht war anscheinend keiner umgebracht worden, denn diesmal mußte ich nicht mal zwei ganze Monate ins Gefängnis. In der Zwischenzeit konnte ich mit ein bißchen Geld, das meine Mutter für mich aufgetrieben hatte, den Wohnsitz beantragen.

Als ich zu Adriana zurückkehrte, war der Keller voller Leute. Sie hockten auf den leeren Kisten oder an die Wand gelehnt auf der Erde. Der Priester und Doktor Micheli saßen mit zwei anderen am Tisch, und es sah aus, als hätten sie eine Art Büro eingerichtet. Auch meine Schwester saß auf einer Kiste, mit zwei Amerikanern. Ich zog sie von der Kiste hoch, faßte sie beim Arm und ging schnurstracks zu dem Priester.

»Was haben Sie mit ihr gemacht?« fragte ich.

Ich packte den Priester beim Kragen und schüttelte die beiden, sie und den Priester. Doktor Micheli stand auf und wollte abhauen.

»Dageblieben!« sagte ich. »Oder ich bring dich um.«

Ich ließ ihren Arm los und nahm sie bei der Hand.

»Was haben die mit dir gemacht?« fragte ich. »Was hat dieser Pfaffe da unten eingerichtet? Eine Mission? Eine Gemeinde? Diese ganzen Leute hier, warum haben sie die hergeholt? Damit sie das Zeug besser unter sich aufteilen können? Damit sie Entlastungszeugen haben?«

Ich sah auf das Bett, es war zerwühlt.

»Und dich haben sie auch unter sich aufgeteilt, was?« fragte ich. »Alle zusammen oder nur das Komitee? Und deine Sachen haben sich diese vier unter den Nagel gerissen, nicht wahr?«

Meine Schwester sagte nichts. Sie sah zur Seite und versuchte, mir ihre Hand zu entziehen. Als der Priester sah, daß sie schwieg, befreite er sich mit einem Ruck und stand auf.

»Wenn Sie meinen, sich betreffs der Verteilung beschweren zu müssen«, sagte er, »können Sie gern Einblick in die Buchführung nehmen und ungehindert mit allen unseren Betreuten sprechen. Aber ich muß Sie auffordern, sich eines anderen Umgangstons zu befleißigen. In bezug auf alles andere können Sie sich, falls Sie mit Adriana verwandt sind, hier an den Herrn Kommissar wenden.«

Das mußte man ihnen lassen, sie hatten meine Schwester ganz schön eingekastelt. Der Herr Kommissar war einer der anderen drei am Tisch.

»Zur Verfügung«, sagte er. »Stellvertretender Polizeikommissar Borino. Ihr Gesicht ist mir nicht ganz neu, will mir scheinen.«

»Wenn es um die Frage des Wohnsitzes geht«, sagte ich, »dann machen Sie mir keine angst. Ich stehe nicht mehr auf der Liste.«

»Auf der Liste der anständigen Leute«, sagte er, stand auf und gab mir zwei Ohrfeigen, »stehst du aber noch nicht.«

Adriana nutzte den Augenblick aus, als ich zusammenzuckte, um ihre Hand wegzuziehen und auf die andere Seite des Kellers zu laufen. Zwei andere hielten mich an den Schultern fest, und Doktor Micheli, der schon wieder aufgesprungen war und abhauen wollte, setzte sich wieder hin.

»Der da steht vorläufig wegen Ermittlungen unter Arrest«, sagte der Kommissar zu denen, die mich festhielten.

Der Priester sagte: »Ach, üben Sie doch Nachsicht, Herr Kommissar. Wenn es wegen seiner Tätlichkeiten mir gegenüber ist – er hätte mich ja fast erwürgt, und ich glaube, er hatte wirklich die Absicht dazu –, so vergebe ich ihm die von ganzem Herzen. Wenn Sie wüßten, wie viele der schlimmsten Frevler, wie dieser hier, eher unser Mitleid verdienen als unsere Gerechtigkeit!«

»Aber auf diese Weise, Pater Aldo«, sagte Doktor Micheli, »rechtfertigen Sie ja die Verbrecher!«

»O nein, gewiß nicht, lieber Herr Doktor«, sagte der Priester. »Auf diese Weise möchte ich nur daran erinnern, daß die Barmherzigkeit auch für die Übeltäter gelten muß! Die Kirche selbst, übrigens … Aber ich möchte Sie nicht mit philosophischen Betrachtungen langweilen!«

»Nein, fahren Sie doch fort, Pater Aldo«, sagte Doktor Micheli. »Das Thema interessiert mich brennend.«

Der italienische Feldwebel trat vor den Tisch und salutierte.

»Es ist sieben Uhr«, sagte er. »Soll ich die Milch verteilen lassen?«

»Ja, aber ich bitte um absolute Ordnung«, sagte der Priester, »damit mir ja nicht wieder Zwischenfälle vorkommen! – Es ist keine kleine Sache«, fuhr er lächelnd an den Kommissar gewandt fort, »alle unsere Kinder in Schach zu halten! Aber es sind alles gute Kinder im Grunde ihres Herzens, glauben Sie mir, auch die schlimmsten Übeltäter. Und es sind auch ein paar wirklich rechtschaffene Leute darunter, wissen Sie.«

»O ja«, sagte der gerührt. »Du da«, sagte er zu mir, »du stellst dich jetzt mit den anderen für die Milch an. Danach haben wir dann immer noch Zeit zum Reden. Feldwebel«, rief er, »gib auch dem da ein Näpfchen.«

Der Feldwebel drückte mir eine leere Fleischbüchse und einen Zwieback in die Hand.

»Stell dich hier in die Schlange«, sagte er. »Alle hintereinander in einer Reihe«, rief er. »Auch die Frauen!« sagte er zu der jungen Frau mit dem großen Busen, die jetzt auch zu den Hungerleidern gehörte und versuchte, sich vorzudrängeln, als hätte sie noch irgendwelche Rechte.

Eine andere, die schwanger war, stand etwas abseits.

»Setzen Sie sich ruhig wieder hin, Frau Bertozzi«, sagte der Feldwebel. »Ich lasse Ihnen Ihre Ration bringen.«

Inzwischen hatten die am Tisch sich decken lassen und warteten darauf, daß die Frau an der Kochplatte das Essen für sie fertig hatte.

Adriana war nirgends zu sehen.

Ich drehte mich um und sah sie zwei Reihen hinter mir, in ihrer fleckigen Kittelschürze und mit einer leeren Büchse und einem Zwieback in der Hand.

Ich wollte zu ihr gehen, aber die andern ließen es nicht zu, daß ich mich rührte, bis der Feldwebel mit einem alten Mann, der die Milchkanne trug, vorbeikam und die Milch an alle verteilt worden war. Es war mit Wasser und etwas Kaffee verdünnte Dosenmilch. Ich reichte meine Ration mit dem Zwieback an einen kleinen Kerl weiter, der neben mir stand.

»Da«, sagte ich, »erstick dran.«

Ich lief zu Adriana, die sich gegen die Tür zum Treppenhaus gelehnt hatte und ihren Zwieback in die Milch tunkte.

»Komm«, sagte ich. »Beeilen wir uns. Die Tür oben war offen, als ich gekommen bin. Sie haben sie doch bestimmt nicht wieder abgeschlossen, nicht?«

»Ich komm nicht«, sagte sie. »Weißt du, hier oder dort, das ist doch egal … Hier krieg ich zu essen, hab einen Platz zum Schlafen … Ich komm nicht mit.«

»Aha, hier kriegst du also zu essen!« sagte ich.

»Ja«, sagte sie. »Freilich … Na ja, du weißt ja, wie sie sind … Erst habe ich am Tisch gegessen, bis vor kurzem noch. Jetzt muß auch ich mich für die Milch anstellen. Aber was interessiert die das schon, nicht wahr?«

»Ja«, sagte ich. »Aber jetzt hör mal, Liebes, komm einen Moment mit hoch. Komm einen Moment mit nach Hause, um … Du bist so mager, so blaß … Du solltest dich untersuchen lassen, ich könnte dich zu einem Arzt bringen, oder ich weiß nicht …«

»Nein«, sagte sie. »Das brauchst du nicht … Ich brauch das nicht … Ich brauch überhaupt nichts mehr, mir ist alles egal … Ich hatte ja Hoffnungen, weißt du … Jetzt ist das vorbei, alles ist vorbei … Ich habe ja allen Ernstes ganz lange gehofft, daß da unten …«

Mit dem eingetunkten Zwieback in der Hand, der auf ihre schon so fleckige Kittelschürze tropfte, starrte sie auf einen Punkt hinter mir. Ich drehte mich um und sah, daß sie auf die Tür schaute, die zum Schacht führte.

»Adriana«, sagte ich, »liebstes Herz, komm weg. Denk doch jetzt nicht mehr an … Denk nicht mehr an das, worauf du gehofft hast. Da war nichts zu hoffen, das hast auch du gewußt. Wir haben doch damals schon beide gewußt, daß durch diese Tür nie jemand kommen würde, nie.«

Mit offenem Mund, die Milch hatte sich in den Mundwinkeln gesammelt, starrte sie mich an, eine Minute lang.

»Aber die alle da …«, sagte sie, »alle die da … *woher, meinst du … sind die wohl reingekommen?*«

Aus dem Mundwinkel floß ihr ein Milchtropfen aufs Kinn hinunter und fiel auf ihre fleckige Kittelschürze.

Die unbekannten Gefährten

(1950)

Im Bett hörte ich Frau Kuhnl im Nebenzimmer mit ihrem Huhn sprechen. *»Ruhig, ruhig«*, sagte sie.

»Ruhig, ruhig.«

Es war ja nicht so, daß dieses Huhn besonders unruhig gewesen wäre, es gluckste höchstens ein bißchen nach dem Essen. Aber Frau Kuhnl mußte eben manchmal auch mit jemandem reden. Und außerdem war sie rücksichtsvoll, sie hatte Angst, das Huhn könnte mich beim Schlafen stören.

»Frau Kuhnl«, rief ich. »Pani Kuhnl!«

Sie war die Witwe eines Tschechoslowaken, ich konnte mich mit ein paar tschechischen oder russischen Wörtern behelfen, oder auch mit Zeichen. Sie öffnete die Tür zwischen ihrem Zimmer und meinem und hielt dabei das Huhn auf dem Arm.

»Co?« fragte sie.

»Was machen Sie?« fragte ich. *»Gehen Sie ins Kino?«*

»Co?« fragte sie.

»Was machen Sie?« schrie ich. *»Gehen Sie ins Kino?«*

Schließlich verstand sie, sagte, ja, sie gehe tatsächlich ins Kino.

»Jo, jo«, schrie sie. »*Heute arbeite ich nicht.* Nepracuji. *Kino.*«

Sie setzte das Huhn auf dem Boden in ihrem Zimmer ab und schloß es ein. Dann ging sie durch mein Zimmer und machte die Küchentür auf. Die andere Tür in der Küche hatte Glasscheiben und ging auf den Hof. Ich sah hinter der Scheibe einen Mann, der vielleicht gerade klopfen wollte, dann aber wieder wegging.

»Also, ich gehe«, sagte Frau Kuhnl und legte ihren kleinen Pelzumhang um.

Wochentags verkaufte sie Zeitungen am Schottenring. Sie ging dann mit einer großen Tasche und mit einem schwarzen Kittel bekleidet aus dem Haus. Aber sonntags, wenn sie ins Kino ging, legte sie, obwohl sie ganz schief und krumm war, Wert auf ihre Kleidung.

»Sehr elegant!« sagte ich.

»Ach, pfui!« Sie lachte. *»Brauchen Sie etwas?* Něco nutno?«

Ich hätte Verschiedenes gebraucht, vor allem aber, daß sie nicht ins Kino ging, denn wenn ich allein zu Hause blieb und der Mann wiederkam, konnte das Schwierigkeiten geben. Außerdem hätte der Verband an meinem Bein erneuert werden müssen, aber daran hätte ich vorher denken sollen.

»Nein«, sagte ich. »S bohem.«

»S bohem!« rief sie.

Sie ging hinaus und machte die Tür wieder zu. Ich hörte, daß sie vor dem Fensterchen der Hausmeisterin stehenblieb, um ein bißchen zu schwatzen. Da auch die Hausmeisterin schwerhörig war, schrien beide kräftig, aber es war nicht zu verstehen, was sie sagten. Oft weckten sie mich schon am frühen Morgen auf, aber ich ärgerte mich nicht darüber, weil Frau Kuhnl so sympathisch war.

Bald nachdem sie weg war, kam der Mann wieder und klopfte an die Scheibe.

»Wer ist da?« fragte ich.

»Ich«, sagte er.

»Ich kann nicht aufstehen«, sagte ich. »Die Hausmeisterin hat den Schlüssel, laß ihn dir geben.«

»Auch die Hausmeisterin ist weggegangen«, sagte er.

»Dann«, sagte ich, »komm halt durchs Fenster rein. Drück dagegen, es geht auf.«

Er kam durchs Fenster herein und setzte sich auf mein Bett.

»Nicht aufs Bett!« sagte ich. »Das Bein tut mir weh. Und mach das Fenster wieder zu, es ist kalt.«

»Wie geht's dir?« fragte er, während er das Fenster zumachte.

»Schlecht«, sagte ich. »Was willst du? Warum bist du gekommen?«

»Du weißt, was ich will«, sagte er. »Darüber haben wir ja schon geredet.«

»Stimmt, darüber haben wir schon geredet.«

Er ging im Zimmer auf und ab und sah sich die Möbel an. Er schaute in den Ofen hinein und in die Schrankschublade, dann zog er alle Schubladen auf, aber sie waren leer. Auf der Kommode lagen ein paar Hemden und andere gebügelte Wäsche; er knüllte sie zusammen und haute damit wie verrückt auf die Marmorplatte.

»Deine Sachen hast du aber gerettet, was?« brüllte er. »Die hast du gerettet, die hast du gerettet, deine Scheißsachen!«

»Das sind nicht meine Sachen«, sagte ich. »Die hat mir meine Wirtin gegeben, sie haben ihrem Mann gehört. Ich trage keine Hemden mit abnehmbarem Kragen.«

Er kam zum Bett, dann ging er wieder zur Kommode, um nachzusehen, ob die Kragen abnehmbar waren. Er nahm die ganzen Sachen und warf sie auf den Boden, trampelte darauf herum.

»Scheißkerl«, sagte ich und hob die Steinplatte vom Nachttisch ab.

Die Flasche, die darauf stand, fiel herunter und zerbrach krachend. Vielleicht machte ihm der Lärm angst, denn ich war zu schwach, um die Platte zu halten. Er blieb dicht vor mir stehen.

»Zurück«, sagte ich.

Er trat zurück und stieß gegen die Wand.

»Das waren über zwanzigtausend«, sagte er. »Die kann ich mir nicht einfach ans Bein streichen.«

»Aber ich hätte mir mein Leben ans Bein streichen können«, sagte ich. »Und außerdem ist ein Kilo nicht zwanzigtausend Schilling wert. Und außerdem hatte ich dir gesagt, daß ich mich an der Grenze nicht gut auskenne. Und außerdem, wenn sie auf dich geschossen hätten, dann hättest du nicht nur den Sack verloren.«

»Was willst du damit sagen?« fragte er.

»Das weißt du«, sagte ich. »Ich habe dich wenigstens nicht verpfiffen.«

Er sah auf die Steinplatte und rührte sich nicht.

»Aber ich kann das immer noch tun«, sagte ich. »Dann wirst du ja sehen, ob das Zeug noch bei mir ist oder ob sie es gefunden haben.«

Er trat ans Fenster und sah in den Hof hinunter, wo es anfing, dunkel zu werden. In einem Fenster im ersten Stock brannte Licht. Er drehte sich um.

»Sei vorsichtig ...«, sagte er.

»Sei du vorsichtig«, sagte ich. »Vielmehr, schau, daß du mir ein bißchen Geld daläßt; ich hab nichts mehr, ich kann nicht einmal mehr das Zimmer bezahlen. Wenn es soweit kommt, daß sie mich ins Krankenhaus bringen müssen, dann kommt es auch soweit, daß ich reden muß, das siehst du doch wohl ein.«

Er öffnete das Fenster, um zu gehen, dann überlegte er es sich anders und machte es wieder zu.

»Warum sollten die dich ins Krankenhaus bringen müssen?« fragte er. »Wegen dem Kratzer da?«

»Es ist kein Kratzer«, sagte ich. »Und außerdem weißt du, was ich für eine Krankheit habe. Die Wunde schließt sich nicht.«

»Dann erschieß dich doch«, sagte er, »du Syphilitiker. Hör jetzt gut zu«, sagte er dann. »Du hast mich ruiniert. Es kann ja sein, daß du meine Ware nicht gestohlen hast, aber ruiniert hast du mich trotzdem. Jetzt muß ich jedenfalls nach Bozen zurück, denn mit der selbständigen Arbeit ist es aus. Daher ist es mir scheißegal, ob du redest oder nicht. Aber gib acht, wenn du redest, dann kannst du dich selbst reinreiten.«

»Ich muß das Zimmer bezahlen«, sagte ich, »und weitere hundert bräuchte ich, um nach Teschen zurückzufahren, sobald es mir bessergeht. Hier in Wien kenne ich niemand, ich weiß nicht, wie es weitergehen soll.«

»Dann mach es doch so«, sagte er. »Geh zur Augartenbrücke und spring; im Kanal ist jetzt genug Wasser.«

»Es wären im ganzen zwei- oder dreihundert«, sagte ich, als er rauskletterte. »Sieh zu, daß du sie mir gibst.«

»Ich hab dir einen guten Rat gegeben«, sagte er. »Denk drüber nach.«

»Mach das Fenster wieder zu«, sagte ich.

Ich legte die Platte auf den Nachttisch zurück und beugte mich aus dem Bett, um die Flaschenscherben aufzuheben; ich wollte auch den Boden aufwischen. Aber dann schaffte ich es nicht mehr, wieder hochzukommen, und blieb mit dem Kopf und einem Arm auf dem nassen Bettvorleger liegen.

Aber deine, aber deine,
Aber deine blauen Augen …

Die Hausmeisterin war zurück und hatte das Radio angestellt. »*Aber da-a-a-ine …*«, sang Herta Mayen. Im ersten Stock dagegen hörten sie die Amerikaner aus Frankfurt. »This is the American radio station in Frankfurt.«

Wenn ich möchte sagen,
Wenn ich möchte machen …

»*Aber …*«, sagte ich.

Aber deine Augen,
Deine blauen A-a-a-augen …

Der Rat des Neapolitaners war nicht schlecht, zugegeben, auch wenn er auf diese Weise dreihundert schäbige Schillinge gespart hatte. Auch wenn ich vielleicht, wenn ich nur noch ein bißchen wartete, mir die Mühe sparen konnte. Jetzt, zum Beispiel, fror ich, weil ich halb auf dem Boden lag und mein Rücken entblößt war. Aber auch wenn ich bequem unter der Decke im Bett lag und mich eigentlich ein bißchen ausruhen und an weniger Unangenehmes hätte denken können, ging es mir nicht anders. Clara war jetzt in Rom, aber sie konnte jederzeit auch hier auftauchen. Da braucht man bloß über den Graben zu gehen, und man begegnet ihr: »Clara!« Oder nein, ich sehe sie gar nicht, sie erkennt mich als erste: »Aber … das ist doch Franco! Franco!« Wir bleiben ein paar Monate zusammen, oder auch nur einen, dann sterbe ich glücklich, mit Musik und allem. Ich stelle mir vor, wie sie sagt: »Er war doch so viel besser als die anderen!« Und wenn ich nicht krank gewesen wäre, dann wäre sie eines Abends, vielleicht am Abend vor meinem Tod, zu mir ins Bett gekommen und hätte gesagt: »Wieviel Zeit wir doch verloren haben.« Oder sie hätte noch was Schöneres gesagt. Auch wenn ich nach Teschen zurückgehe, kann ich ihr begegnen. Ich kann ihr auch an der russischen Grenze begegnen. Der russische Grenzbeamte hat auf mich geschossen, aber er kann mich nicht finden, weil ich den Hang hinuntergefallen bin; statt dessen findet mich Clara, die ja immer in der Weltgeschichte herumreist und zufällig dort vorbeikommt: »Aber …, das ist ja Franco!« Mich hat der Schuß in die Brust getroffen, und zudem habe ich mir noch den Kopf aufgeschlagen, aber sie bleibt bei mir, streichelt mich, und ich sterbe so angenehm, daß ich gar nicht mehr mit dem Sterben aufhören kann. Aber auch wenn Frau Kuhnl mich schön ordentlich zugedeckt hat, ist es, als hätte ich Schlamm im Bett, ich habe ein Gefühl, als wäre mein ganzes Blut im Kopf und im Körper vergiftet. An Clara darf ich nicht mehr denken. Und im Grunde war sie mir ja auch egal, das ist ja leicht zu sehen. Wer ist Clara schon? Wenn man gesund ist, kann einem alles andere scheißegal sein. Allerdings, wenn ich mich richtig erinnere, war es auch nicht besser, als ich noch gesund war. Daher werde ich letzten Endes eines Tages auf den Rat des Neapolitaners zurückkommen und mich entschließen müssen. Sobald es mir ein bißchen bessergeht und ich aufstehen kann.

Ich hörte Frau Kuhnl schreien.

»Gott im Himmel!« schrie sie.

Ich war nämlich eingeschlafen, und sie hatte mich vor dem Bett auf dem Fußboden liegend gefunden.

Sie sah die zerbrochene Flasche und die ganze Wäsche auf dem Boden.

»Co se stalo?« schrie sie.

»Nichts«, sagte ich. »Ich wollte aufstehen und bin gefallen.«

»Co?« fragte sie.

Es war schwierig, es ihr zu erklären. Ich machte ein paar zusammenhanglose Gesten, um ihr zu bedeuten, daß nichts Besonderes passiert sei, während sie mir half, mich hochzuwuchten.

»Aber …«, sagte sie.

»Nitschewo, nitschewo«, sagte ich. Dann fragte ich sie, ob sie mir den Verband am Bein wechseln könne.

»Jo, jo«, sagte sie. *»Warten Sie mal.«*

Sie brachte eine Schüssel mit Wasser und ein bißchen Watte und fing an, den Verband abzunehmen. Die Gaze klebte über der Wunde fest, aber Frau Kuhnl hatte anscheinend Erfahrung, sie machte alles, ohne mir weh zu tun.

»Gut!« sagte sie, als sie die Wunde sah. *»Es geht besser.«*

Mir kam es nicht so vor, aber es war doch ein Trost, sie das sagen zu hören.

»Frau Kuhnl«, sagte ich.

»Co?«

Ich wollte ihr das vom Geld sagen, daß ich am Monatsende nicht würde bezahlen können. Ich war ja auch bei ihr in Pension.

»Kein Geld«, sagte ich.

Sie erschrak, sagte aber, es mache nichts.

»Nu, eto nitschewo«, sagte sie.

Sie erneuerte mir den Verband und strich mir die Decke glatt. Dann hob sie die Wäsche und die Hemden vom Boden auf und legte alles wieder sorgsam auf die Kommode. Sie räumte immer alles auf, achtete darauf, daß ich alles ordentlich zur Hand hatte: das Wasser, die Zeitungen, den Nachttopf, das Zigarettenpapier, die Streichhölzer. Die Zigarettenkippen, die ich auf die Erde warf, sammelte sie auf und legte sie in ein Döschen, damit ich mir neue daraus drehen konnte. Einmal, als es mir schlechter ging und ich laut stöhnte, weinte auch sie. *»Ach, ach, Söhnchen«*, schluchzte sie.

»Frau Kuhnl …«, sagte ich.

Aber dann genierte ich mich und sagte nichts.

Als ich am nächsten Morgen aufwachte, war sie schon weg; die Sonne schien, und im Hof unterhielten sich die Nachbarn von Fenster zu Fenster. Nach einer Weile kam die Hausmeisterin, um mir den Kaffee warm zu machen.

»Guten Morgen«, schrie sie. *»Wie geht's heute? Besser?«*

»Besser«, sagte ich. *»Danke schön.«*

»Bitte schön. Hier ist der Kaffee.«

»Danke sehr.«

»Bitte sehr.«

Dann wußten wir nichts mehr zu sagen, und so ging sie wieder. Nachdem ich den Kaffee getrunken hatte, drehte ich mir eine Zigarette und fühlte mich wirklich viel besser. Wenn ich einen Stock gehabt hätte, hätte ich vielleicht aufstehen können.

»Frau Mallina!« rief ich. Aber es war sinnlos; bis die mich hörte, konnte ich den ganzen Tag schreien. So mußte ich warten, bis ihre Tochter hinauskam, um den Hof zu fegen.

»Fräulein Mallina«, rief ich, *»bitte sehr, rufen Sie mir Ihre Mutter!«*

Als die Hausmeisterin ins Zimmer kam, hatte ich mir schon die Hosen angezogen und saß auf dem Bett.

»Frau Mallina«, fragte ich, *»haben Sie einen Stock?«*

Sie sagte, sie habe keinen Stock, doch einer, den sie kannte, habe einen. Es sei aber ein schöner Stock, und der wolle bestimmt fünf Schilling dafür. Sie fragte, ob ich das zuviel fände. Ich fand es nicht zuviel, Tatsache aber war, daß ich im ganzen noch ungefähr zwanzig Schilling hatte; daher fragte ich, ob sie mir nicht einen anderen Stock für zweieinhalb Schilling finden könne.

Sie ging weg und kam bald darauf mit einem Stock wieder. Dann nahm sie das Geld.

»I' freu' mi'«, sagte sie, womit sie meinte, daß sie daran Anteil nahm, daß es mir besserging und ich ausgehen konnte.

»Danke schön«, sagte ich.

»Bitte schön.«

Auf den Stock gestützt, probierte ich, im Zimmer herumzugehen. Dann goß ich das Wasser in die Waschschüssel und wusch und rasierte mich. Im Spiegel kam ich mir gar nicht so häßlich vor, aber ich hatte ein paar Bläschen auf der Stirn. Ich kämmte mich sorgfältig und zog ein sauberes Hemd und meine Jacke an. Danach wurde mir aber schwindlig, und ich legte mich wieder aufs Bett. Ich nahm den Stock mit ins Bett, zuerst hielt ich ihn am Griff, dann an der Spitze, dann legte ich ihn übers Knie und schaukelte ihn hin und her. Danach versuchte ich, ihn auf einer Fingerspitze zu balancieren, aber er fiel mir immer wieder herunter. Schließlich hatte ich von dem Stock genug und nahm ein Stück Schnur, wickelte es mir um einen Finger, wickelte es wieder ab und dann um den nächsten Finger. Als Frau Kuhnl zurückkam, lag ich einfach so da und starrte vor mich hin.

»Frau Kuhnl«, fragte ich, »was soll ich nur tun?«

»Co? A co, Söhnchen?« fragte sie.

»Ach, nichts«, sagte ich, »nitschewo, *liebe Frau Kuhnl.*«

Sie erkundigte sich nach dem Stock und allem übrigem. Sie sagte, ich müsse noch ein paar Tage im Bett bleiben, und dann würde sie mich beim Spazierengehen begleiten; allein, sagte sie, dürfe ich nicht gehen: Es könnte mir ja schwindlig werden, und ich könnte fallen. Dann brachte sie mir zu essen und gab mir auch die Zeitung, die ich mich jeden Tag zu lesen zwang, obwohl ich fast nichts verstand. Bevor sie ging, fragte sie noch, ob das Huhn mich am Vormittag auch nicht gestört habe. Sie erkundigte sich immer danach und erklärte mir, daß man eigentlich kein Huhn in der Wohnung halten dürfe, sie fände das ja auch, aber in Zeiten wie diesen müsse man sich eben behelfen: Ein Ei koste doch vier Schilling. Aber ich mochte es gern, wenn ich das Huhn hinter der Tür gackern und herumscharren hörte; nur wollte sie mir das einfach nicht glauben.

»Aber«, sagte ich, *»ich liebe ...«*

Ich wollte sagen, daß ich tierlieb war, aber das Wort fiel mir nicht ein. Auch nicht das tschechische Wort dafür, auch nicht das russische.

»Also«, sagte ich, *»auf Wiedersehn, liebe Pani Kuhnl.* S bohem.«

»S bohem!« schrie sie.

In der Zeitung stand prominent eine Botschaft von General Clark, der aus seiner Stellung als Oberbefehlshaber in Österreich schied und sich von allen verabschiedete: *»Abschiedsbotschaft des Generals Clark«*. Dann war da ein Artikel über die französische Regierung, aber ich verstand nur, daß es sich um die französische Regierung handelte, das übrige verstand ich nicht. Auch die zweite Seite war unverständlich. Auf der dritten waren die Lokalnachrichten, wo es hieß, daß in Hietzing ein Nachtwächter umgebracht und in der Marxergasse ein Mann überfallen worden war und daß der Rundfunk einen Appell gesendet habe: *»Franz, kehre zurück!«*; es war aber nicht klar, wer dieser Franz war und warum er zurückkehren sollte.

Auf der letzten Seite standen die Kleinanzeigen und die Kinoprogramme. Die Kleinanzeigen waren alle von Leuten, die etwas verkaufen wollten, obwohl die meisten nicht einmal das Geld hatten, um eine Anzeige aufzugeben, und einfach Zettel an die Straßenecken klebten: »Verkaufe Gläserservice«; »Verkaufe chinesische Vasen«; »Verkaufe schöne chinesische Vase«. Der Lastwagenfahrer, der mich hinter der Grenze mitgenommen hatte, war als erstes am Stalinplatz ausgestiegen und hatte eine Anzeige angeheftet. Die Kinovorstellungen fingen um vier, um sechs und um acht Uhr an, außer im Kolosseum, wo es nur eine Vorstellung um halb sechs gab.

»Frau Mallina!« rief ich. *»Fräulein Mallina!«*

Ich wollte fragen, ob eine von ihnen mit mir ins Kino gehen wollte. Es antwortete aber niemand, und man hörte nur das Huhn hinter der Tür scharren.

Ich lag da und sah auf das Fenster. Die Sonne mußte noch hoch stehen. Ab und zu rief ich: *»Fräulein Mallina!«* Später stieg ich einen Moment aus dem Bett und zog mir die Decken glatt. Dann legte ich mich wieder hin. Ich schlief auch kurz ein und träumte von Clara, die vorüberging und die ich aufhalten wollte, aber sie ging einfach weiter, als hätte ich sie belästigt. Danach wachte ich auf und rief: »*Frau Mallina!*« Aber inzwischen war es schon dunkel.

Frau Kuhnl hatte das Fenster offengelassen, aber es war nicht kalt, ich fühlte mich ganz wohl. Ich hätte an Clara denken können, wenn ich gewollt hätte, aber jetzt bedeutete Clara eigentlich nichts mehr. Auch Frau Kuhnl, die überhaupt nichts dafür konnte, bedeutete nichts mehr. Auch das Kino, die Straßen, Teschen, die Grenze ödeten mich bloß an. Wenigstens kam es mir so vor. Das war ein Augenblick, den man nicht einfach so vorübergehen lassen durfte, man mußte ihn aufhalten: Er mußte sich bis zur Küchentür, zum Haustor, zur Ecke der Maria-Theresien-Straße, zum Franz-Josefs-Kai ausdehnen. Danach waren es bis zur Mitte der Brücke noch ungefähr fünfzig Meter, genügend Zeit, um in aller Ruhe die Sache zu überdenken.

Ich zog mich so schnell wie möglich an und machte das Bett, ich wollte alles ordentlich zurücklassen. Dann drehte ich mir eine Zigarette und zündete sie an, drehte noch eine und steckte sie mir in die Tasche. Schließlich wollte ich mich hinsetzen und aus dem ganzen Tabak, den ich noch hatte, Zigaretten machen, aber das war natürlich nur so ein Manöver, um Zeit zu schinden, das war mir sofort klar. Ich machte aus dem Tabak ein Päckchen, steckte es mir mit dem Zigarettenpapier in die Tasche, nahm den Stock und ging hinaus.

Draußen war es noch nicht dunkel, aber es war ziemlich neblig. In der Wasagasse war fast niemand. An der ersten Ecke bog ich ab, um nicht an der Polizeidirektion vorüberzumüssen, und danach bog ich wieder in die Maria-Theresien-Straße ein. Der Stock machte auf dem Bürgersteig tack-tack-tack. An den Kreuzungen sah man rechts die Lichter des Schottenrings, man hörte die Trambahnen fahren. Das Bein tat mir weh, aber ich ging so schnell wie möglich, denn der Augenblick dauerte bestimmt nicht mehr lange, schon war es nicht mehr ganz so wie vorher. Schuld daran waren die Trambahnen auf dem Schottenring, die an der Biegung zum Kai ein langgezogenes Geräusch machten, wenn sie den zweiten Wagen auf den Schienen nachzogen. Das Geräusch war mir schon immer durch Mark und Bein gegangen, vor allem abends. Und dann war aus der Börsengasse eine Frau vorbeigekommen, die zum Beispiel auch hätte Clara sein können: »Franco!«

»Scheiße«, sagte ich.

»Franco«, sagte ich.

»Franco Scheiße«, sagte ich.

Dann hätte ich gern ein bißchen geheult, so zum Trost; Scheiße, jetzt konnte ich mir das ja wohl erlauben. Aber ich hatte nicht mehr die Kraft dazu, nicht einmal dazu; und auch wenn ich »Scheiße, Scheiße« sagte, bedeutete es nichts.

Am Franz-Josefs-Kai, an der Ecke zum Ring, war ein Café, das noch Tische draußen stehen hatte, obwohl der September vorbei und es jetzt abends in der Nähe des Kanals immer neblig war. Aber sie schlossen bereits, und ein Ober fing an, die Stühle hineinzutragen. Davor war der Bahnhof der Stadtbahn, und links fing die Augartenbrücke an.

Die Augartenbrücke war zerstört worden, und die Russen hatten sie wiederaufgebaut, sie hatten auch Schienen verlegt, aber die Trambahn fuhr noch nicht darüber. An der Kaiseite war eine steinerne Tafel angebracht worden, auf der stand, daß die Russen sie wiederaufgebaut hatten. Auf der anderen Seite, an der Oberen Donaustraße, waren fast alle Häuser in Trümmern, und es gab nicht einmal mehr Straßenlampen. Fast das ganze Viertel auf der anderen Seite war zerstört, und daher gingen nur wenige Leute über die Brücke. Aber es war noch zu früh, es war noch immer jemand unterwegs. Ich mußte zwangsläufig noch etwas warten. Später: vielleicht ... der nächste Tag? Die nächste Woche? Aber es war ungerecht, daß ich mich jetzt noch selbst betrog. Einer, der so am Boden ist, der so etwas machen muß, hat doch wohl das Recht, es sich so lange zu überlegen, wie er mag.

Ich bog zur Roßauer Lände ab und ging am Kanal entlang in Richtung Donau. Tack, tack, tack: Dieser Stock, das mußte man ihm lassen, machte wirklich ein wunderschönes Geräusch. Aber bis zur Donau würde ich es nicht schaffen, das war zu weit. Vor dem Polizeigefängnis lehnte ich mich ans Geländer und rauchte eine. Ich schaute auf das Wasser hinunter, das zu stehen schien.

Es kamen noch Leute vorüber, aber immer weniger, bis niemand mehr kam und man nur ab und zu auf der anderen Brücke die Stadtbahn pfeifen hörte, wenn sie aus dem Tunnel herausfuhr. Es war die Friedensbrücke; wenn man, statt weiter am Kanal entlangzugehen, die Friedensbrücke nahm, konnte man ein großes Stück Weg sparen; man ging hinter dem Nordwestbahnhof vorbei, und dann war da gleich der Fluß.

Ich fing an, ganz langsam weiterzugehen, dann humpelte ich ein bißchen schneller, so schnell es eben ging; schließlich rannte ich fast. Aber hinter dem Nordwestbahnhof war dann doch nicht gleich der Fluß, dort begann die Stromstraße, die sehr lang war. Am Ende der Straße befand sich dann der Fluß.

Ich war schweißüberströmt, und das Bein tat mir sehr weh, auch der Kopf tat mir weh, ich konnte nicht mehr richtig denken.

»Au! Aua!« sagte ich.

»Geh weiter!« sagte ich. »Weiter!«

Ich ging, so schnell ich konnte.

»Diesmal schaffen wir's. Siehst du? Wir schaffen's!« sagte ich.

Ich war jetzt sicher, daß ich es schaffen würde. Ich merkte es daran, daß ich so schnell laufen konnte, und auch, weil ich so weinte, obwohl ich doch an gar nichts dachte.

»Siehst du?« sagte ich. »Ist das denn so schwer gewesen? Siehst du, wie leicht es gewesen ist? Das hättest du auch schon früher hingekriegt, schon viel früher ... Wenn du nur früher daran gedacht hättest, wenn du das nur früher gewußt hättest ... Au, aua! Aua! Geh weiter!«

Ich spürte, daß mir die Beine zitterten und nicht weiterwollten, aber auch das war ein gutes Zeichen, das war das Zeichen, daß ich es jetzt wirklich vollbrachte, gleich hatte ich es geschafft. Ich konnte nicht einmal mehr sprechen vor lauter Angst.

»Los!« sagte ich nur. »Los!«

Jetzt weinte ich auch, weil es so schwer war weiterzugehen, je näher ich an den Fluß kam. Ja, es war mir so, als käme ich überhaupt nicht mehr vorwärts, so verkrampft und steif war ich, aber ich sah die Häuser an mir vorüberziehen, die Haustore, die verrosteten Eisenteile, die aus den Trümmerhaufen der Häuser herausragten, alles zog ganz schnell vorbei, und die Laternen am Kai waren jetzt auch durch den Nebel hindurch deutlich zu sehen. Tack, tack, war das Klopfen meines Stocks zu hören – das Zeichen, daß ich weiterkam. Dann hörte man auch das Rauschen des Flusses, ich war da, aber wo war jetzt die Brücke? Rechts? Links? Links war die Malinowskibrücke, doch die war zu weit. Die Eisenbahnbrücke dagegen war gleich rechts.

Man mußte sich an den eisernen Streben halten, um vorwärtszukommen, aber hier brauchte man nicht bis zur Mitte zu gehen. Und dann mußte ich auch noch auf diesen Hund aufpassen, der mir nachgelaufen war, damit es ihm bloß nicht einfiel, ebenfalls zu springen. Er mußte mir schon seit dem Nordwestbahnhof nachgelaufen sein, denn ich erinnerte mich, daß ich ihn dort gesehen hatte. Dann war er halt selbst schuld, wenn er springen wollte. Ja, und ich dann? War ich auch schuld? Ich verdiente es doch weniger als andere, wirklich. Weniger als alle anderen. Weniger als alle diese Mistkerle. Weniger als dieses Miststück Clara. Was hätte es sie schon gekostet, mir zum Beispiel eine Postkarte zu schicken: »Liebe Grüße – Clara«. Oft genügt ja eine dumme Kleinigkeit, nur um zu zeigen, daß man sich wenigstens noch erinnert, daß der andere nicht bloß irgendeine Nervensäge gewesen und einem nur auf den Sack gegangen ist. Aber wenn ich eine Nervensäge gewesen bin, was waren dann all die andern? Was waren die? Gut, ich habe diese Krankheit gehabt; aber genau deswegen, weil ich doch krank bin, springe ich jetzt ja auch. Wenn nicht, wäre mir das alles doch ziemlich egal. Aber – na ja, sicher, wenn ich nicht so allein gewesen wäre, wenn ich jemanden gehabt hätte, jemand, der weniger ekelhaft war als der Rest, dann wäre mir vielleicht auch die Krankheit egal gewesen. Aber wen hatte ich schon? Da war Frau Kuhnl, die Gute, aber auch die, war die nicht halbblöd? Und auch dieser Hund hier, der hätte ja ein Freund werden können. Aber dann? Es reichte schließlich nicht, sich einen Hund anzuschaffen. Und außerdem war er verschwunden, er mußte den Kai hinuntergelaufen sein.

Ich zwängte mich zwischen den Bogenstreben durch und stand nun an dem eisernen Brückenrand; ich brauchte bloß loszulassen, dann hätte ich das Gleichgewicht verloren und wäre von allein hinuntergefallen.

Aber da kam der Russe von der anderen Seite herübergerannt.

»Towarischtsch!« rief er.

Ganz außer Atem kam er an, sein umgehängtes Gewehr war verrutscht, und der Riemen erwürgte ihn fast.

»Towarischtsch!« rief er.

Er stand auf der anderen Seite der Streben auf dem Gleis und sah mich an. Jetzt, wo er da war, dachte er nicht einmal mehr daran, mich festzuhalten. Er sah mich bloß an und sagte: »Towarischtsch, tschto s toboi? Potschemu ty chotel …? Tschto slutschilos?« Er wollte wissen, warum ich springen wollte, was mir passiert war. Aber das war eine lange Geschichte, und außerdem war mir jetzt auch ganz schwarz vor Augen, und ich dachte, ich müsse gleich kotzen …; ich fühlte, wie meine Hand sich öffnete. Mit der anderen hielt ich mich aber noch fest. Ich dachte, es sei der Brückenpfeiler, aber es war der Stock, der jetzt mit mir vornüberfiel. Das letzte, was ich noch fühlte, war der Arm des Russen um meinen Hals und dann die Kälte der Streben, zwischen denen er mich hindurchschleifte, um mich nach innen zu holen.

Ich lag am Fuß der Böschung auf der anderen Seite der Brücke, und der Russe saß neben mir und rauchte. Das Rauschen des Flusses war noch zu hören, aber ganz leise, denn da, wo wir saßen, war es ziemlich weit bis zum Wasser. Der Russe schaute auf die Brückenbögen, die zum Wasser hin verliefen und dann wie das Wasser und alles andere im Nebel verschwanden. Ich lag mit dem Kopf so, daß ich diesseits des Dammes die Lichter von Bruckhaufen sehen konnte.

»K tschortu!« sagte der Russe. »K tschortu, k tschortu!«

Ich glaubte, er rede mit mir, aber er hatte gar nicht gemerkt, daß ich aufgewacht war. Er redete vor sich hin. Er schickte jemanden zum Teufel, aber es war nicht klar, wen. Zum Teufel, zum Teufel, wiederholte er. Dann sagte er noch: »Brati«, was Brüder heißt.

»Brati, ach, brati!«

Er war offenbar ein Menschenfreund, der wollte, daß alle Brüder waren. Aber die Brüder mußten ihm ziemlich übel mitgespielt haben, wenn er so gekränkt war.

»Ach, brati!« sagte er. »K tschortu!«

Er war schwer gekränkt.

Danach drehte er sich um und sah, daß ich die Augen offen hatte. Er faßte mich am Arm.

»Brat«, sagte er, »kak tschuwstwujesch? *Wie... du? Wie... geht... du?* A?«

Er wollte wissen, wie es mir ging.

Ich fror, und mir war schlecht, aber der da war so aufgeregt, daß ich ihm besser nicht noch einen Schrecken versetzte. Außerdem hatte der Gute mir auch seine Jacke übergelegt. Ich sagte, es gehe mir besser.

»Lutschscho«, sagte ich. »Spassibo.«

Aber ich fror so, daß ich es ihm sagen mußte.

»Nemnoshko cholodno«, sagte ich.

Sofort sprang er auf und sah sich um, als suchte er etwas, um es mir umzuhängen. Aber am Bahndamm war natürlich keine Decke zu finden. Dann sah er an sich herunter, ob er noch etwas hatte, was er ausziehen konnte.

»Nitschewo«, sagte ich. »Ne nado.« Es sei nicht wichtig.

Plötzlich merkte er, daß ich russisch sprach, und hörte auf zu suchen, er sah mich überrascht an.

»A ty, russki?« fragte er.

»Net«, sagte ich. »Ne russki.«

»A otkuda ty po-russki snajesch?«

Er wollte wissen, wo ich es gelernt habe.

»A …«, sagte ich. »A, wot … A …«

Das konnte ich ihm doch nicht sagen.

Aber dann fand ich, daß es mir eigentlich ganz egal war. Ich sagte es ihm.

Er grübelte eine Weile, dann fiel ihm wieder ein, daß ich fror, und er sah sich von neuem ganz aufgeregt um. Schließlich gab er es auf und versuchte, mich, so gut es ging, mit seiner und meiner Jacke zuzudecken.

Er setzte sich wieder neben mich und zog ein Stück Zeitungspapier heraus, dazu einen Geldbeutel, in dem er Tabak hatte. Er riß ein Stückchen Zeitungspapier ab und drehte damit eine Zigarette, zündete sie an und wollte sie mir geben.

»Papirossa, chotschesch?«

»Da«, sagte ich. »Spassibo.«

Aber ich konnte die Arme nicht unter der Jacke vorziehen, daher hob ich den Kopf, und er steckte mir die Zigarette in den Mundwinkel.

»Spassibo, spassibo«, sagte ich.

Er schaute mir beim Rauchen zu und strich einmal sogar ein Streichholz an, um mich besser sehen zu können. Irgendwas an mir mußte ihn irgendwie erschüttern.

»Tebe«, fragte er schließlich, »skolko let?«

Er wollte wissen, wie alt ich sei. Ich sagte es ihm.

»K tschortu«, sagte er. »Ty takoi molodoi!«

Es beeindruckte ihn, daß ich so jung war.

»A tebe«, fragte ich, »skolko let?«

»Mne?« fragte er.

»Da«, sagte ich. »Tebe.«

Statt zu antworten, fing er wieder an, zu fluchen und nach den Brüdern zu rufen. Dann fragte er mich, warum ich hatte springen wollen. Ich sagte, ich sei krank.

»Bolnoi«, sagte ich.

Er wollte wissen, was für eine Krankheit ich hätte.

»Sarasa«, sagte ich.

»Sarasa?« schrie er.

»Da«, sagte ich.

Er fing an zu schreien, das sei kein ausreichender Grund..., aber ich hatte jetzt keine Lust, darüber zu diskutieren. Ich sagte, es sei nicht nur deswegen.

»A tschto?« fragte er.

Ich antwortete nicht und sah auf die Brücke, das dunkle Gelände zwischen dem Damm und dem Fluß. Ein Zug fuhr vorbei, es mußte der Zug aus Gmünd sein, und es war, als würde er genau über uns halten, der Dampf quoll die Böschung herunter. Dann fuhr er wieder an und langsam auf die Brücke hinaus. Das Geräusch war noch eine Weile zu hören, dann nicht mehr.

»K tschortu«, sagte ich.

»Da«, sagte der Russe. »K tschortu, k tschortu.«

Auch dieser Russe schien nicht besonders mit dem Leben zufrieden zu sein; ich verstand nicht, wieso er sich so darüber wunderte, daß ich springen wollte. Ja, ich hätte gern gewußt, was er eigentlich auf der Brücke gemacht hatte. Ich fragte ihn.

»A ty, tschto ty delal, na mostu?« fragte ich.

Er sah mich einen Augenblick verständnislos an, dann fing er an, schallend zu lachen.

»Cha, cha, cha!« lachte er. »Cha, cha!«

»Net!« sagte er, »ja tschassowoi!«

Er sagte, er sei die Wache, er sei nicht gekommen, um zu springen.

»Cha, cha! Oi oi, brat! Cha, cha, cha!« Er konnte sich gar nicht mehr einkriegen.

Doch ab und zu beruhigte er sich und schien darüber nachzudenken. Die Idee kam ihm plötzlich anscheinend nicht mehr so lachhaft vor. Er zog wieder das Stück Zeitungspapier heraus und drehte eine Zigarette für mich und eine für sich. Ich sagte ihm, wenn er auf der Brücke Wache halte, müsse er wieder hinauf, ich wolle ihn nicht aufhalten.

»Tfu, k tschortu!« sagte er.

Danach stand er aber auf und sagte, ich solle eine Minute auf ihn warten. Er entfernte sich zwischen den Schienen.

Einen Augenblick lang dachte ich daran, wieder auf die Brücke zu laufen, um es noch einmal zu versuchen. Aber ich wußte nun, daß ich nicht mehr den Mut dazu haben würde.

Die Lichter von Bruckhaufen waren fast alle erloschen, Mitternacht mußte vorbei sein. Ich hörte, wie der Russe rief: »Kto tam?« Er schrie jemandem »Wer da?« zu. Dann hörte ich seine Schritte näher kommen.

»Kto byl tam?« fragte ich. Wer sei das gewesen?

»Sobaka«, sagte er. Ein Hund.

Es mußte derselbe sein, dem ich begegnet war, aber im Dunkeln konnte man ihn nicht gut sehen. Er blieb oben an der Böschung stehen und schaute zu uns herunter, während der Russe das Gewehr ablegte und sich wieder hinsetzte. Dann drehte er sich noch eine Zigarette.

»U tebja dom jest?«

Die Stimme kam aus dem Dunkeln, denn jetzt sah man am Ende der Böschung gar nichts mehr, der Mond hatte sich verzogen. Nur oben auf dem Gleis war ein weißer Fleck zu sehen, wo der Hund stand. Der Russe fragte, ob ich irgendwo wohne.

»Jest«, sagte ich. Aber, sagte ich, um diese Zeit könne ich nicht zurück, das Haustor sei abgeschlossen.

Er sagte, ich solle mir keine Sorgen machen, er werde sich darum kümmern. Dann fragte er mich noch weiter aus, er wollte wissen, ob ich ganz allein sei, ob ich nach Rom zurückwolle. Ich hatte nicht die geringste Ahnung, was ich machen wollte. Ich wußte nicht, was ich ihm antworten sollte. Ich erzählte ihm, nur um irgend etwas zu sagen, von dem Schuß ins Bein; dann erzählte ich ihm, daß ich an der russischen und an der polnischen Grenze geschmuggelt hatte; danach erzählte ich ihm noch Verschiedenes, auch von Clara erzählte ich ihm.

»Ach, brat! Ach, mily!« kam ab und zu die Stimme aus dem Dunkel. Jetzt nannte er mich sogar »Lieber«.

Der Hund war vom Gleis heruntergekommen und hatte sich in meine Nähe gelegt, ich hörte ihn neben mir atmen.

»Mne skutschno, otschen skutschno ...«, sagte der Russe dann. Er fing an, seine Geschichte zu erzählen und als erstes, daß ihn alles ziemlich anöde. Dann sagte er, er sei aus Rostow und schon eine ganze Zeit lang beim Militär, aber wie lange, verstand ich nicht, weil er zu schnell sprach. Allmählich redete er immer schneller und aufgeregter, so daß ich überhaupt nichts mehr verstand. Dann schlief ich ein, weil ich sehr müde war.

Ich wachte davon auf, daß jemand das Gleis entlangkam und rief: »Dagnil!«

Ich hörte den Russen aufstehen.

»Da!« rief er.

Der andere kam die Böschung herab und ließ dabei viele Steine herunterrollen.

Sogar der Hund stand auf und winselte.

»Dagnil, wsjo w porjadke?«

Es war die andere Wache, die ihn ablösen sollte. Der Mann erkundigte sich, ob alles in Ordnung sei.

»Da«, sagte Dagnil und zündete ein Streichholz an.

Ich schloß die Augen und tat, als ob ich schliefe, denn ich war zu müde zum Reden.

»A kto on?« hörte ich den anderen plötzlich rufen. Er fragte, wer ich sei.

»Choroschi paren«, sagte Dagnil, »no bolnoi, chotel utopitsja.« Er sagte, ich sei ein guter Junge, aber ich sei krank und habe mich ertränken wollen.

»Oi-oi-oi-oi ...!« sagte der andere. Ich hörte, daß er sich bückte, um mich zu betrachten.

»A ... pomer?« fragte er.

Ich mußte wohl etwas blaß sein, denn er fragte, ob ich tot sei.

Dagnil sagte, ich schliefe. Dann sagte er, er wolle mich

zu jemandem nach Hause bringen, den er kannte. Sie fingen an, ein bißchen zu streiten, denn der andere sagte, man müsse mich auf die Kommandatura bringen.

Mir war es eigentlich ziemlich gleich, wohin sie mich brachten. Aber auf die Kommandatura vielleicht lieber doch nicht.

»Net, net«, sagte Dagnil. Er sagte, ich sei ein Freund von ihm, und er werde mich bringen, wohin er wolle.

Dann lärmte wieder ein Zug über uns, und ich verstand nicht mehr, was sie sagten, aber der andere schien überzeugt worden zu sein. Als der Zug vorbeigefahren war, bellte der Hund. Ich tat, als wachte ich auf.

»Brat«, fragte Dagnil, »kak tschuwstwujesch?« Wie ich mich fühle?

»Lutschscho«, sagte ich. Besser. Aber ich konnte nicht aufstehen, sie mußten mich bis zum Gleis tragen. Dann versuchte ich, auf Dagnil gestützt, mit dem Stock zu gehen, aber auf der Brücke mußten sie mich wieder tragen, denn es war zu schwierig, auf den Schwellen zu gehen.

Als wir drüben angekommen waren, ging der andere Russe wieder zurück. Wir blieben am Handelskai, der im Nebel ganz feucht war.

»Eto ne daleko«, sagte Dagnil.

Er sagte, es sei nicht weit. Er schlang mir einen Arm um die Schultern und legte sich meinen Arm um den Hals; wir fingen an, die Stromstraße wieder hinaufzugehen. Dann bogen wir zwischen dem Nordbahnhof und dem Nordwestbahnhof in die Dresdner Straße ein.

Ich ging mit geschlossenen Augen, ich war so müde, daß ich weder Schmerz noch sonst etwas spürte. Es kam niemand vorbei. Nur einmal fuhr ein Lastwagen vorüber, und ich machte die Augen auf und sah, daß wir am Praterstern waren.

»Ne daleko«, sagte Dagnil, »ne daleko.«

Er sprach mir Mut zu, so gut er eben konnte, aber es mußte doch noch ziemlich weit sein, denn bevor wir an den Kanal kamen, fragte er, ob ich mich ausruhen wolle.

»Net«, sagte ich. »Ja lutschscho.«

Nach dem Kanal kamen wir in eine Gegend, wo noch Bombenkrater waren und von den Häusern nur noch die Außenmauern standen. Unsere Schritte dröhnten laut auf dem Bürgersteig, sonst war alles ganz still. Am Ende der Straße war zwischen zwei völlig zerstörten Häusern eins, das noch bis zum ersten Stock stehengeblieben war, aber alle Fenster waren aus ihren Rahmen gerissen worden, und es sah so aus, als würde hier niemand mehr wohnen. Der Eingang war mit zwei über Kreuz genagelten Brettern verrammelt, auf denen stand: »*Gefahr*«.

Der Russe blieb stehen.

»Eto ne prawda, ne *Gefahr*«, sagte er.

Er erklärte mir, da, wo sein Bekannter wohne, im Souterrain, sei keine Gefahr. Dann half er mir, unter den Brettern durchzuschlüpfen, und machte mit einem Streichholz Licht.

Links befand sich das Treppenhaus, aber die Treppe war eingestürzt, und es lag nur ein großer Steinhaufen da. Aber zwischen den Steinen und der Wand war ein Durchgang freigeräumt; dahinter ging es ein paar Stufen nach unten, und dann kam eine Tür.

Der Russe klopfte leise.

»Manjuscha«, rief er.

Von drinnen war ein Geräusch zu hören; der Russe rief noch einmal.

»Manjuscha«, sagte er, »eto ja, Dagnil.«

Die Tür ging auf, aber es war niemand zu sehen, denn es war dunkel.

»Dagnil!« sagte eine Frauenstimme. »Jesus, Dagnil! Kto slutschilos?«

Sie hatte die Arme ausgestreckt und berührte uns, dann merkte sie, daß wir zu zweit waren.

»Jesus!« schrie sie.

Drinnen jammerte ein Kind: »Mama!«

Dagnil strich ein Streichholz an, und die Frau musterte mich einen Augenblick lang. Dann machte sie uns ein Zeichen, daß wir eintreten sollten. Sie lief inzwischen nach hinten in den Raum, und wir hörten, daß sie dem Kind sagte, es solle weiterschlafen.

»Pietrusza, to jest djadja Dagnil. Śpi, Pietrusza.«

Wir standen mitten in dem Zimmer, das mir jetzt nicht mehr ganz so dunkel vorkam. Von einem Fenster oben auf Straßenhöhe fiel ein wenig Licht herein. Auf einer Seite sah man ein an der Wand stehendes Bett weiß schimmern.

Das Kind mußte sofort wieder eingeschlafen sein, denn man hörte keinen Laut mehr von ihm. Die Frau ging zum Bett und zündete eine Kerze an.

»A sadites«, sagte sie, »sadites.«

Doch es gab nur zwei Stühle, und auf denen schlief das Kind, daher war sie einen Moment lang ratlos. Dann sagte sie, wir sollten uns aufs Bett setzen, und zog eilig die Decke darüber.

»Net«, sagte der Russe, »ja srasu uidu.«

Er sagte, er müsse sofort wieder gehen, er müsse auf die Kommandatura zurück. Ich, sagte er, sei ein Freund von ihm, und sie müsse mich irgendwie unterbringen, weil es mir ziemlich schlecht gehe. Dann half er ihr, eine Matratze auf den Boden zu legen, und mir half er, mich darauf auszustrecken. Die Frau brachte eine Decke und deckte mich zu, sie legte mir ein Kissen unter den Kopf und dann noch eins auf die Füße.

»Spassibo«, wollte ich sagen, aber ich konnte kaum die Lippen bewegen, denn ich schlief sofort ein.

Ich wachte auf, als vom Fenster bereits ziemlich viel Licht hereinfiel; ich hörte die Frau, die sich im Bett bewegte und aufstand. Ich lag mit dem Gesicht zur Wand und sah sie nicht, aber ich hörte, daß sie sich die Schuhe anzog. Dann goß sie aus einem Eimer Wasser aus. Vom Fenster, das auf Straßenhöhe sein mußte, drang das Geräusch vorbeigehender Schritte zu uns herein. Ich erinnerte mich nicht, etwas geträumt zu haben, aber ich fühlte mich wie manchmal, wenn ich von Clara geträumt hatte, von einer Clara, die nicht verächtlich an mir vorbeiging, sondern lieb war; das war aber selten in meinen Träumen vorgekommen. Dann schlief ich wieder ein und träumte von verschiedenen Menschen und auch von Clara, aber an ihr schien diesmal gar nichts Besonderes zu sein. Als ich wieder aufwachte, lag ich immer noch mit dem Gesicht zur Wand, und in dem Zimmer war kein Geräusch zu hören. Die Frau mußte weggegangen sein.

Ich drehte mich im Bett um und bewegte auch das Bein, um zu fühlen, ob es mir weh tat. Dann richtete ich mich auf, um meine Jacke zu suchen, ich erinnerte mich nicht, sie ausgezogen zu haben, aber ich hatte sie nicht mehr an. Ich sah, daß man sie mir auf die Füße gelegt hatte, und suchte in der Tasche nach dem Tabak. Nun saß ich im Bett und konnte das Bett des Kindes auf der anderen Seite sehen. Auch das Kind hatte sich in seinem Bett aufgesetzt und sah mich an.

»Djadja!« sagte es auf russisch. Onkel!

»Buongiorno!« sagte ich.

Es sah mich überrascht an und sagte nichts.

»Guten Tag«, wiederholte ich auf russisch und auf deutsch. »Dobry den!«

»Dzień dobry«, antwortete das Kind auf polnisch.

»A gdzie mama?« fragte ich. Wo ist deine Mutter?

Der kleine Junge stand mit großer Mühe von den Stühlen auf, auf denen er geschlafen hatte, und kam barfuß zu mir herüber. Er sah sich ein wenig um und sagte dann, die Mutter sei nicht da.

»Mam«, sagte er, »nie ma.«

»Tu jest zimno, a ty bez tufli!« sagte ich. Ich wollte sagen, er müsse sich die Schuhe anziehen, weil er sich sonst erkälte, aber er schien mein Polnisch nicht zu verstehen.

»Tufli, tufli!« sagte ich. Schuhe.

»Tufli?« fragte er.

Ich gab es auf und stand selbst auf. Ich hielt mich an der Wand und holte ihm die Schuhe, die neben dem Bett der Mutter standen.

»Tufli?« fragte er.

»Da«, sagte ich. »Ne tufli? A kak?«

»Buciki!« sagte er.

»Gut«, sagte ich, »buciki. Aber jetzt zieh sie dir an.«

Er war ein rundlicher kleiner Junge, aber mit einem ganz dünnen Hals. Er hatte eine Art Schlafanzug an, dessen Hosen ihm bis unter die Achseln reichten. Er setzte sich auf den Boden, um sich die Schuhe anzuziehen, ließ mich aber nicht aus den Augen.

»Djadja, kto ty?« fragte er. Onkel, wer bist du?

»Na«, sagte ich, » der Onkel eben, nicht wahr?«

Er sah mich, mit einem Fuß in der Hand, weiterhin

verwundert an. Aber er mußte daran gewöhnt sein, Leute zu hören, die auf seltsame Weise sprachen.

»Nie umiesz po polsku?« fragte er.

Ich sagte nein, ich könne kein Polnisch. Aber er wollte trotzdem wissen, wer ich sei.

»A kto ty, djadja?«

Er hatte ein ganz dünnes Stimmchen, so dünn wie sein Hals, und beim Sprechen reckte er den Hals so, daß er noch länger wurde.

»Ja prijatel djadja Dagnila«, sagte ich.

Ich wollte sagen, ich sei ein Freund von Onkel Daniel, aber ich weiß nicht, ob er das verstand. Er erzählte nun eifrig von Onkel Daniel, der ihm, wie es schien, einen Bären versprochen hatte. Ich sagte, wenn Dagnil ihm diesen Bären versprochen habe, werde er ihn bestimmt bringen. Dies schien er zu verstehen, aber vielleicht war er nicht sicher, richtig verstanden zu haben, denn er sah mich ganz besorgt an.

»Mischa? A? Mischa?« fragte er. Es mußte ihm ungeheuer viel daran liegen.

»Da, da«, sagte ich. »Mischa.« Bär.

Jetzt schien er etwas beruhigt, und so erzählte er mir etwas anderes, immer noch von Onkel Daniel, aber diesmal verstand ich nichts. Dann mußte ich ihm die Schuhe anziehen, weil er so damit beschäftigt war, mir die verschiedensten Dinge zu erzählen, daß er es allein nicht schaffte.

Er hatte einen etwas dicken Kopf, aber er war ein schönes Kind mit hellen Haaren und Augen. Die Mutter hatte ich in der Nacht kaum gesehen, aber es war eine dieser Frauen, die schon alt aussehen und bei denen man nicht verstehen kann, wie sie ein noch so kleines Kind haben können. Kurz darauf kam sie mit einer Tasche voller Gemüse wieder zurück.

Ich hatte die Matratze des Kleinen von den Stühlen heruntergenommen, saß am Tisch und drehte mir eine Zigarette. Der Kleine saß mir gegenüber und beobachtete aufmerksam, was ich machte.

Ich stand auf und begrüßte sie.

»Sdrawstwuite«, sagte ich.

Sie antwortete auf russisch und wunderte sich sehr darüber, daß ich aufgestanden war, wo es mir doch so schlechtging. Ich sagte, es gehe mir jetzt sehr gut, und sie sagte, das freue sie sehr. Dann schlug sie dem Kleinen auf die Händchen, weil er den ganzen Tabak auf dem Tisch verstreute.

»Petruscha!« schimpfte sie.

Sie stellte die Tasche ab und setzte sich, sie lächelte und wußte nicht, was sie sagen sollte.

»Petruscha, bud spokoinei!« sagte sie dann noch zu dem Kleinen. Sie sagte, dieses Kind sei so lebhaft! Aber sie sagte es nur, um etwas zu sagen, denn der Kleine war jetzt ganz eingeschüchtert und hielt sich mucksmäuschenstill.

Ich sagte, ich hätte den Eindruck, er sei ein braves Kind. Ich sagte, er habe mir von einem Bären erzählt, den er unbedingt brauche.

Sie fing an zu lachen, sagte aber nichts. Sie hatte ganz schlechte Zähne und auch ziemlich viele Falten im Gesicht, die Haut wirkte alt. Aber sie war jung und sprach mit einer wunderschönen Stimme.

»Dagnil mne wsjo rasskasal«, sagte sie schließlich. Sie sagte, Dagnil habe ihr alles erzählt.

Ich sagte, es tue mir leid, was passiert sei, ich habe niemandem zur Last fallen wollen.

Sie sagte, ich sei ein guter Junge. Auch Dagnil, sagte sie, habe gesagt, daß ich ein guter Junge sei. Dann fragte sie, ob ich Tee wolle.

»Da«, sagte ich, »spassibo.«

Sie stand auf, ging in eine Ecke, wo der Herd stand, und setzte Wasser auf. Die Kohle war offenbar feucht, denn es gab dicken Rauch. Ich fragte sie, wie sie heiße.

»Mània«, sagte sie. »Mània Zimierska.«

»Polka?«

»Da«, sagte sie, »z Krakowa.«

»Kto wy? Kto Dagnil?« fragte ich.

Sie drehte sich um und sah mich an, denn ich hatte gefragt, was sie und Dagnil seien. Von weitem gesehen, in der Rauchwolke, war sie hübsch. Sie hatte dunklere Haare als das Kind, aber sie waren ausgebleicht. Sie hatte eine russische Soldatenjacke an und einen gerade geschnittenen, dicken Rock, der offenbar aus einer Militärdecke geschneidert worden war.

»Kto ja?« fragte sie.

»Da«, sagte ich. »Kto wy takije, wy i Dagnil?«

Sie nahm das Teewasser vom Herd und setzte einen größeren Topf für das Gemüse aufs Feuer. Dann goß sie das Wasser in die Teekanne, schnitt etwas Brot auf und brachte alles mit zwei Tassen auf den Tisch.

Der Kleine saß auf dem Boden, er hatte mich und die Mutter die ganze Zeit über beobachtet.

»Mne toshe tschai!« schrie er. Er sagte, auch er wolle Tee. Die Mutter sagte, er habe ein Ei, und das müsse er zuerst essen. Darüber gab es eine Auseinandersetzung, und schließlich brachte sie ihm eine kleinere Tasse und schenkte ihm Tee ein, aber er durfte ihn erst trinken, nachdem er das Ei gegessen hatte. Danach wandte sie sich an mich und sagte, ich müsse schon entschuldigen, aber dieser Kleine sei schrecklich, wie ich sähe. Ich fing an zu lachen, und auch der Kleine lachte, vom Ei hatte er ein ganz gelbes Kinn. Da fing auch sie zu lachen an.

Der Rauch hatte jetzt den ganzen Raum gefüllt.

»Kto wy takaja?« fragte ich. Wer sie sei.

»Ja«, sagte sie, »ne prostitutka.« Sie sagte, sie sei keine Prostituierte.

»A potschemu? Kto skasal, kto w prostitutka?« fragte ich. Wieso? Wer habe denn gesagt, sie sei eine Prostituierte?

»Russkije«, sagte sie. Die Russen hätten das gesagt.

Ihre Erzählung war nicht ganz klar, aber sie mußte sie schon öfter geschildert haben, denn sie sprach fließend und ohne Unterbrechung. Sie sagte, sie sei im Lager gewesen, und dann sei sie zur Arbeit in der Nähe von Wien eingeteilt worden. Dann seien die Russen gekommen, und sie habe ein bißchen herumziehen müssen, um für das Kind etwas zu essen zu finden. Aber sie sei keine Prostituierte. Danach habe sie sich mit Dagnil zusammengetan, der sie heiraten wolle, aber der Kommandant habe nein gesagt, weil sie eine Prostituierte sei. Sie sei aber keine Prostituierte, und sie sei verzweifelt, denn nach Krakau wolle sie nicht mehr zurück. Auch Dagnil sei verzweifelt. Sie gehe jede Woche zum Kommandanten, um sich zu erkundigen, aber die antworteten immer nein. Sie nehme auch den Kleinen mit, aber es helfe nichts.

»Ja«, schloß sie, »ne prostitutka.«

Der Kleine hatte alles mitangehört, und ab und zu machte er ganz fröhlich eine Geste, um zu sagen, daß die Mutter recht habe.

»Mama«, sagte er, »ne prostitutka.«

Die Mutter wurde rot bis in die Haarspitzen und setzte das Kind auf dem Boden ab; es sah aus, als wollte sie aufstehen, etwas sagen, etwas tun. Aber sie tat nichts; sie strich sich den Rock glatt und schaute auf das Kind, das auf dem Boden saß. Dann sah sie mich an und lächelte, aber es war ein unsicheres Lächeln.

»A kto wy?« fragte sie. Sie fragte, wer ich sei.

»Ja«, sagte ich, »was ljublju. W milaja. Wy ne prostitutka.«

Ich sagte, ich hätte sie sehr gern. Sie sei sehr lieb. Sie sei keine Prostituierte.

»Ach«, sagte sie, »wy choroschi.« Ich sei gut. »I Dagnil choroschi«, sagte sie. Auch Daniel sei gut. »Wy i Dagnil«, sagte sie, »choroschije.« Ich und Daniel seien gute Menschen.

»Tolko Petruscha otschen nechoroschi«, sagte ich. Nur der Kleine sei sehr schlimm.

Sie lachte zufrieden und schüttelte den Kopf, der Rauch brachte sie zum Husten. Sie zupfte an ihren Haaren, die sich im Kragen ihrer Jacke verfingen. Sie trocknete sich die Tränen ab. Dann sagte sie, der Kleine sei aber sympathisch.

Der Kleine hörte zu und reckte den langen Hals.

»A Dagnil?« fragte ich. Wann werde Daniel kommen?

Am Abend, sagte sie. Vor dem Abend könne er nie weg, außer am Sonntag.

Ich stand auf und sagte, ich würde abends wiederkommen, um beiden zu danken. Ich nahm den Stock in die Hand und stand verlegen da, weil ich darauf wartete, daß sie aufstand, damit ich ihr die Hand geben und gehen konnte.

»A kak?« fragte sie und blieb sitzen. Sie sagte, sie habe

geglaubt…, daß ich bleiben würde…, wenigstens zum Essen; daß sie sich erlaubt habe, etwas zu essen zu kaufen… auch für mich; daß es ihr Freude mache…, mit jemandem reden zu können…

Ich setzte mich wieder und sah auf den Boden. Ich versuchte, mir etwas oder jemanden einfallen zu lassen. Aber das wäre eine Person gewesen, der ich nie begegnet war, ein Ereignis, das nie vorgefallen war. Dann sah ich dem Rauch zu, der zum Fenster hinaufstieg.

»Shalko«, sagte ich. »Shdut menja.«

Mir war Frau Kuhnl eingefallen, und ich sagte, es tue mir leid, aber ich müsse gehen, weil ich erwartet würde. Aber am liebsten wäre ich gar nicht mehr aufgestanden.

Der Kleine kam und zog mich am Ärmel, fragte, wohin ich gehen wolle.

»A kuda ty, djadja?« fragte er.

»Petruscha«, schrie die Mutter, »bud spokoino!«

Wir saßen eine Weile stumm da. Man hörte das Geräusch des kochenden Wassers.

»Pani Manja…«, sagte ich. Fräulein Mània…

»Milaja Manja, poidjom wmeste«, sagte ich. Liebe Mània, gehen wir zusammen.

Ich sagte, wir könnten doch zusammen gehen, sie und ich mit dem Kleinen, und Frau Kuhnl auf dem Schottenring aufsuchen. Ich erzählte ihr, wer Frau Kuhnl sei, daß sie am Schottenring Zeitungen verkaufe und sogar ein Huhn zu Hause habe. Danach, sagte ich, könnten wir wieder nach Hause gehen, und sie könnte kochen, und wir würden zusammen essen.

»Charasciò«, sagte sie. »Begnìsimo.«

Sie erklärte mir, daß sie im Lager einen gekannt habe,

der Italiener gewesen sei, und daher wisse sie dieses Wort noch. Sei fragte mich, ob sie es richtig gesagt habe.

»Begnìsimo«, sagte ich.

Dann sagte sie, sie wolle inzwischen schon mal das Gemüse aufsetzen, denn es sei hart und brauche lange, um gar zu werden.

»Przepraszam«, sagte sie. Mit Verlaub. Sie nahm die Tasche und ein Küchenmesser vom Tisch und ging das Feuer unter dem Topf schüren. In der Ecke, wo der Herd stand, war der Rauch so dick, daß man sie fast nicht mehr sehen konnte. Ich hörte sie husten, während sie das Gemüse putzte und in den Topf warf.

Der Kleine zog mich wieder am Ärmel.

»A djadja, ta pani ma napewno kurczątko?« fragte er. Er wollte wissen, ob Frau Kuhnl wirklich ein Huhn habe.

Ich sagte, ja sicher, sie habe sogar auch einen Bären zu Hause, aber das bereute ich sofort, denn als der Kleine vom dem Bären hörte, regte er sich wieder auf. Ich sagte, es sei aber kein richtiger Bär, es sei ein Babai.

»Ja«, sagte er, »babai ne bojus.« Vor dem Babai habe er keine Angst. Dann sprach er aber nicht mehr davon und erkundigte sich nur weiter nach dem Huhn.

Die Mutter kam mit roten Augen und halb erstickt vom Rauch zurück. Sie sagte, sie brauche nur noch eine Minute, um sich zu kämmen, und dann könnten wir gehen.

Ich sagte, wenn sie sich umziehen müsse, könne ich draußen warten.

Sie sagte, ich sei sehr höflich, aber sie habe keine anderen Kleider, um sich umzuziehen. Sie sagte, sie werde aber den Kleinen gut anziehen.

Als der Kleine angezogen war und wir schon an der

Tür waren und hinausgehen wollten, sagte er, er brauche seinen Hut. Ich sagte, der Hut sei freilich notwendig, und sie ging zurück, um ihn zu holen. Der Kleine faßte mich bei der Hand und schien hochzufrieden.

»Kto ty, djadja?« fragte er wieder.

»Ja«, sagte ich, »babai!«

»Ty«, sagte er, »ne babai!«

Die Mutter setzte ihm ein Mützchen auf und nahm ihn an der anderen Hand. Wir stiegen die Stufen hinauf und schlüpften unter den Brettern des Haustors durch. Draußen war wunderschönes Wetter.

»Noga nie boli?« fragte Mània. Ob mir das Bein nicht weh tue?

»Sowsem net.« Mir tat nichts weh. Ich brauchte mich beim Gehen nur ganz leicht auf den Stock zu stützen.

Vor dem Burgtheater wurde ein Haus wiederhergerichtet, an einem Kran schwebte ein großer Eimer hinauf und herunter. Wir blieben stehen, um zuzuschauen, und der Kleine wollte wissen, was das sei.

»Co to jest, djadja?«

Die Mutter wollte es ihm erklären, aber er wollte es von mir hören. Ich sagte, daß sie hier ein Haus wiederherrichteten; das mit dem Eimer war zu kompliziert, um es auf polnisch zu erklären. Aber er fragte nicht weiter, er erklärte gleich der Mutter, daß hier ein Haus wiederhergestellt werde. Als wir an die Wien kamen, hielt ein Zug der Stadtbahn unter uns. Dann pfiff er und fuhr an. Der Kleine bestätigte mir, daß das ein Zug war.

»A co to jest?« fragte ich, als ein Lastwagen vorüberfuhr.

»Maschina.«

»A to?«

»Pies.« Ein Hund. Denn jetzt war ein Hund vorbeigelaufen.

Auf dem Parkring mußten wir auf die Autos achtgeben. Dann, in der Nähe des Stephansdoms, waren so viele Leute auf dem Bürgersteig, daß wir uns nicht mehr unterhalten konnten, es war schwierig, zu dritt Hand in Hand zu gehen; Mània mußte mit dem Kind vorangehen und ich hinter ihnen. Als ich hinter ihnen ging, kam mir der Gedanke, daß ich noch weiter zurückbleiben und dann haltmachen und in eine andere Richtung abbiegen könnte, so daß ich sie nicht mehr sehen würde, weder das Kind noch Mània, noch Frau Kuhnl, noch Dagnil: niemanden mehr. Aber sie drehten sich immer wieder um, um mich nicht aus den Augen zu verlieren.

Am Schottenring war Frau Kuhnl nirgends zu sehen. Ich wußte nicht genau, wo sie ihre Zeitungen verkaufte, denn ich war ja nie dagewesen.

»Gdzie ta pani?« fragte Mània. Wo nun diese Frau sei?

»Ne snaju.« Ich wisse es nicht.

Dann sah ich sie mit ihrer Zeitungstasche aus einer Trambahn steigen. Beim Aussteigen schrie sie: »Wiener Kurier ...! Weltpresse ...!«

»Frau Kuhnl!« rief ich.

»Kurier ...!« schrie sie weiter. *»Weltpresse ...!«*

Ich ging vom Bürgersteig hinunter und zu ihr auf die Straße, legte ihr eine Hand auf den Arm.

»Pani Kuhnl«, sagte ich.

»Ja«, sagte sie. *»Kurier?«*

»Himmel Donnerwetter!« schrie sie dann. *»Herr Doktor!«*

»Da«, sagte ich. *»Herr Doktor.«*

Mània war abseits stehengeblieben, mit dem Kleinen an der Hand.

»Gott sei Dank! Gott sei Dank!« rief Frau Kuhnl immer wieder. Sie sagte, sie habe tatsächlich gedacht, ich sei tot.

Ich fing an zu lachen und rief Mània her; ich sagte, ich sei nicht gestorben, aber ich hätte einen Schwächeanfall gehabt, und dieses Fräulein habe mich bei sich übernachten lassen. Jetzt gehe es mir aber wieder gut.

Sehr gut, sagte Frau Kuhnl, sehr gut! Aber wer sei denn dieser kleine Junge?

Dieser kleine Junge sei der Sohn von Fräulein Zimierska.

Sehr gut! sagte Frau Kuhnl. Dann sagte sie, es freue sie, Fräulein Zimierska kennenzulernen.

Auch Fräulein Zimierska freute sich, Frau Kuhnl kennenzulernen; auch der Kleine. Der Kleine fragte Frau Kuhnl, ob es wahr sei, daß sie ein Huhn habe.

»Ty masz napewno kurczątko, babuszka?« fragte er.

Frau Kuhnl sagte, sie habe tatsächlich eins.

»A gdzie ona?« Wo es sei?

»Doma.« Zu Hause.

Der Kleine sagte nichts mehr, er traute sich nicht; aber es war klar, daß er auf der Stelle sterben würde, wenn er nicht sofort dieses Huhn zu sehen bekäme.

»Petruscha!« schalt die Mutter. Aber es gab nichts zu schelten. Der Arme war ja ganz still.

»Minutku!« sagte Frau Kuhnl. »Minutečku!« Einen kleinen Moment. Sie müsse jetzt noch ein paar Zeitungen verkaufen, und dann könnten wir nach Hause gehen, wenn sie so lange Zeit hätten.

Mània und Petruscha sagten, sie hätten Zeit, und Frau Kuhnl stieg wieder in einen Tramwagen, weil sie ihre Zeitungen in der Trambahn verkaufte. Sie war ganz schief und trug Stiefel, aber sie stieg ganz hurtig ein, sogar als der Wagen schon fuhr. In der Trambahn rief sie laut die Zeitungen aus. Sie stieg vor der Votivkirche ein und fuhr in Richtung Kanal davon. Danach kam eine Trambahn vom Kanal her, und von drinnen hörte man: »Kurier ...! Kurier ...! Weltpresse ...!« Der Kleine war so davon fasziniert, daß er nicht mehr an das Huhn dachte.

Mània lachte und sagte, das sei eine liebe Dame und ob ich sie nicht fragen könne, ob sie zum Essen mit uns mitkommen wolle.

»Begnìsimo«, sagte ich. Aber wieso frage sie sie das nicht selbst?

Weil sie sich geniere.

»Pani Kuhnl«, sagte ich zu Frau Kuhnl, als sie wieder zu uns stieß, »slečna Zimierska nàs prosí abychom obědvali s ní.« Fräulein Zimierska habe gefragt, ob wir nicht bei ihr essen wollten.

»A ...«

»Prosím vas, milostivá paní!« sagte Mània auf tschechisch. Sie bitte die gnädige Frau! Sie sagte, sie sei immer allein.

»Ach, milostivá slečno!« sagte Frau Kuhnl. Ach, verehrtes Fräulein! Auch sie, sagte sie, sei immer allein ... Sie nehme die Einladung mit Freuden an.

Als wir nach Hause zurückgingen, erzählte Mània Frau Kuhnl, daß sie ja eigentlich Dagnil habe, aber daß er nur abends kommen könne und nicht einmal immer. Dann erzählten sie sich noch Verschiedenes, obwohl sie einander nicht gut verstehen konnten. Ich ging hinter ihnen her und führte das Kind an der Hand.

Als wir ankamen, war es schon spät.

»Sadites!« sagte Mània. »Sadites!«

Aber Frau Kuhnl wollte ihr beim Kochen helfen. Ich saß am Tisch und drehte mir eine Zigarette. Der Kleine sah mir dabei zu.

»Petruscha!« sagte ich.

»A co, djadja?«

»He!« sagte ich. »Lieber Petruscha!«

»Przepraszam«, sagte Mània. Mit Verlaub. Sie wollte

wissen, ob ich die Schnitzel lieber paniert oder einfach gebraten mochte.

»Milaja baryschnja«, sagte ich, »wsjo rawno!« Das sei mir gleich, liebes Fräulein! Aber, sagte ich, sie hätte doch keine Schnitzel zu kaufen brauchen!

Danach brachte mir der Kleine ein Stück Papier, damit ich ihm Papierpuppen daraus machen sollte. Ich machte die Figuren, und wir stellten sie auf dem Tisch auf.

»Kto to jest, djadja?« fragte Petruscha. Wer denn der da sei? Ich hatte nämlich noch eine ganz dicke Figur mit einem Schwanz gemacht.

»Babai«, sagte ich.

»Ach!« lachte er. »Babai bojus!« Vor dem Babai habe er Angst.

»Ja toshe bojus!« Auch ich hätte vor ihm Angst.

»Przepraszam«, sagte Mània. Mit Verlaub. Sie müsse das Tischtuch auflegen. Der Kleine sah sie böse an, weil wir die Papierfiguren vom Tisch nehmen mußten. Um seinem Ärger Luft zu machen, zerriß er den Babai.

Schließlich war alles zum Essen bereit.

»Tak«, sagte Frau Kuhnl, als sie die Serviette umlegte, »dobrý apetyt!«

»Dobrý apetyt, dobrý apetyt!« rief Mània ganz glücklich. Aber sie stand, weil sie keinen Stuhl hatte.

»Ach!« lachte ich und wollte aufstehen. Aber ich blieb noch einen Augenblick sitzen und schaute sie an, denn so etwas Reizendes und Liebes hatte ich noch nie gesehen. Dann stand ich auf und half ihr, die Kohlenkiste zum Tisch zu tragen, als Sitzbank für sie und Petruscha.

»Co vy dělali před valkou?« fragte Frau Kuhnl, während wir aßen. Was habe Mània vor dem Krieg gemacht?

»Ja do szkoły chodziłam«, sagte Mània. Sie sei zur Schule gegangen.

Sie sah, wie ich mit erhobener Gabel starr vor Staunen dasaß, sagte aber nichts. Nach einer Weile sagte sie, sie wisse, daß sie sehr alt aussehe.

»Ja w *Lager* byłam.« Sie sei im Lager gewesen.

»A ja nikogda takuju krassiwuju shenschtschinu ne widel.« Aber ich hätte noch nie eine so schöne Frau wie sie gesehen.

»Ach, tschto wy gaworite!« Ach, was sagte ich denn da!

»Pan doktor«, sagte Frau Kuhnl, »nastojaschtschi don Shuan.« Der Herr Doktor sei ein richtiger Don Juan.

»To ja nie wierzę.« Das glaube Mània nicht. Aber was habe der Herr Doktor vor dem Krieg gemacht?

»Ja toshe chodil w schkolu.« Auch der Herr Doktor sei zur Schule gegangen.

Aber danach, sei der Herr Doktor im Krieg gewesen?

Nein, das habe der Herr Doktor tunlichst vermieden.

Dagnil dagegen habe in den Krieg müssen.

Gut, aber jetzt sei er vorbei.

»Synowja moi«, sagte Frau Kuhnl, »pogibil.« Die Söhne von Frau Kuhnl hätten darin ihr Leben gelassen.

»Mnogie«, sagte Mània, »pogibli.« Viele hätten darin ihr Leben gelassen.

»Tema«, sagte ich, »ne wjessjolaja.« Das sei kein heiteres Thema.

»Ech«, sagte Frau Kuhnl. Ach ja!

»Da«, sagte Mània. In der Tat.

Der Kleine hatte ein Stück Kohle aus der Kiste gefischt und sich das Gesicht schwarz angemalt.

»Ja«, sagte er mit tiefer Stimme, »babai!«

»Ach«, sagte ich, »babai bojus!«

»Petruscha!« schalt die Mutter.

»Cha! Cha!« lachte Frau Kuhnl.

Danach tranken wir Tee, und Frau Kuhnl sagte, sie fühle sich so wohl, sie sei richtig froh.

Auch ich fühlte mich richtig wohl. Auch Mània.

»Shalko«, sagte Mània, »tschto Dagnila ne bylo.« Nur schade, daß Dagnil nicht dabei sei.

»W nawerno shalko«, sagte Frau Kuhnl. Sie sagte, es tue ihr leid, nicht auf ihn warten zu können, aber nun müsse sie gehen, sie müsse auf den Schottenring zurück.

Sie wartete, bis der Kleine eingeschlafen war, und dann verabschiedete sie sich. Sie ging mit Mània hinaus, die sie zum Haustor brachte. Als sie am Fenster vorüberkam, bückte sie sich und winkte mir noch einmal zu.

»S bohem!« rief sie.

»S bohem«, sagte ich, »s bohem, liebe pani Kuhnl!«

Ich hörte Mània wieder hereinkommen und die Tür zumachen.

»Ona tak sympatyczna«, sagte sie. Frau Kuhnl sei sehr sympathisch.

»Da«, sagte ich, ohne mich umzudrehen. Ich schaute auf die Gitterstäbe vor dem Fenster und auf die schon schräg einfallenden Sonnenstrahlen, in denen der Staub tanzte.

»Da«, sagte ich, »w nawerno dobra i simpatitschna.« Sie sei wirklich lieb und sympathisch.

Mània mußte an der Tür stehengeblieben sein, denn ich hatte keine Schritte mehr gehört.

»Herr Doktor«, sagte sie.

»Da?« fragte ich.

»Herr Doktor …«

Ich antwortete nicht und drehte mich nicht um, ich sah weiter auf das Fenster und den Staub. Ich begann zu verstehen, daß etwas passiert war, daß am Abend zuvor etwas eingetreten war, was nicht weitergehen durfte. Es hatte mit Dagnil angefangen, als Dagnil auf der Brücke zur mir gerannt war und gerufen hatte: »Brat!« Oder vielleicht hatte es auch schon vorher angefangen, als der Hund mir nachgelaufen war; oder noch früher mit Frau Kuhnl. Dann war der Kleine gekommen, und Mània war gekommen. Aber warum nur hatte Dagnil mich wieder hereingezogen? Warum zogen mich jetzt diese anderen da herein? War ich nicht weit genug hinausgekommen? War es nicht zu Ende? War es vielleicht nicht zu Ende? Ich mußte doch die Kraft haben, das alles hinter mir zu lassen, mich nicht wieder einfangen zu lassen, sie nicht mehr zu sehen, weder Dagnil noch Mània noch Frau Kuhnl, noch den Kleinen: niemanden mehr. Aber ich sah auf das Fenster und rührte mich nicht.

»Herr Doktor«, hörte ich Mànias Stimme, »wy toshe dobry i simpatitschny. Potschemu chotite umirat?« Auch ich sei doch so lieb und sympathisch. Warum hätte ich sterben wollen?

Aber wer hatte denn sterben wollen? Das heißt, es wäre bestimmt gut gewesen, aber woher sollte ich jetzt noch den Mut nehmen, es zu tun? Worauf ich jetzt achtgeben mußte, war, nicht wieder anzufangen. Mir nicht wieder schöne Hoffnungen zu machen, wegen dieser Menschen, dieser Freunde, die ich gefunden hatte. Aber was für Hoffnungen konnte ich mir machen? Worauf mußte ich achtgeben? Weggehen. Aber wohin? Ich sah immer noch auf den Staub, der in den Strahlen tanzte.

»*Ach, Herr Doktor …*«, sagte Mània wieder.

Ich wandte mich um und schaute sie an, wobei ich mir eine Zigarette drehte. Sie lehnte am Türstock und sah zu Boden.

»Iswinite«, sagte sie. Entschuldigung.

»Ja ne meschaju?« fragte sie und sah auf. Störe sie mich auch nicht?

Ich stand auf, wobei ich immer noch die Zigarette zwischen den Fingern drehte, aber ich schaffte es nicht, sie zu schließen, der ganze Tabak bröckelte auf den Boden. Als ich am Bett des Kleinen vorbeiging, blieb ich einen Augenblick stehen, um ihn beim Schlafen zu betrachten. Dann stand ich neben Mània und streichelte ihr einen Arm, wir sahen beide zu Boden.

»Dziękuję«, sagte ich, »pani Mània.« Danke, Fräulein Mània. Aber sie müsse, sagte ich, entschuldigen, wenn ich ihr so unhöflich vorkomme, wenn es so aussähe, als wäre es mir ganz gleich, daß sie so freundlich sei. Aber das läge daran, daß es mir nicht gutgehe.

»Oj«, sagte sie, »wy opjat bolnoi?« Gehe es mir wieder schlecht?

Nein, es sei mir nicht direkt schlecht, aber wenn sie mir wieder die Matratze auf den Boden legen wollte, würde ich mich gern hinlegen, denn ich sei müde.

»A srasu, konetschno, srasu«, sagte sie. Sofort, gewiß, sofort. Aber warum denn auf die Matratze und auf den Boden? Sie müsse jetzt nicht schlafen, sie habe ein paar Sachen zu nähen. Ich könne mich doch auf ihr Bett legen.

Ja, aber wo wolle sie sich dann hinsetzen?

Sie setze sich auf die Kohlenkiste. Da, sie rücke sie nahe an das Bett heran; und wenn ich Lust hätte zu reden, dann könnten wir reden. Wenn nicht, könne ich schlafen, und sie würde inzwischen diese Sachen flicken.

Ich legte mich aufs Bett und wußte nicht, ob mir nach Reden oder nach Schlafen war. Ich sah zur Decke hoch, die ganz rissig war, und dachte, daß das Schild *»Gefahr«* vielleicht recht hatte und irgendwann einmal alles hier einstürzen würde. Wäre es doch nur jetzt eingestürzt.

»Wenn es«, sagte ich, »doch nur jetzt einstürzen würde.«

»Tschto?« fragte Mània lächelnd. »Tschto wy goworite?« Was sagte ich da?

Ich sagte, sie, der Kleine, Dagnil und Frau Kuhnl seien sehr lieb, und es tue mir sehr leid, daß ich ihnen nicht früher begegnet sei, denn jetzt sei es zu spät, jetzt sei alles zu Ende.

»Ach«, sagte sie, so etwas dürfe ich nicht sagen.

»Dlaczego?« fragte ich. Warum dürfe ich so etwas nicht sagen?

»Dlatego ...« Weil ...

»Weil?«

»Ne snaju.« Sie wisse es nicht.

Sie legte die Näharbeit neben sich auf die Kohlenkiste und strich sich den Rock über den Knien glatt. Dann stand sie auf, stand neben meinem Bett.

»Ne snaju«, wiederholte sie. Sie wisse es nicht. »No ja chotela by pomotsch ...« Aber sie würde mir so gerne helfen ...

»I kak?« Und wie?

»N...ne snaju.« Sie wisse es nicht.

»Ne snajesch, a?« Aha, das wisse sie nicht?

»N...net. Ne snaju ... ne snaju ...«

Ich lag auf dem Rücken auf dem Bett und betrachtete

sie in dem erlöschenden Licht. Ich betrachtete das ausgebleichte Haar, das Gesicht, das im Schatten lag. Dann betrachtete ich die alte Jacke, die sie anhatte, die rostigen Knöpfe an der Taille, den schweren, geraden Rock, der ihr über die Knie hing. Ich wollte sprechen, aber ich konnte nicht sprechen. Ich ließ eine Hand über die Decke gleiten und streckte langsam den Arm aus, berührte ihren Rocksaum, ihre Knie. Sie blieb stehen, rührte sich nicht, ich spürte, wie ihre Beine zitterten. Darunter war sie noch ärmlicher bekleidet, auch ich zitterte und hielt die Augen geschlossen. Als ich sie wieder öffnete, sah ich, daß sie weinte, die Tränen rollten ihr übers Gesicht.

Ich ließ die Hand wieder sinken und hielt ihr nur noch den Rocksaum fest; dann ließ ich auch den los, drehte mich zur Wand. Ich hörte, daß sie sich wieder auf die Kiste setzte und weinte.

Sie weinte ganz leise, eine ganze Weile lang, dann weiß ich nicht, ob sie noch weinte, ich hörte nur ihren Atem. Ich betrachtete den abblätternden Putz an der Wand neben meinem Kissen, und ab und zu bewegte ich einen Finger, drückte mit dem Nagel in den Mörtel, bis sich ein Stück ablöste.

Frau Kuhnl war schon schlafen gegangen, aber als sie mich hereinkommen hörte, wachte sie auf.

»Nazdar!« rief sie aus dem Nebenzimmer. »Nazdar, pane doktore!«

»Nazdar!« sagte ich. Guten Tag, Frau Kuhnl!

»Jak se máte?« rief sie. Wie gehe es mir?

»Sehr gut«, sagte ich.

»Jak?« rief sie. Wie?

»Sehr gut!« rief ich.

»Gut!« rief sie.

Ich setzte mich aufs Bett und fing an, mich auszuziehen, wobei ich auf die Zeitung sah, die auf dem Nachttisch lag. Dann sah ich mir die Flecken an, die ich auf der Haut hatte, aber es waren jetzt nur noch Flecken, die Haut schien gesund zu sein. Auch die Wunde schien, als ich den Verband abnahm, fast geheilt zu sein; die Gaze war gar nicht daran kleben geblieben.

»Frau Kuhnl«, rief ich, *»was denken Sie, werde ich gesund werden?«*

»Aber natürlich«, rief sie. *»Natürlich!«*

»Nu«, sagte ich, *»gute Nacht, Frau Kuhnl.«*

»Gute Nacht«, antwortete sie.

Ich drehte mir eine Zigarette und ging ins Bett, wo ich auf dem Rücken liegenblieb und rauchte. Ich war müde, aber ich wollte nicht sofort einschlafen. Ich fühlte mich ganz wohl, und ich wollte an vieles denken, an das ich seit langem nicht mehr hatte denken können. Ich wollte auch an Mània denken, die mir eine Hand auf den Arm gelegt und gerufen hatte: »Franco ...« Sie hatte gesagt: »Dobry wetscher, mily.« Guten Abend, Lieber ...

Ich machte das Licht aus, nun war nur die Glut der Zigarette zu sehen, und allein das Atmen der schlafenden Frau Kuhnl war zu hören. Dann wurde allmählich das Rechteck des Fensters sichtbar, aber nur ganz schwach, denn der Hof lag im Dunkeln. Ich rauchte, und hin und wieder schüttelte ich die Asche ab, ich betrachtete die Glut an der Zigarette, die langsam erlosch, bis sie fast nicht mehr zu sehen war. Wenn ich dann an der Zigarette zog, leuchtete sie wieder auf, beleuchtete einen Augenblick das Kissen, den Saum der Wolldecke.

Also, war vielleicht doch nicht alles zu Ende? War vielleicht jetzt, da ich diesen Gefährten begegnet war, alles anders? Hatte ich vielleicht vorher nur solche Angst gehabt, weil ich so allein war? Warum war ich vorher nie so jemandem begegnet?

Ich lag mit offenen Augen im Dunkeln. Die Zigarette war schon seit einer Weile ausgegangen. Vom Hof drang ein anhaltendes Geräusch zu mir herein, wahrscheinlich von den Wasserleitungen.

Dann konnte man ja vielleicht ... dableiben ... mit diesen Gefährten?

Jetzt kam auch das Ticken eines Weckers aus dem Nebenzimmer; ich hörte Frau Kuhnl schnarchen.

Was machte wohl Dagnil jetzt? Vielleicht hielt er Wache auf der Brücke. Oder der andere war auf der Brücke, und Dagnil schlief ... Auch Mània schlief, auch Clara ... Mit Clara war ich einmal ins Theater gegangen. Einmal waren wir aufs Land gefahren ...

Im Hof war unablässig das Rauschen des Wassers zu

hören; hin und wieder schnarchte Frau Kuhnl lauter. Dann war nichts mehr zu hören, und ich schlief ein, ich träumte von einem, mit dem ich zusammen in der Schule gewesen war, aber wer weiß, warum ich gerade von ihm träumte, ich wußte nicht einmal mehr, wie er hieß.

Später träumte ich von Frau Kuhnl, die mich rief. Sie rief mich tatsächlich, sagte, es sei wunderschönes Wetter, und ich müsse in den Park an die Sonne.

»A vy už vyšla?« fragte ich. Ob sie denn heute schon draußen gewesen sei?

Ja, sie sei draußen gewesen, und jetzt sei sie zurückgekommen, um mir meinen Kaffee zu bringen, denn es sei schon neun Uhr. Wenn ich mich gut fühle, müsse ich sofort aufstehen und in den Park gehen, denn was ich jetzt brauche, seien frische Luft und Sonne.

Ich brauchte vielleicht auch noch anderes, aber jedenfalls waren frische Luft und Sonne keine schlechte Idee. Und außerdem wollte ich jetzt jeden Morgen früh aufstehen.

»Von heute an«, sagte ich, *»will ich jeden Tag früh aufstehen!«*

»Fabelhaft!« sagte Frau Kuhnl. Sie gehe also jetzt wieder. Wenn ich in den Park gehe, könne ich ja am Schottenring vorbeikommen und ihr guten Tag sagen.

Sehr gut, sagte ich. »S bohem.«

»S bohem!« rief sie.

Ich trank meinen Kaffee aus und zog mich an. Ich stellte fest, daß Frau Kuhnl mir auch die Hose gebügelt hatte.

»Man sollte eben«, sagte ich, »nie den Mut verlieren.«

Ich stand vor dem Spiegel und kämmte mich, dann knotete ich mir sorgfältig die Krawatte. Im Spiegel konnte ich das Huhn herumlaufen sehen, weil Frau Kuhnl vergessen hatte, die Tür zu ihrem Zimmer zuzumachen.

»Ech!« sagte ich. »Ech, Huhn!«

Dann nahm ich den Stock und ging hinaus, ich grüßte die Hausmeisterin, die einen Stuhl vor das Haustor getragen hatte, um die Sonne zu genießen.

»Guten Morgen«, sagte ich, *»Frau Mallina!«*

»Guten Morgen«, sagte sie. *»Wie geht's heute?«*

»Sehr gut«, sagte ich. *»Danke!«*

»Bitte!«

Ich ging die Wasagasse hinunter bis zum Ring. Ich sah mir die vorüberfahrenden Trambahnen an und suchte Frau Kuhnl und erinnerte mich an eine andere Stadt, an andere Trambahnen, an eine Straße in der Nähe, wo ich gewohnt hatte… Ich erinnerte mich an den Weg, den ich bisher allein gegangen war, die ganze Zeit lang, bis zu dieser Stadt, bis zur Eisenbahnbrücke… bis Dagnil gekommen war und gerufen hatte: »Brat!« und gesagt hatte: »Ech, mily brat!« Dann war es anders geworden, es war nicht mehr derselbe Weg gewesen. Aber wohin ging ich jetzt? Gab es eine andere Straße, die ich gehen konnte? Eine Straße, die ich nicht allein ging? Nicht mehr allein?

Ich hatte vergessen, daß ich Frau Kuhnl suchte. Ich war an der Ecke der Währinger Straße stehengeblieben und sah zu Boden.

»Jedenfalls«, sagte ich, »sollte man nie den Mut verlieren!«

Ich stand an der Ecke der Währinger Straße und sagte immer wieder: »Nie den Mut verlieren!«

Danach ging ich über die Straße und in die Herrengasse hinein, weil ich Frau Kuhnl nicht gesehen hatte. Im Volksgarten setzte ich mich und zeichnete mit dem Stock

Kreise auf den Boden. Ich machte einen kleinen Kreis, dann zog ich größere darum herum. Dann schraffierte ich sie in beiden Richtungen, bis die Linien am Schluß ganz wirr waren und ich alles wieder verwischte. Später kam der Mann, der die Stühle vermietete, und ich bezahlte ihm den Stuhl, der sieben Groschen kostete.

»Feines Wetter!«

»Ja«, sagte ich, *»feines Wetter.«*

Ich sonnte mich eine Weile und betrachtete die Leute, die in einer Reihe auf den Stühlen saßen, die Kinder, die mit Schäufelchen in der Erde gruben. Diese Kinder hatten fast alle ein Schäufelchen, denn es war in Wien schwierig, für Kinder etwas anderes zu finden; Mània hatte gesagt, daß für einen schäbigen Stoffhund dreißig Schilling verlangt wurden, und außerdem fand man kaum einen.

Gegen Mittag stand ich auf und ging in Richtung Stephansdom zurück, ich sah mir ein bißchen die Läden an. Am Graben setzte ich mich ins Heisinger und bestellte einen Kaffee.

»Herr Ober«, sagte ich. *»Kaffee.«*

»Jawohl«, sagte er. *»Feines Wetter!«*

»Ja«, sagte ich. *»Feines Wetter!«*

»Herr Ober«, fragte ich, *»wissen Sie … wo … Bär …?«*

»Bär?« fragte er.

»Ja …«, sagte ich. *»Ja … ich brauche …«*

Schließlich konnte ich mich verständlich machen, aber er sagte, es sei sinnlos, in einem Laden nach einem Bären zu suchen. Er sagte, Stofftiere gebe es nur auf dem Schwarzmarkt.

»Ja«, sagte ich. *»Aber wo?«*

Er schickte mich zu einem Händler, den er kannte,

am Rotenturm, aber auch der hatte keinen. Danach war ich bei einem, der eine Menge Schäufelchen im Angebot hatte, aber keinen Bären. Ich sah mir auch die Anschlagtafeln an, wo die Leute an den Straßenecken ihre Anzeigen anhefteten, aber es waren fast alles Kristallgläser oder chinesische Vasen, schöne Bilder, Matratzen.

»K tschortu!« sagte ich. »K tschortu!«

Als ich nach Hause kam, war es fast zwei Uhr, Frau Kuhnl war schon wieder weg und hatte mir auf dem Küchentisch etwas zu essen hingestellt.

Nach dem Essen ging ich zur Hausmeisterin.

»Frau Mallina«, fragte ich, *»haben Sie einen Bären?«*

Sie sagte, sie habe keinen Bären, aber vielleicht habe eine Dame, die im dritten Stock wohne, einen. Diese Dame käme jedoch erst später wieder. Könne es nicht, fragte sie, vielleicht auch ein ausgestopfter Vogel sein? Sie kenne nämlich eine andere Dame, die einen ausgestopften Vogel habe.

»Nein«, sagte ich. *»Ich brauche einen Bären.«*

Später brachten sie mir den Bären, der sogar eine Schleife um den Hals hatte, aber sie wollten das ganze Geld, das ich noch besaß, es blieben mir nur ein paar Schilling übrig.

»Gut«, sagte ich. »Gut.«

Ich lag auf dem Bett und hatte mir eine Decke über die Beine gelegt, denn es war ein bißchen kalt. Ich rauchte und betrachtete den Bären, der auf dem Nachttisch saß. Dann stand ich auf, machte das Fenster zu und legte mich wieder aufs Bett.

Als Frau Kuhnl zurückkam, mußte es fast schon Abend sein, durch die Fensterritzen fiel graues Licht herein.

»Pane doktore?« fragte sie leise, als sie die Tür aufmachte.

Guten Abend, sagte ich. Guten Abend, Frau Kuhnl. Ich fragte, wieviel Uhr es sei.

»*Guten Abend!*« sagte sie. Es sei fast sechs Uhr. Ob ich nicht aufstehen wolle.

Doch, sagte ich, ich stünde jetzt auf. Was habe sie diesen Abend vor? Ich wolle Petruscha diesen Bären bringen. Wolle sie nicht auch mitkommen?

»Cha, cha!« lachte sie, als sie den Bären sah. »Vy jste dobrý chlapec!« Ich sei doch ein lieber Junge! Sie komme sehr gerne mit.

Danach gingen wir hinaus und nahmen die Trambahn an der Votivkirche; als wir zu Mànias Haus kamen, war es bereits dunkel. Es war Licht im Fenster, und drinnen sah man Mània und Petruscha am Tisch sitzen und eine illustrierte Zeitung durchblättern. Dagnil war noch nicht da.

»Dagnil?« rief Mànias Stimme, als wir klopften.

Dann kam sie mit dem Kleinen an der Hand, um die Tür zu öffnen.

»Ach, mily!« rief sie.

»Sadites, sadites!« sagte sie.

Der Kleine sagte nichts. Er hatte den Bären gesehen und war wie vom Donner gerührt mitten im Zimmer stehengeblieben. Er sah auf den Bären, dann auf mich, dann auf die Mutter, aber er konnte nicht sprechen. Dann lächelte er, aber er wirkte nicht fröhlich, er schien nur verblüfft zu sein. Schließlich trat er vor und sah sich den Bären aus der Nähe an.

»To«, sagte ich, »twoje. Nie chcesz?« Wolle er ihn denn nicht haben?

Er sah, immer noch erstaunt, wieder zur Mutter hin, dann nahm er den Bären und setzte sich damit in eine Ecke.

»A dziękuję«, sagte Mània, »nie mówisz?« Wolle er nicht danke schön sagen?

»Ech«, stotterte er, »ech djadja …« Er lächelte immer noch, aber er sah den Bären nicht mehr an, er sah nicht einmal uns an. Als Dagnil kam, stand er auf und schien ihm den Bären bringen zu wollen, um ihn zu zeigen, aber dann blieb er wieder mitten im Zimmer stehen und kam nicht näher.

»Eto misiek …«, fragte Dagnil. Dieser Bär … wer war das? War das ein guter Bär?

»Choroschi«, sagte er. Ein guter Bär.

»A komu?« fragte Dagnil. Und wem gehöre er?

Der Kleine sah mich an und sagte nichts. Dann sagte er, ich hätte den Bären gebracht.

»Djadja Franco przyniósł«, sagte er. Onkel Franco habe ihn gebracht.

Aber Onkel Franco, sagte Dagnil, habe ihn nicht für ihn gebracht! Er habe ihn für ein anderes Kind gebracht.

»Nie …«, sagte Petruscha. »Nie prawda.« Das sei nicht wahr.

»Nie«, sagte er noch einmal.

»Nie! Misiek mój!« schrie er. »Mój!« Das sei sein Bär.

»Mój, mój!« schrie er weiter und wurde ganz rot. »Mój!«

Wir wollten ihn beruhigen, aber er hörte nicht zu, er hielt nur krampfhaft den Bären fest. Doch dann merkte er, daß wir belustigt lachten, und mußte selbst lachen und kam näher. Schließlich lachte er am lautesten von uns allen. Er ging zur Mutter und zeigte ihr den Bären, sagte, ich hätte ihn ihm geschenkt. Auch zu Dagnil ging er und erklärte ihm, ich hätte ihm diesen Bären geschenkt.

»Misiek«, sagte er dann zu Frau Kuhnl, »djadja Franco mnie dał!« Diesen Bären hätte ich ihm gegeben.

Mània sah mich an, und auch noch später drehte sie sich hin und wieder um und blickte zu mir herüber, während sie und Dagnil mit Frau Kuhnl am Tisch saßen und sich unterhielten. Ich saß mit Petruscha auf dem Bett, und er wollte Verschiedenes über den Bären wissen.

»On«, fragte Petruscha, »je?« Fresse der Bär denn auch?

»Nie«, sagte ich. Er fresse nichts.

»No, tańcuje?« Aber könne er tanzen?

Das Licht zitterte. Hin und wieder knackte die Kohle im Ofen. Man hörte die Stimmen von Mània und Frau Kuhnl und Dagnil, der lachte.

»Ja«, sagte Frau Kuhnl, »tak rada …« Sie sei so froh …

»No«, fragte der Kleine, »tańcuje?« Ob er auch tanze?

»Jak?« fragte ich. Wie bitte?

»Tańcuje?« Tanze er?

Die Schatten kamen und gingen auf der Wand, wenn die Kerze zitterte. Mània sagte: »A ja také, rada …« Auch sie sei froh. Dann erzählte sie von ihrer Zeit im Lager: »V *Lager* …« Frau Kuhnl sagte, daß sie, einmal … »Ech wy«, unterbrach ab und zu Dagnil, »matuschka!«

»Ech, djadja!« rief der Kleine. »Tańcuje!« Er tanze!

Er hatte den Bären an einem Bein gepackt und ließ ihn auf dem Bett tanzen.

»Choroscho!« sagte ich. Sehr gut.

Ich betrachtete einen tiefen Riß in der Wand, der sich bis zur Decke erstreckte. Vielleicht täuschte sich Dagnil, wenn er meinte, hier unten sei es sicher. Vielleicht konnte jeden Augenblick alles einstürzen, alles zu Ende sein ... Aber ich wollte nicht mehr, daß es zu Ende wäre.

»A ja také rad ...« Auch ich sei froh ...

»Tschto ty, djadja?« fragte Petruscha. Was, Onkel?

»Towarischtschi«, sagte ich leise.

Sie drehten sich um und sahen mich an.

»Nu, wot ...«, sagte ich. Nun, also ...

Das Licht zitterte und zitterte. Ich betrachtete immer noch den Riß und die Schatten an der Wand.

»Spassibo«, sagte ich, »mily towarischtschi.« Danke, liebe Gefährten.

Dann wollte ich noch etwas sagen, es schien mir, da sei noch etwas zu sagen ... Aber dann gab es, gerade jetzt, nichts mehr zu sagen ... Plötzlich gab es nichts mehr.

»Spassibo«, sagte ich noch einmal. »Eto posdno ... spassibo. Eto ...« Danke ... Es sei jetzt sehr spät ... Danke. Jetzt müßten ich und Frau Kuhnl nach Hause gehen. Ich ... sie müßten entschuldigen. Ich und Frau Kuhnl würden jetzt die Trambahn nehmen. In welche Richtung sollten wir da am besten gehen? Ach ja? Dann also ... Wir hätten einen schönen Abend verbracht. Genau. Aber jetzt sei es ein bißchen spät geworden, nicht wahr? Es sei sicher schon sehr spät! Also, dann ... Frau Kuhnl und ich würden jetzt die Trambahn nehmen. Die Trambahn. In welche Richtung gehe es? Dann gute Nacht. Und danke. Wir würden jetzt gehen, Frau Kuhnl und ich. Es sei doch so spät!

»Jo«, sagte Frau Kuhnl. Ja. Wir sollten jetzt besser nach Hause gehen, denn ich sei bestimmt müde. Aber, sagte sie, auch sie sollten mir sagen, daß ich nicht immer zu Hause herumliegen dürfe! Ich müsse vielmehr früh aufstehen und an die frische Luft und an die Sonne gehen. Nicht wahr?

»Prawda!« sagte Dagnil. Das sei wahr.

Dann also, sagte Mània, morgen zum Beispiel, da sei ja Sonntag: Da könnten wir doch einen schönen Spaziergang machen. Sie könnten uns vielleicht nach dem Mittagessen zu Hause abholen, mich und Frau Kuhnl. Sei das recht? Sie würde auch eine schöne Vesper mitbringen!

»Fabelhaft!« sagte Frau Kuhnl. Aber die Vesper, die wolle sie bringen. Wie? O nein, verehrtes Fräulein!

O nein, gnädige Frau!

Ich hörte nicht mehr, was sie noch sagten. Ich stand abseits am Fenster und blickte die Straße hinunter, sah die Straßenlampen, die in einer Reihe standen, den Nebel, in der Ferne einen Platz, wo die Trambahnen wendeten. Aber was war das für ein Platz? Wohin führte diese Straße? Was für ein Bezirk war das?

Ich hörte, wie Frau Kuhnl sich verabschiedete. Gute Nacht, verehrtes Fräulein. Gute Nacht, Herr Dagnil.

Gute Nacht, verehrte gnädige Frau.

Gute Nacht, Franco.

Gute Nacht. Gute Nacht. Gute Nacht, Petruscha.

Jetzt gingen wir zur Trambahn. Der Platz war jetzt wieder erkennbar. Es mußte der Viehmarkt sein. Aber wer waren diese Gefährten? Stimmte es vielleicht gar nicht, daß ich nicht mehr allein war? Stimmte es nicht? Aber warum hatte ich dann Angst? Reichte es nicht, mit diesen Gefährten zusammenzusein? War da irgendein Irrtum gewesen, ein Fehler passiert? Hatte vielleicht ich einen Fehler begangen und mußte jetzt zurück? Aber wie geht man zurück, auf diesen Straßen, die man nicht kennt?

Wir standen schweigend an der Haltestelle der

Trambahn. Dann fuhr die Trambahn den Kai entlang, zwischen den Bäumen und dem Fluß. Hinter den beschlagenen Scheiben war es ganz dunkel, die Lämpchen und die weiße Decke des Wagens spiegelten sich darin. Später glitten die Lichter des Schwedenplatzes vorbei, die Scheinwerfer der Augartenbrücke, die Bäume des Schottenrings.

»Steigen wir aus«, sagte Frau Kuhnl. Wir mußten aussteigen.

»Da«, sagte ich. *»Steigen wir aus.«*

»Ale«, fragte Frau Kuhnl, »co s vámi?« Was sei mit mir?

»Nichts«, sagte ich.

Ich sah der wieder anfahrenden Trambahn nach, sie bog in die Währinger Straße ein. Nichts, sagte ich, ich sei ein bißchen müde.

Gegen Morgen träumte ich von Clara, die sich beschwerte und einem Typen sagte, ich ginge ihr dauernd auf die Nerven. Daher mußte ich fort, ich mußte zurück ins Krankenhaus. Clara hatte vielleicht auch gemerkt, daß ich nur mit einem Unterhemd bekleidet war.

»O Gott«, sagte ich und wälzte mich im Bett herum. »Gott.«

Danach machte ich einen Augenblick die Augen auf und sah zum Fenster, aber es war noch nicht Tag. Ich wälzte mich eine Weile im Bett hin und her und dachte an Clara. Nein, eigentlich dachte ich gar nicht richtig an Clara, es war etwas anderes, aber ich verstand nicht, was. Vielleicht war es das Krankenhaus, das mich erschreckt hatte. Tatsächlich träumte ich danach, daß ich wieder hingebracht wurde, denn da war ein Bauer, dem ein Bein weh tat. Aber was ging mich dieser Bauer an? Doch dann war klar, daß er mich etwas anging, denn das Bein dieses Bauern tat auch mir weh. Und es tat mir auch dann noch weh, als er wieder fort und dafür Clara hereingekommen war. Aber Clara war mit verschiedenen Personen zusammen, und ich konnte nicht mit ihr reden. Ich saß auf einem Stuhl, und mir tat dieses Bein so weh, und ich wartete darauf, daß man mir meine Hose brachte.

Ich wartete und wartete, immer voller Angst, Clara würde merken, daß ich nur ein Unterhemd anhatte; bis dann Clara nicht mehr da war, bis niemand mehr da war. Nur ich war noch da und wälzte mich in meinem Bett und fing an aufzuwachen. Ich hörte die Geräusche des späten Vormittags im Hof; dann machte ich die Augen auf und sah wieder das Zimmer, die Möbel.

»O Gott!« sagte ich.

Ich hatte einen schweren Kopf, und das Bein tat mir weh; ich empfand auch Beklemmung wegen der Sache mit Clara, von der ich die ganze Nacht geträumt hatte.

»Mein Gott, mein Gott«, sagte ich.

Aber es half nichts, »mein Gott« zu sagen. Was ich jetzt tun mußte, war, einfach an nichts zu denken und auf die Gefährten zu warten. Denn ich war ja jetzt nicht mehr allein: Ich hatte doch diese Gefährten. Diese Gefährten. Diese Gefährten. Aber warum kam es mir so vor, als wären diese Gefährten jetzt so fern?

Ich dachte an sie, strengte meine Gedanken an, um sie mir wieder nahezubringen, aber es half nichts; es meldete sich immer wieder nur Clara; es meldeten sich die Schmerzen im Bein, das Kopfweh, die Krankheit; und das Geld, das ich nicht hatte, das Zimmer, das ich nicht bezahlen konnte, der Tabak, der mir ausgegangen war, und dann nichts mehr. Ich war allein. Mit den Gefährten konnte ich nicht sprechen. Was ich ihnen zu sagen hatte, konnte ich ihnen nicht sagen. Aber was mußte ich ihnen eigentlich sagen? Gab es überhaupt noch etwas zu sagen?

Ich starrte eine Weile auf das Fenster, auf das Muster der Gardinen. Dann stand ich auf und ging in die Küche, um mir den Kaffee heiß zu machen, sah auf dem Wecker, daß es schon nach Mittag war. Als Frau Kuhnl zurückkam, saß ich am Fenster und versuchte, mir aus ein paar Kippen, die ich vom Boden aufgelesen hatte, eine Zigarette zu drehen.

»Guten Tag«, sagte ich. »Guten Tag, Frau Kuhnl. *Guten Tag.*«

»*Guten Tag!*« sagte sie. »Jak se máte?«

»Gut«, sagte ich.

Sie sagte etwas auf deutsch, wiederholte es auf tschechisch, aber ich verstand nicht, was sie sagte. Vielleicht sprach sie von dem Huhn.

»Gut, gut«, sagte ich.

Dann ging ich hinaus, weil ich nichts anderes zu sagen wußte. Ich verstand ja nicht einmal mehr, was sie sagte; und sie verstand nicht, was ich sagte.

»*Um zwei Uhr*«, sagte ich. Ich sei um zwei Uhr wieder da. Denn sonntags aßen wir um zwei.

Auf der Straße wußte ich aber nicht, wohin ich gehen sollte. Alle Läden waren zu, es war fast niemand unterwegs. Am Graben waren auch die Cafés geschlossen.

»Gut, daß ich nicht früh aufgestanden bin!« sagte ich. Manchmal verblödet man nachgerade. Da hatte ich mir zum Beispiel am Tag zuvor vorgenommen, immer früh aufzustehen. Immer ganz früh! Und was wollte ich dann machen? Wohin wollte ich gehen?

Ich ging den Graben hinauf und hinunter, und dann kam ich schließlich an die Oper, ich drehte um und ging zurück, dann ging ich wieder bis zur Oper, dann wieder zum Graben. Dann bog ich in eine Straße hinter dem Stephansdom ein, durch die ich noch nie gegangen war, und fand mich zuletzt am Schottenring wieder. Schließlich machte ich mich so langsam wie möglich auf den Heimweg.

Aber als ich ankam, war es noch nicht einmal halb zwei, und Frau Kuhnl mußte noch die Suppe aufsetzen.

»Pani Kuhnl…«, sagte ich. »Ech«, sagte ich, »*liebe* pani Kuhnl! My towarischtschi!« Wir waren Gefährten!

»Ech, miláčku!« sagte sie. Ach, Lieber!

Aber das war es nicht, was ich hatte sagen wollen. Ich setzte mich in eine Ecke in der Küche und zeichnete mit dem Stock Figuren auf den Boden, während ich darauf wartete, daß das Essen fertig wurde. Als es fertig war, stand ich auf und setzte mich an den Tisch.

»Kartoffelpuffer!« sagte Frau Kuhnl. Sie sagte, sie habe Kartoffelpuffer gemacht. Ob ich mich freue?

»Ach«, sagte ich, *»liebe Frau Kuhnl!«*

Nach dem Essen sagte ich wieder: *»Ach, liebe Frau Kuhnl!«*, denn sie hatte auch echten Kaffee gekocht. Dann sagte ich, ich sei ein wenig müde, und so legte ich mich aufs Bett. Als sie in der Küche fertig war und durch mein Zimmer kam, tat ich, als ob ich schliefe.

Aber war ich denn daran schuld, wenn ich nicht sprechen konnte? Wenn ich nicht sagen konnte, was ich sagen wollte? Aber was wollte ich denn eigentlich sagen?

»Ach!« sagte ich.

Wenn ich zu rauchen gehabt hätte, wäre ich vielleicht ruhiger geworden. Aber der Tabak war zu Ende. Auch das Geld war zu Ende. Auch die Gesundheit ließ mich, obwohl ich geglaubt hatte, es gehe mir besser, jetzt offenbar wieder im Stich. Aber diese Gefährten, warum kam es mir so vor, als verließen auch sie mich, als sei niemand mehr da? Denn ich konnte jetzt nicht mehr mit ihnen reden. Ich wußte nicht einmal mehr, wer sie waren. Sie bedeuteten mir nichts mehr.

Ich hörte Frau Kuhnl im Nebenzimmer mit dem Huhn sprechen: *»Schlaf, mein Teures! Schlaf, schlaf…«*

Wenn ich wenigstens hätte schlafen können!

Aber Frau Kuhnl redete unablässig weiter, sie war keine Minute lang still: »*Schlaf, schlaf! Schlaf, mein Teures! Schlaf, schlaf …*«

»*Frau Kuhnl!*« rief ich.

»*Jo?*«

»*Ich möchte schlafen!*«

Sie verstummte sofort, und nicht einmal das Huhn gab mehr einen Laut von sich. Es war jetzt im Nebenzimmer völlig still.

»Oh, Gott sei Dank!« sagte ich.

»Gott sei Dank, Gott sei Dank!« sagte ich.

Dann sagte ich nichts mehr, denn die Kehle schnürte sich mir zu, ich konnte nicht sprechen. Nicht einmal fluchen konnte ich, ich konnte gar nichts tun. Als Mània und Dagnil mit dem Kleinen kamen, stand ich auf und versuchte, auf ihre Begrüßung zu antworten.

Wie geht es euch? Wie geht es dir, Mània? Dagnil? Mir geht es gut. Und wie geht es dem Kleinen? Wie geht es dir, Petruscha? Gut? Gut. Also … Wohin gehen wir? Sehr gut. Ein wunderschöner Ort, Schönbrunn. Hoffen wir, daß das Wetter hält.

Denn der Himmel hatte sich bewölkt.

Wie? Ach nein, nur ein bißchen Kopfweh. Nein, nein, wirklich. Ja, vielleicht die Hitze. Es sei ja jetzt wieder heiß geworden! Besser die Kälte als die Hitze, wenn man mich frage. Ja, zweifellos.

Aber war es wirklich das, was ich sagen wollte?

Danach gingen wir über den Schottenring zum Bahnhof der Stadtbahn; Dagnil und Frau Kuhnl gingen voraus. Ich hielt den Kleinen an der Hand und sah ab und zu Mània an, die ihn an der anderen Hand führte.

»Eto nawerno sharko«, sagte Mània. Es sei wirklich heiß.

»Nawerno«, sagte ich. Ja, wirklich.

Tagsüber, wenn es hell war, kam sie mir noch älter vor als damals, als ich sie das erstemal gesehen hatte. Aber es war nicht nur das Licht. Es war etwas anderes, das ich mir nicht erklären konnte. Etwas, was sich schloß, was aufhörte. Wie eine ganz kurz geöffnete Tür, die sich wieder schließt und bei der man nicht mehr weiß, wer auf der andern Seite gewesen ist; man weiß nichts mehr zu sagen, während die Tür sich immer weiter schließt.

»Bolsche tschem sharko, mokro«, sagte ich. Nicht so besonders heiß, sondern eher feucht sei es.

Wir warteten, bis Dagnil am Schalter die Fahrkarten gelöst hatte, und liefen dann die Treppe hoch, weil schon das Geräusch des einfahrenden Zuges zu hören war. Im Wagen saß ich Dagnil gegenüber, der den Kleinen auf den Knien hatte.

»Bòo, bòo, bòo, bòbboboo!« sagte Dagnil zu dem Kleinen und schnitt Grimassen, um ihn zum Lachen zu bringen.

»Bòbboboo!« sagte der ihm nach.

Auch das Pfeifen der Stadtbahn, als wir aus dem Tunnel herausfuhren, klang anders; es gellte nur in den Ohren, verursachte Kopfschmerzen.

»Bòo, bòo, bòo, bòbboboo!« brummte Dagnil.

»Ach, Herrje, heilige Maria«, sagte ich.

»Jak?« fragte Mània. Wie?

Nichts, sagte ich, nichts, liebe Mània.

Ich sah aus dem Fenster hinaus: Morzinplatz, Schwedenplatz, Hauptzollamt …

Hin und wieder strengte ich meine Gedanken an, versuchte, mich daran zu erinnern, wie es gewesen war, vorher, als ich und die Gefährten noch zusammengewesen waren. Ich versuchte, sie durch die zufallende Tür wiederzuerkennen. Ich versuchte, sie zu rufen …

… Stadtpark, Karlsplatz …

Aber war denn noch Zeit, sie zu rufen, bevor die Tür ganz geschlossen sein würde? Gab es denn noch etwas, was ich hätte sagen können?

… Kettenbrückengasse, Pilgramgasse, Margaretengürtel …

Mània. Dagnil. Frau Kuhnl. Petruscha. Wer waren die denn? Nur die Namen waren geblieben.

… Schönbrunn.

Jetzt waren wir am Ziel und mußten aussteigen. Man mußte etwas zu sagen finden, während wir zusammen zwischen den Statuen die Allee entlanggingen, die zum Park führte.

»Snajete tschto?« fragte ich. Wußten sie überhaupt, daß Frau Kuhnl eine feine Vesper mitgebracht habe?

Ach, sagte Frau Kuhnl, was sagte ich denn da! Sie dürften das nicht ernst nehmen! Sie habe nur ein paar *Kartoffelpuffer* dabei.

Ach, sagte Mània, die gnädige Frau habe sich aber Umstände gemacht! »A ja też …«, sagte sie dann, »ja też …« Auch sie habe *Kartoffelpuffer* mitgebracht.

»Cha, cha«, lachten wir alle. »Cha, cha!«

»Kartoffelpuffer«, sagte der Kleine, »choroschi!« *Kartoffelpuffer* seien gut.

»Hu! Oi, oi! Cha, cha!« lachten wir alle wieder. Wir hörten gar nicht mehr auf zu lachen.

Wir verließen die Allee und gingen ein wenig im Park vor dem Schloß herum. Dann stiegen wir den Hügel zur

Gloriette hinauf und machten ab und zu halt, um auf Petruscha zu warten, der zurückgeblieben war und im Gras Steine aufsammelte.

»Ach, eto prekrasno!« sagte Dagnil, als wir oben waren. Die Aussicht sei wunderschön.

»Ach, da, da! Prekrasno, prekrasno!« sagte ich.

Dann wiederholte ich immerfort »prekrasno, prekrasno«, obwohl es gar nicht das war, was ich sagen wollte.

»Franco«, fragte Mània, »tschto s toboi? Tschto slutschilos?«

Ich drehte mich um und sah sie an, sah auch die anderen an, machte eine Gebärde, um zu zeigen, daß ich nicht verstand. Warum? Was sollte ich denn haben? Was sollte denn mit mir los sein?

»No … nitschewo …«, sagte ich. Nichts, gar nichts! Aber warum denke sie denn, ich hätte etwas? Es sei etwas mit mir los?

»Ty ush ne takoi«, sagte Mània. Ich sei nicht mehr wie vorher.

»Eto … ne prawda«, sagte ich. Das sei nicht wahr.

»Eto …«, sagte ich, »sharko.« Es sei die Hitze.

»Ale«, sagte Frau Kuhnl, »už ne tak horko …« Aber es sei doch nicht mehr so warm … Ja, ihr sei sogar ein wenig kalt! Gleich ginge die Sonne weg. Dann sagte sie, es sei Zeit zum Essen, und zog das Paket mit den Kartoffelpuffern aus ihrer Tasche.

»A gde sadimsja?« Wohin wollten wir uns setzen?

Wir setzten uns ins Gras, ein bißchen weiter unten, wo die Bäume anfingen. Auch Mània packte ihr Paket aus.

»Tak, dobry *Appetit*!« sagte Dagnil.

»Dobry *Appetit*«, sagte ich. »Dobry *Appetit*.«

Aber das war alles, was ich herausbrachte. Auch die anderen sprachen nicht mehr, bis wir zu Ende gegessen hatten. Dann stellte sich heraus, daß sie zu viele Kartoffelpuffer gemacht hatte, es waren welche übriggeblieben. Frau Kuhnl packte sie zusammen und sagte, sie nehme sie wieder nach Hause mit.

»Papirossa, chotschesch?« fragte Dagnil. Ob ich rauchen wolle.

»Danke«, sagte ich. »Spassibo.«

Unter den Bäumen fing es an, dunkel zu werden. Von der Wiese her ertönten die Stimmen der heimgehenden Spaziergänger, eine Frau rief: *»Hein-riiich… Hein-riiich…«*

Von der anderen Seite des Hügels wehte jetzt ein kühler Wind herüber. Man hörte ihn durch die Zweige rauschen. Man hörte das Geräusch der fallenden Blätter. Dann kamen zwei vorbei, die auf dem unteren Weg zum Tiroler Garten hinabgingen; man hörte ihre Stimmen, die sich entfernten, und das Knacken der trockenen Zweige.

Die Tür, war sie jetzt zu?

Über Hietzing hatte der Wind alle Wolken weggefegt, aber die Sonne war schon untergegangen. Hinter dem Botanischen Garten leuchteten unten die Lichter der Maxingstraße auf.

»Towarischtschi…«, sagte ich.

»Wot…«, sagte ich. Ja, also… Vielleicht sei es ein bißchen spät geworden. Nein, ich meinte das wegen der Feuchtigkeit. Denn ich fände…, es sei ein bißchen feucht.

»Ach, eto prawda!« sagte Dagnil. Das sei wahr! Die Feuchtigkeit sei schlecht für mich! Wir sollten lieber sofort nach Hause.

Er stand als erster auf und half Frau Kuhnl. Dann mußte er auch mir aufhelfen, denn das Bein tat mir weh.

»Tak, poidjom?« fragte er. Also, wollten wir los?

»Da«, sagte Mània, »minutku.« Eine Minute noch. Sie hatte sich vor Petruscha hingekniet und band ihm den Schal um, rückte ihm die Mütze gerade. Dann stand sie auf und nahm ihn bei der Hand.

»Nu poidjom«, sagte sie. Gehen wir.

»Towarischtschi ...«, sagte ich.

Sie hatten sich schon in Bewegung gesetzt und blieben nun stehen.

»Towarischtschi ...«

»Nu wot, towarischtschi ...« Also ... Ich ... sie müßten mir verzeihen, aber ich ... Also, ich würde nicht mit ihnen nach Hause gehen ... Ich würde später kommen ... Ein bißchen später ... Denn ...

»A kak, mily?« rief Dagnil. Wieso? Wohin wolle ich denn?

»Nu wot«, sagte ich. Also, ich fühlte mich heute ein bißchen ... Nein, ich wisse nicht, wie ich mich fühlte, aber mir scheine, daß ... Ich müsse ein wenig allein sein. Und daher also würde ich auf der anderen Seite den Hügel hinuntersteigen. Ich wolle noch ein bißchen umhergehen. Sie müßten mich entschuldigen ...

»A ...«, sagte Dagnil.

Mània sagte nichts. Sie blickte nach unten, auf den Rasen, der sich nach Schönbrunn hinuntersenkte, auf den Weg, den man vom dunklen Gras nicht mehr unterscheiden konnte. Dann fragte sie: »Kiedy wrócisz?« Wann käme ich wieder?

»Nu wot ...« Also ..., ich würde noch ein bißchen herumlaufen. Ich wolle noch einen Spaziergang machen. Ich hätte … Ich wolle auf der anderen Seite den Hügel hinunter …

»A …«, sagte Dagnil wieder.

»Aber …«, sagte Frau Kuhnl. Aber ich dürfe nicht so spät zurückkommen! Sonst würde ich vor dem verschlossenen Haustor stehen.

»Net«, sagte ich. Es würde nicht spät werden. »Tak, do swidanija«, sagte ich. Also, auf Wiedersehen.

»A kuda ty, djadja?« fragte der Kleine. Wohin ich denn gehe?

»Do swidanija, mily Petruscha«, sagte ich. Adieu, lieber Petruscha. Adieu, Mània, Dagnil. Adieu, Frau Kuhnl.

Adieu? War es also das, was ich zu sagen gehabt hatte? Nur das, von Anfang an?

»Do swidanija«, sagten sie. Adieu. Aber noch gingen sie nicht.

Dann faßte Mània den Kleinen wieder bei der Hand und wandte sich um, ging mit den anderen den Weg hinunter. Sie gingen langsam, blieben hie und da auf dem Weg stehen, der fast unsichtbar geworden war. Auf halber Höhe machten sie halt und blickten zurück zu den Bäumen.

Aber unter den Bäumen war es jetzt zu dunkel. Ich sah sie noch eine Weile lang den Abhang hinuntergehen, dann wußte ich nicht mehr, ob ich sie noch sah oder ob es Schatten waren oder dunklere Stellen im Gras. Ich stützte mich auf den Stock und stieg wieder zur Gloriette hinauf. Dort wandte ich mich um und schaute einen Augenblick lang nach unten, wo der Rasen aufhörte. Dann machte ich mich auf der anderen Seite an den Abstieg.

Bericht von den Ausgrabungen

(1964)

I.

Hallo?« sagte ich. »Was? Ach ja, ich bin's … Nein, Lea wer? Nein, ich erinnere mich nicht …«

Über dem Telefon war die Wand voller Nummern und Namen, sie standen in einer Reihe untereinander neben der Schnur. Aber ein paar von ihnen standen nicht in der Reihe, sondern irgendwo schief danebengekritzelt.

»Hallo!« sagte die am Telefon.

»Was? Ach, hallo, ja … entschuldige, nein. Lea wer? Ach, die, die letztes Jahr da war … Ja, ich erinnere mich. Wie geht's dir …? Mir gut, danke.«

An bestimmten Stellen war die Tapete abgegangen. An einer anderen Stelle, wo ein Strich unter die Zahlen gezogen war, sah die Ziffernfolge aus wie eine Rechenaufgabe:

Pietrangeli 480.597
Gas 683.332

Sieben und zwei, neun. Neun und drei, zwölf: schreibe zwei, eins im Sinn.

»Was sagst du da?« fragte sie.

»Wie? Nein, entschuldige«, sagte ich, »ich hab nicht mit dir geredet. Was hast du noch mal gesagt?«

Ich legte eine Hand über die Nummern und paßte auf, was die Frau am Telefon sagte. Es schien, daß diese Lea mich unbedingt am nächsten Vormittag in der Nähe der

Porta San Giovanni treffen wollte, um elf, und ich antwortete, das ginge in Ordnung.

»Ist gut«, sagte ich. »Ciao.«

Eigentlich meinte ich ja nicht, daß es ging, aber ich hatte die Finger gespreizt, und darunter konnte ich die Nummern lesen:

ngeli 480
Gas 683

Drei, acht und acht, sechzehn.

»Professor«, sagte sie, »es ist wichtig. Vergiß es ja nicht!«

»Ist gut, ciao«, sagte ich.

»Nein! Warte!« schrie ich dann. »Ich kann doch um elf gar nicht kommen. Ich hab am Vormittag zu tun! Wie? Ich muß doch einkaufen gehn! Und dann? Nein, dann muß ich die Zimmer machen. Und dann helfe ich ja jetzt auch ein bißchen in dieser anderen Pension über uns aus … Wie …? Aber nein, es geht doch nicht um … es ist, weil … Warte einen Moment.«

»Signora!« rief ich.

Hinten im Flur ging eine Tür auf, und es kam die aus Turin heraus.

»Professor«, sagte sie, als sie bei mir stand, »brüllen Sie hier nicht so rum! Die Signora ist noch nicht wieder da. In ihrem Zimmer sind jetzt zwei.«

»Aha. Also, hör zu«, sagte ich am Telefon, »die Signora ist jetzt nicht da. Ich sag es ihr morgen früh … Gut, wenn ich kann, komm ich. Jetzt geh ich ins Bett. Ciao.«

»Wer war das?« fragte die aus Turin. »War das für die Signora?«

»Wer? Nein, das war eine, die letztes Jahr hier war. Das war für mich. Ciao, ich geh ins Bett.«

»Hoho«, sagte sie, »Professor! Na so was! Haben Sie jetzt eine Freundin?«

»Was? Ach, hör auf! Laß mich in Ruhe«, sagte ich.

Sie kam mit mir in die Küche und setzte Wasser auf, während ich mir das Feldbett richtete.

»Warum?« fragte sie. »Darf man jetzt vielleicht einen jungen Mann nicht mehr fragen, ob er eine Freundin hat?«

Sie blieb da und sah mir zu, wie ich mir die Schuhe auszog und die Hose faltete.

»Du«, sagte ich, »hast du vielleicht was zu rauchen?«

»Ich schau mal.«

Ich hörte, wie sie ins Bad ging und das Wasser einließ. Dann kamen die, die im Zimmer gewesen waren, raus und klopften an der Küchentür an, weil sie ihre Ausweise zurückhaben wollten.

»Haben Sie schon bezahlt?«

»Ich habe bei der Signora bezahlt.«

»Die Ausweise liegen dort auf dem Tischchen im Flur.«

Sie machten die Wohnungstür wieder zu, und dann hörte man keinen Laut mehr. Auch Gina war vermutlich weggegangen. Ich wartete eine Weile, ob die aus Turin mir was zu rauchen brachte, aber sie ließ sich nicht mehr blicken. Ich machte das Licht aus.

Später ging die Wohnungstür auf und dann die zum Flur. Ich rief: »Gina!«

»Was willst du denn?« fragte sie leise und kam in die Küche.

»He, hast du was zu rauchen?«

»Mensch, ich hab doch einen dabei!« sagte sie stinkwütend.

»Huch, entschuldige«, sagte ich.

Sie ging und machte die Tür wieder zu. Dann machte sie die Tür ihres Zimmers zu. Ich wollte warten, bis die Signora heimkam, um ihr von der am Telefon zu erzählen, aber wer weiß, wann die zurückkam. Und wer weiß, was die am Telefon wollte? Kurz danach schlief ich ein.

Früh am Morgen, als ich die Milch eingekauft hatte und wieder raufkam, war es in der Küche noch dunkel, so daß ich das Licht anlassen mußte. Ich kochte die Milch und spülte das Geschirr. Am späten Vormittag machte ich das Licht aus, und der Fußboden wurde plötzlich ganz grau, man sah, daß er noch dreckig war. Unter dem Tisch klebten ein paar Makkaronistücke am Boden, und auch eine zertretene Weinbeere. Vom Fenster zur Loggia drangen die Geräusche vom Hof herein.

Ich machte das Feldbett, und dann saß ich da und betrachtete die viereckigen Kacheln auf dem Boden. Aber von weitem sah es fast aus, als wären es gar nicht viele Reihen von Kacheln, sondern eher ein Fußboden aus einer einzigen Kachel, so wie sie ja auch oft gemacht werden. Doch wenn man genau hinguckte, konnte man die Fugen sehn und konnte sie zählen, die Kacheln oder die Reihen von Fugen, bloß verzählte man sich dabei immer wieder. Nein, eigentlich verzählte man sich ja nicht, man wußte bloß nicht mehr, welche Reihe man gerade zählte. Ich blieb sitzen und sah einfach fest auf irgendeine Fuge. Bis an der Tür geläutet wurde und ich aufstehn mußte. Ich trug den Mülleimer raus.

Als ich zurückkam, war auch die Signora aufgestanden und in der Küche.

»Wer war das?« fragte sie.

»Der Müllmann.«

»Hast du die Milch geholt?«

»Ja«, sagte ich, »sie ist schon abgekocht, sie ist in der Wärmekanne.«

»Sag der Wanda, sie soll aufstehn, sie muß mit mir zur Untersuchung.«

Die Wanda war die aus Turin, und jetzt wollte die Signora sie wahrscheinlich wegschicken, weil nämlich die Entzündung bei ihr nicht wegging. Sie sagte, sie hätte sie bei uns bekommen, wo sie doch kaum zwei Wochen da war, aber die Signora sagte, sie hätte sie bestimmt schon von vorher gehabt.

Ich ging den Flur runter, machte die Tür auf und rief sie.

»Hör zu«, sagte ich, »die Signora sagt, du sollst aufstehn.«

»Äh ... ja ...«, sagte sie. »Was?«

»Die Signora sagt, du sollst aufstehn.«

»Aber wieviel Uhr ist es denn?« fragte sie. »Was will sie denn?«

»Los, steh auf!« schrie die Signora von der Küche rüber. »Du mußt zur Untersuchung!«

»Los, steh auf«, sagte ich, »hörst du?«

Ich ging wieder in die Küche, während die aus Turin aufstand.

»Sie steht jetzt auf«, sagte ich. »Ich hab sie aus dem Bett gekriegt.«

Die Signora goß den Kaffee in die Wärmekanne, öffnete den Küchenschrank und nahm den Zucker raus.

»Stell die Tassen hin«, sagte sie.

Die aus Turin kam rein, als wir schon fertig waren. Sie setzte sich ganz mürrisch hin und legte das Röhrchen mit den Sulfonamidtabletten neben die Tasse. Dann wurde sie immer mürrischer und rührte dauernd mit dem Löffel in ihrem Kaffee, ohne ihn zu trinken.

»He«, sagte die Signora, »mach mal dalli.«

Sie hörte mit dem Rühren auf, antwortete aber nicht.

»Hörst du nicht, was die Signora sagt?« fragte ich. »Beeil dich.«

»Verdammt!« fing sie an zu schreien. »Kümmere dich um deinen eigenen Scheiß, du! Du Idiot, du Hungerleider, du Blödmann!«

Sie schrie eine ganze Weile weiter, und danach versuchte sie, die Signora zu beschwichtigen, und sagte, an allem wäre nur ich schuld. Sie hätte ja gar nichts dagegen, sich untersuchen zu lassen. Im Gegenteil. Aber es sei dieser Blödian, über den habe sie sich geärgert.

»Warum«, fragte sie, »halten Sie sich so einen Schwachkopf im Haus?«

Die Signora spülte die Tassen aus und hörte sie gar nicht.

»Signora«, sagte ich, »lassen Sie doch, die Tassen wasch ich.«

»O ja«, sagte sie, »prima, damit du gleich wieder eine kaputtmachen kannst!«

»Wie? O nein. Nein, nein!«

»Nein, nein, ein Scheißdreck!« schrie sie. »Hast du vielleicht bis jetzt noch nie eine kaputtgemacht? Und außerdem«, sagte sie, »was hast du mir gestern überhaupt gebracht? Hab ich dir vielleicht gesagt, du sollst Provolone kaufen?«

Mich plagte immer der Gedanke, daß sie mich eines Tages rauswerfen könnte, ich konnte also vor Angst kaum sprechen.

»Nein?« fragte ich. »Etwa Stracchino?«

»Stracchino!« brüllte sie. »Stracchino! Ich hatte dir doch überhaupt nichts von Käse gesagt! Ich hab dir gesagt: Brot, Pasta, Auberginen, Eier und sonst nichts! Keinen Käse! Wenn du dir Käse kaufen willst, dann mach das gefälligst von deinem eigenen Geld, hast du verstanden? Und mir bringst du den Rest genau abgezählt zurück! Genau abgezählt bringst du mir, was du zurückgekriegt hast, verstanden? Genau abgezählt! Ich will das genau abgezählt ...!«

Sie schrie so laut, daß die aus Turin, trotz der Genugtuung, die ihr diese Szene bereitete, eiligst in ihrem Zimmer verschwand. Danach erschien sie fertig zum Gehen mit Mantel und Schirm am Eingang.

»Signora ...«, sagte ich.

Sie antwortete nicht und stellte den Zucker in den Küchenschrank zurück. Dann ging sie hinaus, um sich fertig zu machen. Ich setzte mich wieder auf das Feldbett und zählte die Kacheln, obwohl ich ja wußte, daß ich nicht dasitzen und die Kacheln zählen durfte, sondern der Signora zeigen mußte, daß ich mir Mühe gab, daß ... Wenn sie mich nämlich wegschickte, was sollte ich dann machen? Wo sollte ich schlafen? Wo sollte ich essen? Ich guckte immer weiter auf die Kacheln und mußte heulen, ich dachte an verschiedene Sachen zum Essen. Ich zählte die Fugen, bis ich mich wieder verzählte. Dann guckte ich nur noch auf irgendeine Fuge.

Die Wanda hatte genug vom Warten draußen im Flur, also kam sie wieder in die Küche rein. Sie schien sich darüber zu freuen, daß ich in Ungnade gefallen war, daß die Signora mich vielleicht wegschickte.

»Professor«, fragte sie, »was ist denn, bist du vielleicht besorgt?«

»Leck mich doch am Arsch!« brüllte ich.

Sie fing an zu lachen und ging wieder auf den Flur raus. Nach einer Weile hörte ich sie zusammen weggehn, sie und die Signora. Ich guckte weiter auf den Boden, dann fiel mir was ein, und ich rannte auf die Treppe hinaus.

»Signora!« rief ich.

Die waren schon unten. Sie blieben stehn.

»Was gibt's?« antwortete sie.

»Heut … wenn ich einkaufen geh, was soll ich denn da kaufen?«

»Nichts!« schrie sie. »Du gehst mir nicht mehr einkaufen. Das macht Gina. Du kannst ab heute spazierengehn.«

Ich blieb eine Weile auf der Treppe draußen stehn und lehnte mich ans Geländer. Dann ging ich wieder rein und setzte mich aufs Feldbett.

Was mich wütend machte, war, daß sie mir am Tag zuvor nichts gesagt hatte. Denn nehmen wir mal an, daß sie mir vielleicht wirklich nicht gesagt hatte, ich solle Provolone kaufen. Aber warum fiel ihr das dann erst am Tag danach ein? Also, da sah man doch, daß das bloß ein Vorwand war, um mich wegzuschicken. Aber dann konnte sie es doch gleich sagen, daß sie mich wegschickte, ohne diese ganze Geschichte mit dem Provolone. Schau, du mußt gehn. Und ich wäre gegangen. Oder etwa nicht? Etwa nicht, verdammt noch mal? Verdammt noch mal? Ich heulte und ging in der Wohnung rum und wußte nicht, was ich tun sollte.

Danach ging ich zu Gina rein, die noch schlief.

»Gina!« rief ich.

»Was?« fragte sie. »Was ist? Was ist los?«

»Sie haben mich weggeschickt!«

»Sie haben dich weggeschickt?«

»Ja. Die Signora. Sie hat mich entlassen.«

»Oh, das tut mir leid.«

Sie setzte sich auf und rieb sich die Augen, guckte im Zimmer rum.

»Hör zu«, sagte sie, »setzt du mir Wasser auf?«

»Was …? Ah, ja. Ja, gleich … Sie hat gesagt, daß ich nicht mehr einkaufen soll. Daß ich ab heute spazierengehn kann. Also, das heißt doch, daß sie mich wegschickt, nicht?«

»Was weiß ich?« sagte sie. »Warum fragst du mich das? Hör, setzt du mir jetzt das Wasser auf? Schau, mach auch das Fenster auf … nein, nicht ganz … so, ja.«

Ich ging das Wasser aufsetzen, und als ich zurückkam, war sie aus dem Bett.

»Du darfst das nicht so schwernehmen!« sagte sie. »Und außerdem ist es doch gar nicht gesagt, daß sie dich wegschickt. Du wirst sehn, die beruhigt sich schon wieder.«

»Ah, nein? Meinst du, es ist nicht sicher? Na, was meinst du? Nein?«

»Nein. Du wirst schon sehn, sie tut es nicht.«

»Aber warum?«

»Wenn ich es dir doch sage! Es ist überhaupt nicht sicher. Hör zu, was dieser Lump, den ich heute nacht mit raufgebracht habe, getan hat. Der sagt: Du blöde Kuh, du hast gesagt, zweitausend. Ach so, ich hätte also zweitausend gesagt? Ich hab nur gesagt: zweitausend für das Zimmer, das hab ich gesagt! Hast du verstanden, was für ein Lump! Aber ich hab ihm gesagt, daß ...«

»Und ich«, sagte ich, »möchte der Signora sagen, daß sie mich doch nicht einfach so wegschicken kann! Nicht wahr?«

»Wie? Ach, sicher, ja ...«

Im Zimmer von Gina war am Morgen nicht so ein Gestank wie in dem von Wanda. Es war angenehm da. Ich trocknete mir die Augen, setzte mich und schielte nach den Zigaretten auf dem Nachttisch.

»Du, hast du was zu rauchen?«

»Bitte sehr, nimm dir eine ... Wir sind doch alle Pechvögel: Ja, das sind wir.«

»Ja.«

Pech. Pechvögel. Ich mußte zwischendurch wieder heulen, und ich hustete, zog die Nase hoch. Gina war das Wasser holen gegangen und saß jetzt singend auf dem Bidet. Florenz. Der Wecker, der auf der Kommode stand, tickte laut auf der Marmorplatte. Zehn Uhr. Zehn ...

»Huch!« sagte ich. »Weißt du, daß gestern Lea angerufen hat?«

»Lea, wer?« fragte sie, ohne sich umzudrehn. »Die, die früher mal hier war?«

»Ja. Lea. Sie hat gesagt, sie will mich heute treffen, um elf.«

Sie stand auf und trocknete sich ab. Dann zog sie den Schlüpfer an und den Morgenrock.

»Ach ja?« fragte sie. »Und was will sie?«

»Ich weiß nicht, sie hat es mir nicht gesagt. Sie sagt, ich soll um elf an der Porta San Giovanni sein.«

»Und gehst du hin?«

»Wie? O nein, ich muß doch die Zimmer machen. Dann ...«

»Geh ruhig«, sagte sie. »Laß dir doch sagen, was sie will, oder? Die Zimmer mach ich.«

»Die willst du machen?«

»Aber ja. Außerdem, wenn sie dich weggeschickt hat, mußt du sie ja sowieso nicht mehr machen ...«

»Oh, sicher ... Was? Aber wieso? Meinst du dann doch, daß sie mich weggeschickt hat? Hä? Was sagst du? Du hast mir doch vorhin gesagt, daß ...«

»Meine Güte«, schrie sie, »was für ein Theater! Was weiß denn ich? Mußt du denn immer so ein Theater machen? Los, raus mit dir, ich muß mich anziehn. Geh schon! Geh! Sonst verlier ich noch die Geduld mit dir!«

Ich lief aus der Wohnung und schlug die Tür hinter mir zu. Ich schrie vor Wut und fluchte auf Gina. In Sprüngen rannte ich die Treppe runter.

Auf der Straße aber ging ich dann langsam und murmelte dabei vor mich hin und heulte. Ich ging in Richtung Bahnhof, die Straßenjungen liefen hinter mir her.

II.

Lea hatte gesagt, an der Porta San Giovanni, aber ich wußte nicht mehr, wo genau. Vielleicht war es da, wo die Straßenbahnen hielten, oder auch an dem Getränkekiosk. Daher stellte ich mich an den Kiosk und sah zu den Straßenbahnen rüber. Manchmal sah ich auch zu dem Mann vom Kiosk, der sich auf den Tresen stützte und Zeitung las.

»He, Sie«, sagte ich. »Wissen Sie, wieviel Uhr es ist?«

»Nein.«

»Ist es wohl schon elf vorbei?« fragte ich.

Er antwortete nicht und las weiter in seiner Zeitung. Lea kam nicht. Zwischendurch fing es auch an zu regnen. Ich ging zur Straßenbahnhaltestelle rüber und danach wieder zum Kiosk, ich fragte einen anderen, ob er vielleicht wußte, wieviel Uhr es war.

»Professor!« rief Lea.

Sie kam von den Anlagen her und winkte mir.

»Professor!« sagte sie, »Wie geht's dir? Das ist schön, dich wiederzusehn. Und wie geht's der Signora? Was macht sie, die Signora?«

»Sie hat mich weggeschickt«, sagte ich. »Sie hat mich entlassen. Heute morgen. Weil ich keinen Käse kaufen darf, sagt sie, und auch weil ich ihr die Tassen kaputtmache. Aber das mit dem Käse, das hat sie mir selbst gesagt, daß ich ihn kaufen soll. Ich weiß noch, daß sie gesagt hat: Brot, Pasta, Käse und Eier. Das muß ich doch schließlich wissen! Ich weiß noch, daß sie ausdrücklich gesagt hat: ›Kauf bei Pietrangeli auch Käse …‹«

»Hör zu«, sagte sie, »bleiben wir hier nicht mitten auf der Straße stehn, setzen wir uns doch in ein Café. Dann erzählst du mir alles. Ich hab dich kommen lassen, weil du mir einen Gefallen tun könntest.«

Wir gingen über den Platz und setzten uns in ein Café auf der anderen Seite. Lea ließ Wermut und Gebäck bringen.

»Bitte«, sagte sie, »bedien dich doch. – Willst du rauchen?« fragte sie danach. »Bitte.«

Diese Lea war eine, die bloß bei uns wohnte, weil sie nämlich eigentlich im Varieté arbeitete. Danach war sie mit einer anderen weggegangen, die auch bei uns war, und Gina sagte, das war, weil sie was miteinander hatten.

»Du«, sagte sie, »erinnerst du dich noch an die Marchesa?«

»Die andere da, die bei uns war?«

»Ja, die Hübsche, die sie die Marchesa nannten. Erinnerst du dich an sie?«

»Ja«, sagte ich. »So eine Dürre.«

»Die war nicht so dürr«, sagte sie. »Im Gegenteil.«

»Nein? Ich weiß nicht, ich erinnere mich nicht so genau an sie. Warum?«

»Weil, also nämlich: Weil nämlich, sie und ich … Weil also ich, mit dieser Marchesa …«

»Ach so«, sagte ich, »ja, Gina hat es mir gesagt.«

»Gina?« rief sie. »Was weiß denn Gina davon!«

»Ach so«, sagte ich, »nein, ich hab halt gedacht.«

»Wir waren nämlich zusammengezogen, weil ich zuletzt viel hier in Rom gearbeitet habe ... Aber hörst du mir überhaupt zu?«

»Warum? Natürlich«, sagte ich.

»Aber dann habe ich diesen Sommer in Ostia einen getroffen, der ...«

Es war noch ein Eclair übrig, das unter der Fliegenglocke lag und das ich von Zeit zu Zeit beäugte, aber wenn ich auch noch das letzte nahm, machte das vielleicht einen schlechten Eindruck. Ich hob die Fliegenglocke an und stellte sie wieder ab, während sie weiterredete.

»... also, ich hab es ihr sofort gesagt: Ich sage, hör mal, Süße, du darfst dir das nicht zu Herzen nehmen, aber ...«

Vielleicht war ja Creme drin. Aber es konnte auch Zabaione sein, denn wenn sie außen diesen gelben Zukkerguß haben, dann können sie mit Creme- oder Zabaionefüllung sein.

»Denn es ist ja alles schön und gut«, sagte Lea, »aber auch du wirst verstehn, daß im Leben mal eine Zeit kommt, wo jeder seinen eigenen Weg gehn muß.«

»Klar«, sagte ich. »Sicher.«

»Aber das mußte doch auch sie kapieren, nicht wahr?«

»Sicher.«

Denn wenn es nämlich mit Zabaione war, dann mochte ich es nicht einmal besonders. Aber es hätte mich gefuchst, wenn es doch mit Creme gewesen wäre.

»Ich versichere dir, ich hatte es ihr gesagt, daß sie sich das nicht zu Herzen nehmen darf! Hab ich ihr das etwa nicht gesagt? Aber sie ...«

Eigentlich konnte es mir ganz egal sein, wenn es auf sie einen schlechten Eindruck machte. Und außerdem war es ihr ja vielleicht auch ganz egal.

»Entschuldige«, fragte ich, »ißt du das noch, dieses Eclair?«

Aber sie hatte jetzt plötzlich die Arme auf den Tisch gelegt und heulte, den Kopf auf den Armen. Sie warf den Kopf hin und her.

»O Gott«, heulte sie. »Ogottogott!«

Ich ließ die Fliegenglocke los und hob die Hand.

»Aber was ist denn? Was ist denn passiert?« fragte ich.

»Sie hat versucht, sich zu erschießen!« sagte sie. »Das ist passiert!«

»Mensch«, sagte ich, »meine Güte! Das hat noch gefehlt.«

Das Eclair, das ließ ich jetzt besser liegen. Und so erzählte mir nun Lea, daß die Frau jetzt zur Beobachtung im San-Giovanni-Krankenhaus lag, aber daß sie auf jeden Fall abreisen mußte, weil sie diesen Mann getroffen hatte und das die Gelegenheit war, ihren eigenen Weg zu gehn. Und da es nämlich so war, daß die Nonnen sie angeblich nicht reinlassen wollten, denn sie wäre am liebsten selbst hingegangen, ob ich denn gehn könnte.

»Du sagst der Marchesa, daß ich meine Schlüssel in das Kästchen gelegt habe«, sagte sie, »und daß ich auch einen Koffer dagelassen habe, den ich dann später abholen lasse. Verstanden?«

»Ja.«

Es hatte wieder zu regnen angefangen. Am Eingang war einer, der Sägemehl auf den Boden streute.

»Aber vor allem mußt du ihr sagen, daß sie es sich nicht zu Herzen nehmen darf und daß sie, wenn sie dort rauskommt, mir erst gar nicht zu schreiben braucht oder sonst was. Denn sie muß doch verstehn, daß ...«

Der streute es aber gar nicht richtig. Denn statt es so zu streuen, daß es den Boden gleichmäßig bedeckte, ließ er an bestimmten Stellen ganz viel fallen und an anderen überhaupt nichts. Aber, na ja, wenn dann die Leute drübergingen, wurde es danach vielleicht doch gleichmäßig.

»Genau.«

»Wie?« fragte sie.

»Nein«, sagte ich, »entschuldige, was hast du gesagt?«

»Ich hab gesagt … Also, was ist jetzt: Gehst du hin oder nicht?«

»Wohin?« fragte ich.

Sie sah mich einen Moment lang mit offenem Mund an. Dann nahm sie das Zigarettenpäckchen, in dem vielleicht noch ein paar Zigaretten drin waren, riß es in Stücke und warf es zu Boden.

»Verdammt!« schrie sie, und: »Herr Ober! Was macht das?«

Sie klappte die Handtasche wieder zu und stand auf. Auch ich stand auf.

»Nein«, sagte ich, »entschuldige, es ist schon gut, ich hab ja verstanden. Es war bloß, daß … Aber lassen die mich denn rein?«

»Warum nicht?« sagte sie. »Warum sollten die dich nicht reinlassen? Ich bring dich hin. Du brauchst bloß zu sagen, daß du ihr Cousin bist.«

Am Ende konnte man aber dort doch nicht rein, weil die Besuchszeit zu Ende war. Lea mußte einen dort mit fünfhundert Lire bestechen.

»Also, dann bringen Sie ihn hin?«

Ich hatte mir inzwischen einige beschriebene Steinquader angesehn, die am Eingang in die Mauer eingelassen waren; sie waren aber ganz beschädigt, und man konnte nicht verstehn, was sie darstellten.

»Du«, fragte ich, »sind das antike Steine?«

»Wie?« fragte Lea.

»Ich meine, aus dem antiken Rom?«

»Hör mal«, sagte sie, »jetzt bringt der dich da hin. Weißt du noch genau, was du sagen sollst?«

»Ja«, sagte ich. »Die Schlüssel.«

»Die Schlüssel im Kästchen, der Koffer, den ich später abholen lasse, und wenn sie rauskommt, soll sie nicht schreiben oder sonstwas, weil ...«

»Also gehn wir, junger Mann?« fragte der andere.

»Also ciao. Und denk dran!«

»Ja, ja. Und, danke. Ciao.«

Ich ging neben dem Pfleger her und zählte das Geld, das sie mir gegeben hatte.

»Donnerwetter«, sagte ich, »wir haben ganz schön Geld gemacht!«

»Red doch leise!« sagte der Pfleger.

Wir kamen an einen Ort, wo über der Tür »Aufnahmeabteilung« stand und wo die Betten alle in einer Reihe an den Wänden standen, aber einige hatten sie mehr in die Mitte gezogen, weil sie darunter wischen mußten. Auch vor der Tür war eine Frau mit einem Eimer, die den Boden wischte.

»Hör zu«, sagte der Mann, »du darfst nur kurz bleiben, weil es außerhalb der Besuchszeit ist. Und außerdem darfst du der Nonne nicht sagen, daß ich dich reingelassen habe.«

Er zeigte mir das Bett der Marchesa, das eins von denen war, unter denen sie schon gewischt haben mußten, denn es stand wieder an der Wand. Das Bett daneben hatten sie dagegen ganz in die Mitte gezogen, und darin lag eine Frau im Nachthemd, die Milch trank.

»He, Sie!« sagte die, die Milch trank, als ich mich näherte. »Schickt Sie meine Nichte?«

»Wer?«

»Ach«, sagte sie, »nein, ich hab geglaubt, meine Nichte hätte Sie geschickt.«

Sie beugte sich raus, um die Tasse auf den Nachttisch zu stellen, während sie ihr das Bett wieder an die Wand schoben, und dann schlüpfte sie unter die Decke. Die Marchesa dagegen saß fast aufrecht im Bett mit ganz vielen Kissen im Rücken.

»Ciao«, sagte ich. »Lea schickt mich. Ich war in der Pension in der Via Sallustiana, ich weiß nicht, ob du dich noch erinnerst.«

Aber sie erinnerte sich anscheinend nicht. Sie sah mich an, ohne zu antworten.

»Sie sagt, daß sie ihre Schlüssel im Kästchen gelassen hat«, sagte ich, »und daß du, wenn du rauskommst, nicht ...«

Die vom anderen Bett hatte sich wieder aufgesetzt und zog mich am Ärmel.

»Sie hört Sie doch gar nicht«, sagte sie. »Sie hat Morphium gekriegt.«

»Ach?«

»Ja, ja«, sagte sie, »wegen der Rippe. Weil nämlich bei ihr ein Splitterbruch festgestellt wurde.«

»Meine Güte«, sagte ich, »das hat noch gefehlt.«

»Ja, es heißt, es sei ein Wunder, daß nicht noch eine Lungenkomplikation dazugekommen ist! Sie wissen ja, wie das ist. Ich bin schon dreimal operiert worden. Das hier ist das vierte Mal.«

»Meine Güte!«

Eine Nonne kam und nahm die Tasse vom Nachttisch. Es war wohl so, daß dieser Nachttisch nicht richtig stand, denn sie rückte eine Weile daran rum, bis er genau an der Wand stand. Darauf wischte sie auch die Wasserflasche ab. Schließlich ging sie wieder weg.

»Und Sie, sind Sie aus Rom?« fragte die mit der Operation.

»Ich? Ja.«

»Und als Sie gekommen sind«, sagte sie, »hab ich geglaubt, meine Nichte schickt sie!«

»Nein. Ich wohne in einer Pension in der Via Sallustiana.«

»Ach, in der Via Sallustiana?«

»Ja. Vielmehr muß ich sagen, ich *war* in der Pension, denn sie haben mich weggeschickt.«

»Nein, wirklich?«

»Ja, ja.«

Ich nahm einen Stuhl, der neben dem Bett der Marchesa stand, und rückte ihn mehr in die Mitte. Ich setzte mich hin.

»Ich hab nämlich«, sagte ich, »in dieser Pension gearbeitet. Und jetzt, heute morgen, nimmt die doch zum Vorwand, daß ich … Nein, denn vorher, das ist gestern gewesen, hatte sie mir gesagt, was ich einkaufen sollte, und sie hatte auch ›Käse‹ gesagt. Denn wenn sie mir das nicht gesagt hätte, hätte ich doch nicht aus eigenem Antrieb Käse gekauft, nicht wahr?«

»Na«, sagte sie, »das will ich meinen!«

»Und nun aber, heute morgen …«

»Hören Sie mal«, sagte die Nonne, »Sie da, haben Sie eine Erlaubnis? Es ist jetzt keine Besuchszeit.«

Ich stand mit offenem Mund auf, denn genau in diesem Augenblick war mir wieder eingefallen, daß die Signora sogar gesagt hatte: ›Und gib acht, daß er frisch ist und nicht wie neulich, wo er schon ganz trocken war.‹« Die Nonne hatte ich nicht einmal kommen hören.

»Warum?« fragte ich. »Störe ich vielleicht jemand?«

»Sie stören alle hier. Das ist jetzt keine Besuchszeit.«

Sie nahm mir den Stuhl weg und stellte ihn wieder neben das Bett der Marchesa. Dann sah sie mich eine Weile scharf an.

»Ist das ein Verwandter von Ihnen?« fragte sie die mit der Operation.

»Von mir? Ich kenn den doch überhaupt nicht. Ich wollte ihm ja gerade sagen, daß jetzt keine Besuchszeit ist. He, Sie! Jetzt ist keine Besuchszeit!«

»Aber wen suchen Sie denn? Was wollen Sie?«

»Ich muß doch der da was ausrichten!« schrie ich.

Die Nonne sah die Marchesa an, die sich die ganze Zeit über nicht bewegt hatte, und dann sah sie wieder eine Weile mich an. Darauf packte sie mich bei der Hand und führte mich raus.

»Mancinelli!« rief sie.

»Aber ich«, sagte ich, »bin doch der Cousin.«

»Mancinelli«, sagte sie, »bringen Sie den hier raus. Und sehn Sie zu, daß Sie herausfinden, wer ihn reingelassen hat, oder ich muß Sie melden.«

Mancinelli brachte mich zum Ausgang und sagte, ich solle nach dem Mittagessen wiederkommen, denn außerhalb der Besuchszeit dürfe man nicht rein. Dann sagte er zu dem, der mich reingelassen hatte und der gerade mit einem Mann redete, der ein krankes Auge hatte, er solle achtgeben, denn die Nonne sei wütend.

»Ich hab ihm doch gesagt, er darf nur ganz kurz bleiben, ich hab's ihm doch gesagt, diesem Arschloch!« schimpfte der.

Der mit dem Matschauge drehte den Kopf und guckte mich an. Dann redete er mit den anderen beiden weiter.

III.

An die Tür kam Gina mit der Serviette in der Hand. »Hast du denn keinen Schlüssel?«

Man hörte Wanda und die Signora in der Küche reden.

»Gina«, sagte ich, »weißt du, ob ...«

Ich war in der Tür stehengeblieben und ging nicht rein.

»Los, komm«, sagte sie und ging wieder in die Küche. »Wir haben schon fast fertig gegessen.«

»Aber ... weißt du, ob ...«

Ich kam herein und ging dicht an der Wand entlang.

»Nein«, sagte Wanda gerade, »auch ich hab das doch sofort gesagt, vielleicht erinnern Sie sich noch: Lassen wir das untersuchen, hab ich gesagt!«

»Nun, danken wir Gott«, sagte Gina, die sich wieder an den Tisch setzte.

»Oh, Professor«, sagte die Signora, »beeil dich mit dem Essen, du mußt eine Besorgung für mich machen.«

»Aber dann ...«

»Beeil dich schon«, sagte Gina leise, »mach sie nicht wieder wütend.«

Ich holte mir die Suppe, setzte mich hin und fing an zu essen. Aber dann ganz plötzlich hatte ich keinen Appetit mehr. Ich starrte in meinen noch halbvollen Teller mit dem Löffel darin.

»Professor«, sagte Gina, »was ist denn, fühlst du dich nicht wohl?«

»Wie? Ach, nein.«

»Ißt du nichts von dem Omelett?«

»Nein, vielleicht heute abend. Also, dann ...«

»Also, dann hör«, sagte die Signora, »das Geschirr spülst du heute abend. Jetzt mußt du zu der Frau von der Via Farini. Weißt du, welche?«

»Ja, die in der Via Farini.«

»Ja. Und du sagst ihr also, ich kann ihr die Mädchen alle beide sofort schicken. Sobald sie angezogen sind. Aber sie muß sie mir zeitig zum Abendessen zurückschikken, denn dann gibt's auch hier was zu tun. Kapiert?«

»Ach, und noch was«, sagte sie noch, »du mußt schnell machen, denn sie wollte noch vor zwei Uhr Bescheid wissen. Und danach sieh zu, daß du nicht spät zurückkommst, denn ich muß um sechs zur Fußpflege, und dann ist keiner zu Hause, wenn jemand kommt und das Zimmer will.«

»Auch ich«, sagte die Wanda, »möchte am Montag zur Fußpflege.«

Als ich rausging, kam Gina mir auf der Treppe nach.

»Du, hast du Lea getroffen?« fragte sie.

»Was ...? Ah, ja.«

»Und was wollte sie?«

»Nichts, es war wegen eines Auftrags. Ich erzähl es dir heute abend.«

Unten an der Treppe wurde mir wieder so komisch, aber dann ging es vorbei. Ich sah bloß nicht so gut, wo ich die Füße hinsetzte. Am Bahnhof verlief ich mich und bog in die Via Marsala ein, und so mußte ich noch mal ganz rum bis zur Via Giolitti.

»Na ja«, sagte ich, »aber Gott sei Dank.« Denn es war ja jetzt klar, daß die Signora nicht mehr wütend war und es nicht stimmte, daß sie mich wegschicken wollte. Denn auch sie hätte davon ja einen Nachteil gehabt. Klar.

»Na also«, sagte ich, »Gott sei Dank, daß es gutgegangen ist.«

Ich ging in diese Pension in der Via Farini.

»Guten Tag«, sagte ich. »Mich schickt die Pension von der Via Sallustiana. Ich soll ausrichten, daß ...«

»Ah, ja«, sagte sie. »Tante, da ist der von der Via Sallustiana«, rief sie.

»Kommen Sie rein«, rief die Tante aus dem Eßzimmer. Denn die saßen noch beim Essen. »Also, was hat sie gesagt? Schickt sie sie?«

»Guten Tag«, sagte ich, »ja, sie hat gesagt, sie schickt sie gleich, aber heut abend müssen sie früh wieder zu Haus sein.«

»Keine Sorge ... Piera, also, hör: Geh runter und telefonier denen, daß es in Ordnung geht ... Möchten Sie etwas mitessen?«

»Danke, ich hab schon gegessen.«

»Ach«, rief sie, »Piera: Geh nicht zu denen unter uns. Geh runter in die Weinhandlung ... Möchten Sie wirklich nichts essen?«

»Danke«, sagte ich, »ich hab schon gegessen.«

»Dann warten Sie einen Moment, bis der Kaffee fertig ist. Jetzt hample doch nicht so rum!« schimpfte sie mit der jüngeren Nichte, die auf einem Bein um den Tisch rumhüpfte. »Aber bitte, nehmen Sie doch Platz!«

»Danke.«

Dann schrie sie wieder die Nichte an, weil die auch Kaffee wollte.

»Aber, aber«, sagte ich zu der Kleinen, »nein! Kaffee ist schlecht für dich!«

»Wichser«, sagte die.

»He!« schrie die Tante.

Auf der Treppe traf ich danach die andere Nichte, die aus der Weinhandlung zurückkam.

»Faß mal da hin«, sagte ich, »findest du den schlecht?«

»Was? He! Hör auf! Was für ein Saukerl, hau ab, du Wichser, du kotzt mich an!«

Sie stieß mich gegen das Geländer. Dann ging ich weiter die Treppe runter.

»Tante!« hörte ich sie schreien. »Hast du den gesehn?«

»Sieh dich selbst an!« fing jetzt auch ich an zu schreien.

Ich rannte laut fluchend aus dem Haustor und die Via Farini entlang. An der Piazza Vittorio blieb ich stehn, denn ich mußte ja in die Via Merulana. Ich drehte mich um.

»Jungs!« schrie ich. »Haut ab! Oder ich bring euch um!«

»Eunuch!« brüllten die und rannten davon.

Als ich zum San-Giovanni-Krankenhaus kam, war es noch geschlossen. Ich stellte mich zu den anderen, die auf Einlaß warteten, in die Schlange.

»Aber wo ist sie denn hin?« fragte ich. »Sie ist doch nicht ...«

Denn dort war sie nicht mehr, und sie hatten auch die Decke und die Leintücher abgenommen und die Matratze aufgerollt.

»Entschuldigen Sie«, sagte ich zu der im Bett daneben, »wissen Sie vielleicht ...«

Die Bettnachbarin hatte Besuch von der Nichte. Die hatte ihr Trauben mitgebracht, die sie jetzt aßen. Sie antwortete nicht. Dann kam die Nonne, die mich am Vormittag weggeschickt hatte.

»In der Chirurgie A«, sagte sie.

»Aha«, sagte ich, »danke, aber … Wieso?«

»Hier ist die Aufnahme«, sagte sie. »Jetzt liegt sie in der chirurgischen Abteilung A, Station Giannantonio.«

»Aha«, sagte ich, »danke.«

Danach brauchte ich eine Stunde, um diese Station zu finden, es stand nicht einmal der Name dran, und dann mußte ich suchen, wo die Marchesa lag, weil ich ja nicht wußte, wie sie hieß. Und weil in einem Bett eine mit genauso gefärbtem Haar lag, die heulte und ein Taschentuch vor dem Gesicht hielt, ging ich zuerst zu der, aber die war es nicht. Danach fand ich sie endlich – auch sie heulte.

»Marchesa?«

Sie saß in der gleichen aufrechten Position im Bett wie am Morgen, nur hielt sie sich jetzt den Kopf mit den Händen und war ganz außer sich.

Ich sah, daß kein Stuhl da war, und so setzte ich mich auf das Bett daneben, in dem niemand lag. Ich wartete, daß sie sich beruhigen würde. Auf dem Bett daneben saßen auf der anderen Seite noch weitere drei Personen, es war klar, daß die den Stuhl genommen hatten, um ihn zu dem anderen Bett zu stellen, aber auch der hatte nicht gereicht, denn um das Bett saßen mindestens sieben oder acht Leute.

»Na, so was«, sagte ich. »Also jetzt nehmen die einem hier auch noch die Stühle weg.«

Aber die redeten alle durcheinander und hörten mich nicht einmal. Und die Marchesa war immer noch ganz außer sich. Ich saß auf dem Bett und sah auf den Boden. Ich guckte auf meine Schuhe, bei denen die Nähte aufgegangen waren. Auch die Socken, die ich mir doch erst vor kurzem gekauft hatte, waren schon ganz voller Löcher, und dabei hatte ich doch dem, bei dem ich sie gekauft hatte, gesagt, ich würde auch etwas mehr ausgeben, aber ich wolle gute Qualität. Da sah man's, was für eine gute Qualität ich gekriegt hatte. Nein, da sah man's doch, daß es sinnlos war, wenn man versuchte, eine Sache gut zu machen. Denn nachher war es dann doch immer das gleiche. Verdammt, nein. Verdammt noch mal.

»Verdammt noch mal, verdammt ...«, heulte ich.

»Professor?« sagte die Marchesa.

Sie wartete, daß ich mich beruhigte.

»Geht's wieder?« fragte sie.

»Entschuldige«, sagte ich, »ja. Ich war der, der in der Via Sallustiana war, ich weiß nicht, ob du dich erinnerst.«

»Ich erinnere mich«, sagte sie. »Wie geht's dir?«

»Na ja«, sagte ich, »so, so. Wie geht's dir?«

»Na ja ...« Sie fing an zu lachen.

Dann stieß sie einen Schrei aus, denn das Lachen tat ihr weh.

»Hu«, rief ich, » was ist? Tut's dir weh?«

Die, die auf der anderen Seite saßen, drehten sich um und guckten.

»Das ist, weil sie nämlich einen Splitterbruch hat«, erklärte ich. »Heute morgen hat sie sogar Morphium gekriegt!«

»Meine Güte!« sagten die.

»Professor«, sagte die Marchesa.

»Ja?«

»Komm, setz dich hierher. Hör zu.«

»Ja.«

»Schickt dich Lea?«

»Ja«, sagte ich, »ich war ja auch heute vormittag schon da, aber man hat mich weggeschickt. Und du, du hattest ja das Morphium gekriegt. Geht's dir jetzt besser?«

»Viel besser, ja.«

»Ach«, sagte ich, »Gott sei Dank ... Nein, aber als ich gekommen bin, hast du doch geheult ... Aber warum denn? Also was ist, nimmst du's dir jetzt doch zu Herzen?«

Sie antwortete nicht, aber man sah, daß sie es sich immer noch zu Herzen nahm.

»O nein! Lea hat doch gesagt, daß du dir das nicht zu Herzen nehmen darfst!« sagte ich.

»Ach«, sagte sie, »nein?«

»Nein.«

»Und warum nicht?«

»Wenn ich es dir doch sage! Sie hat nämlich gesagt, erstens hatte sie dir's sofort gesagt, daß du's dir nicht zu Herzen nehmen sollst, und dann ist sie ja jetzt auch weg, weil sie doch diese Gelegenheit hatte. Ja, sie hat sogar gesagt, daß du, wenn du hier rauskommst, ihr nicht einmal schreiben sollst oder so, weil das nichts bringt. Hast du verstanden?«

Aber es sah nicht aus, als hätte sie verstanden. Sie hatte den Kopf weggedreht und guckte auf die andere Seite. Sie legte sich eine Hand übers Gesicht.

»O Gott!« rief ich. »Aber man sieht jetzt, daß du's dir zu Herzen nehmen willst! Lea hat doch gesagt ...«

»Was kümmert mich denn Lea!« schrie sie. »Was kümmert mich Lea! Es ist nicht wegen Lea!«

Sie war wieder ganz außer sich. Ich saß da und wußte nicht, was ich tun sollte. Vielleicht war es besser, wenn ich ging. Dann kam die Nonne, die die Thermometer brachte.

Sie nahm die Marchesa am Arm und zog sie hoch, steckte ihr das Thermometer drunter, während die weiterheulte.

»Na, na«, sagte sie, »Kopf hoch, Kopf hoch.«

»Hörst du, was die Schwester sagt?« fragte ich. »Kopf hoch, Kopf hoch!«

»Ach ... geh doch weg ...«, sagte die Marchesa, als die Nonne wieder fort war. »Professor, bitte, geh weg ...«

Dann guckte sie mich an, als ich aufgestanden war und weggehn wollte, und faßte mich bei der Hand und zog mich, damit ich mich wieder hinsetzte.

»Warte«, sagte sie. »Entschuldige.«

»Nichts«, sagte ich, »keine Ursache.«

Aber ich blieb stehn und schaute verdattert weg, während ich mir das Halstuch richtete. Die Marchesa zog mich weiter an der Hand.

»Entschuldige«, sagte sie. »Ich bin ja nicht auf dich böse.«

»Ach«, sagte ich, »Gott sei Dank! Nein, es ist nämlich immer alles so, als wär ich dran schuld!«

Ich zog die Decke zurecht, die halb runtergerutscht war. Dann setzte ich mich wieder.

»Ich hab nämlich«, sagte ich, »gar nichts gemacht.«

»Nein.«

Sie kamen die Thermometer wieder einsammeln. Dann kam einer, der die Tassen holte und sie alle auf einen Wagen stellte, den ein anderer durch den Krankensaal schob. Aber er schob ihn nicht gut, denn oft blieb er nicht schön gerade in der Mitte stehn, sondern rollte zur Seite raus. Und so stieß er oft an die Beine der

Betten, und man sah, daß die schon ganz abgestoßen waren.

»Mensch«, sagte ich, »hast du den gesehn? So ist dann nachher an den Betten überall der Lack ab, und der sagt dann vielleicht noch, daß es der Patient gewesen ist!«

»Wie?« fragte sie.

»Nein«, sagte ich, »ich meine, weil es dann eben oft heißt, es sei der Patient gewesen.«

»Ah, und ob!« Sie fing an zu lachen.

Sie rückte sich das Kissen zurecht, strich die Haare nach hinten.

»Aber bring mich nicht zum Lachen«, sagte sie, »das tut mir doch weh!«

Dann fragte sie, ob ich ihr die kleine Tasche holen wolle. Sie war in einer größeren im Nachttisch.

»Die da, ja«, sagte sie. »Danke.«

»Ich«, sagte ich, »als ich gekommen bin, war da eine, dort hinten im Bett auf der anderen Seite, die hat genauso gefärbte Haare wie du, und ich hab sogar gemeint, du wärst es.«

Sie sah vom Taschenspiegel auf und starrte mich mit offenem Mund an, mit erhobenem Arm und dem Kamm in der Hand.

»Was?« fragte sie.

»Was?« fragte ich. »Was ist? – Huch«, schrie ich dann, »nein! Ich wollte doch nicht sagen, daß auch du gefärbte Haare hast! Im Ernst! Nein!«

»Professor«, sagte sie, »ich bring dich noch um.«

Dann konnte sie, scheint's, doch noch lachen, ohne daß es ihr weh tat. Sie kämmte sich fertig und steckte den Kamm wieder in die Tasche.

Danach aber war sie wieder wie weggetreten und sagte nichts mehr. Sie schaute diesen Kamm an, den sie in die Tasche zurückgesteckt hatte. Sie schaute auch tiefer in die Tasche rein, als würde sie unten drin was suchen. Aber in Wirklichkeit suchte sie, scheint's, doch nichts, denn jetzt hatte sie sie zugemacht und sah sie von außen an. Sie drehte sie auch ein paarmal um und schaute sie von der anderen Seite an.

»Du«, fragte ich, »guckst du, ob sie sie dir beschädigt haben? Nein, weißt du, weil die einem nämlich oft die Sachen so verstauen, daß sie beschädigt werden, auch wenn es gute Qualität ist.«

»Nein, ich hab nur so geguckt«, sagte sie.

Ich nahm sie ihr weg, um sie anzuschaun. Aber da es jetzt spät geworden war und man hinter den Fenstern sah, daß es draußen wieder regnete, sah man nicht gut. Man hörte auch die Klingel läuten zum Zeichen, daß die Besuchszeit zu Ende war.

»Sag«, sagte ich, »hast du die schon lange?«

»Nein … Nicht lange.«

»Weil man es nämlich oft, besonders bei den Sachen, die sie jetzt herstellen, erst beim Gebrauch merkt. Ich hab neulich …«

Sie faßte mich bei der Hand, als wollte sie die Tasche wiederhaben. Aber dann nahm sie sie nicht, sondern hielt mich einfach weiter bei der Hand.

Diejenigen, die um das Bett auf der anderen Seite saßen, waren alle aufgestanden und verabschiedeten sich. Sie gingen weg. Es kamen auch mehrere andere durch den Krankensaal, mit einer Nonne, die hinter ihnen herging, um sie rauszuscheuchen. Die Klingel läutete weiter, dann läutete sie nicht mehr.

»Nun«, sagte ich, »also ich muß dann … Wie bitte?«

»Ich hab gefragt, ob du mich mal wieder besuchen kommst.«

»Ach so. Ach, ja, warum denn nicht …? Na, dann …«

Da ich ihr gerade die kleine Tasche in die andere reintat, war mir das mit den Schlüsseln und dem Koffer wieder eingefallen, das hatte ich nämlich ganz vergessen.

»Morgen?« fragte sie.

»Ja. Dann …«

»He, junger Mann«, sagte die Nonne und kam zu mir, »Sie sind immer noch hier? Hören Sie, Sie müssen jetzt gehn.«

»Ich hab nur gerade zu ihr sagen wollen, daß …«

»Sagen Sie ihr das morgen«, sagte sie. »Jetzt müssen Sie gehn.«

IV.

Am Tag danach hatte ich es aber vergessen. Auch weil ich nach dem Einkaufen in die Via Cernaia hatte gehn müssen, zu einem, der mir am Abend vorher von Pietrangeli hatte ausrichten lassen, ich solle am nächsten Morgen mal vorbeikommen.

Das war einer, für den ich früher mit dem Karren herumgezogen war und Bleichmittel verkauft hatte, was aber, scheint's, nicht mehr lohnte, weil jetzt die meisten sich nicht mehr die großen Flaschen ins Haus liefern ließen, sondern es in kleinen Mengen beim Einzelhändler kauften. Aber da der mit diesen Karren auch andere Sachen transportierte, wollte er wissen, ob ich vielleicht regelmäßig immer nach dem Mittagessen zu einem Weinhändler könnte, der hinter der Piazza Bologna war. Aber es war noch nicht sicher. Wir waren also so verblieben, daß ich es machen würde und daß er mich dann wissen ließ, ob er mich tatsächlich brauchte.

Danach war ich zu der von der Pension über uns gegangen, um die Matratzen zu klopfen, weil ich ihr am Sonntag immer die Matratzen klopfte, und dann, als ich wieder nach Hause kam, war es so spät, daß die Signora schon angefangen hatte, selbst die Zimmer zu machen.

Danach, beim Mittagessen, wollte Gina wissen, ob ich sie nach dem Essen nach Tivoli begleiten würde, zu gewissen Leuten, zu denen ich sie schon einmal hinbegleitet hatte.

»Aber hatten die denn nicht gesagt, daß sie dir jetzt ein Taxi zahlen?« fragte die Signora.

»Ach«, sagte sie, »das Taxi hab ich auf den Preis aufgeschlagen, aber eigentlich, wo es doch die Buslinie gibt …«

Es war nämlich so, daß sie diesen Bus nahm, der von der Via Gaeta abfuhr, daß aber dann bei San Lorenzo die aus den Vorstädten zustiegen, und sie meinte, daß die sie immer belästigten. Daher war ich das letzte Mal mit ihr gefahren, aber das war nicht bis nach Tivoli gewesen, sondern eine Haltestelle nach Ponte Lucano in der Nähe der Hadriansvilla, und ich hatte mir sogar diese Hadriansvilla angesehn, während sie bei denen war, da wir ausgemacht hatten, daß ich an der Haltestelle auf sie warten sollte.

»Es reicht, wenn wir den Vier-Uhr-Bus nehmen«, sagte Gina. »Und für die Rückfahrt wartest du dann bei dem, der kurz nach sieben kommt, auf mich, wie voriges Mal.«

»Dann«, sagte ich, »fang ich wohl am besten gleich mit dem Geschirrabwaschen an. Sonst kommen wir noch zu spät.«

»Ja, gehst du denn nicht zu der anderen?« fragte die Signora.

»Zu wem? Mensch, ja!« sagte ich. »Das hab ich jetzt bei all dem, was zu tun ist, ganz vergessen! Aber was ist dann mit dem Geschirr?«

»Das Geschirr machen die hier. Du gehst jetzt zu der und hörst, wie es ihr geht, und richtest ihr aus, was ich dir gestern gesagt habe.«

»Gut«, sagte ich. »Dann treffen wir uns also direkt in der Via Gaeta?« fragte ich Gina.

Danach ging ich ganz schnell weg, weil es ja nämlich klar war, daß die anderen nicht gern das Geschirr wuschen, und deshalb wurden sie vielleicht auf mich wütend, besonders die Wanda, die am Abend zuvor nicht dabeigewesen war, als die Signora gesagt hatte, ich solle die Marchesa fragen, ob sie, wenn sie rauskam, wieder zu uns zurückwolle. Aber vielleicht hatte Gina ihr das ja erzählt, und so meinte die ja jetzt vielleicht, daß es so war, daß die Signora wissen wollte, ob die Marchesa wiederkam, weil sie immer noch vorhatte, sie wegzuschicken. Außerdem, wenn ich um vier wieder in der Via Gaeta sein wollte, mußte ich mich beeilen. Ich ging zum Finanzministerium, um die Sechzehn zu nehmen.

In der Sechzehn fuhren verschiedene andere, bei denen man sah, daß sie auch ins San Giovanni wollten, weil nämlich mehrere Obst für ihre Verwandten dabeihatten.

»Ach, aber«, fragte ich eine mit einem Kind, die eine Tüte mit Trauben und eine mit Nüssen hatten, und auch ein schön verpacktes Päckchen, auf dem »Prämiumkonditorei Alpino« stand, »darf man denn auch Gebäck mitbringen?«

»Nein, so was«, sagte ich, »denn ich hab nämlich geglaubt, man darf vielleicht nur Trauben mitnehmen!«

»Die Zigarette!« rief der Schaffner.

»Ach, Entschuldigung«, sagte ich.

»Nein, so was, ich hab nämlich geglaubt, daß die Nonnen dann schimpfen«, sagte ich.

Ich zählte, wieviel Geld ich noch hatte. Ich guckte die Fahrkarte an. Danach guckte ich auf meine Zigarette am Boden, die nicht richtig ausgegangen war, weil sie zwischen die Rillen gefallen war, die auf dem Boden der

Straßenbahn sind und die durch lauter nebeneinander angenagelte Leisten entstehn, so daß der Fußboden ganz gerippt ist. Ich sah zwischen diesen Rillen die Zigarette, die noch rauchte, und einen Moment lang sah ich auch die Glut im Dunkeln zwischen den Leisten.

Weiter weg lagen da noch alte Fahrkarten, ein Bonboneinwickelpapier, abgebrannte Streichhölzer und anderes, wo man nicht wußte, was es war. An den Streichhölzern sah man ja, daß auch andere geraucht hatten, obwohl man doch nicht rauchen durfte, und man sah auch, daß zwischen diesen Rillen nicht gut gefegt worden war und die Streichhölzer noch aus der Zeit dalagen, als das Rauchen im Wagen noch nicht verboten war.

Verdammt, wie sollte man sich da noch auskennen! Dann konnte es jetzt ebensogut so sein, daß man nur Kompott oder Trauben mitbringen durfte, Scheiße, nein. Ich stand auf und stellte mich auf die Plattform. Auch weil nach dem Bahnhof so viele zustiegen, daß man an der Haltestelle San Giovanni vielleicht gar nicht mehr rauskam.

»Eine, die auf der Station Giannantonio gelegen hat. Die auf sich geschossen hatte.«

»Aha«, sagte sie, »ja, sehn Sie, dort ist es.«

»Danke. Hier? Danke … Entschuldigung? … Mensch«, schrie ich, »das ist ja prima! Grüß dich!«

Sie war nämlich ganz picobello hergerichtet und saß aufrecht im Bett und las sogar Zeitung.

»Grüß dich!« sagte sie leise. »Das ist nett von dir. Du hast es nicht vergessen.«

Sie gab mir die Hand. Sie lud mich ein, mich hinzusetzen.

»Aber die hier«, sagte ich, »wie ist es möglich, daß die dich dauernd verlegen müssen? Ich bin natürlich jetzt wieder auf die Station Giannantonio gegangen!«

»Nein, ich habe mich verlegen lassen. Weil es nämlich hier ruhiger ist.«

Ich guckte mich um, und tatsächlich, es war ruhiger. Denn hier standen nur vier Betten, und nur in zwei lagen noch zwei andere, die schliefen.

»Aber das muß doch ganz schön was kosten?«

»Na ja«, sagte sie, »aber es ist ja nicht für lange. Schon am Donnerstag werden mir die Fäden gezogen.«

»Ah, prima!« rief ich. »Und dann kannst du nach Hause? – Huch, entschuldige«, sagte ich dann.

Denn ich fürchtete, vielleicht die anderen beiden geweckt zu haben. Ich drehte mich nach ihnen um, doch es schien nicht so. Aber jetzt sah sie auf einmal wieder ganz bekümmert aus.

»Warum? Gehst du denn nicht nach Hause zurück?« fragte ich leise.

»Doch«, sagte sie so leise, daß ich sie fast nicht hören konnte. »Ich geh nach Hause zurück.«

Sie sagte nichts mehr.

»Oh ...«, sagte ich, »entschuldige. – Aber, Herrgott noch mal«, sagte ich dann, »du darfst das doch nicht so schwernehmen. Komm!«

»Das arme Mädchen«, sagte eine, die jetzt wohl doch aufgewacht war. »Sie ist immer so deprimiert! Man muß sie aufheitern!«

»Eben«, sagte ich, »genau das hab ich gerade auch zu ihr gesagt.«

Die andere strich ihre Decke glatt und legte sich wieder zum Schlafen. Die Marchesa suchte ihr Taschentuch.

»Da, nimm«, sagte ich, »es ist sauber.«

Sie trocknete sich die Augen, dann betrachtete sie es.

»Huch«, sagte sie, »so viele Löcher!«

»Ja.« Ich fing an zu lachen.

»Hör mal«, sagte ich. »Entschuldige, aber weil ich es nämlich dann vielleicht vergesse: Die Signora hat gesagt … du weißt doch, wer die Signora ist …?«

»Ja.«

»Also: Sie hat gesagt, ich soll dich fragen, ob du, wenn du hier rauskommst, wieder zu uns willst.«

»Ach.«

»Was«, fragte ich, »ist dir das unangenehm?«

»Nein. Wieso?«

»Oh, und dann noch, entschuldige …«

»Ja?«

»Gestern hab ich ganz vergessen dir zu sagen, daß die andere da gesagt hat, daß sie ihre Schlüssel im Kästchen gelassen hat und daß da noch ein Koffer ist, den sie später abholen lassen will.«

»Ach ja …«, sagte sie. »Gut.«

Aber man sah doch, daß sie es nicht besonders gut fand, die Arme, denn jetzt guckte sie wieder so bekümmert. Dann aber hellte sich ihre Miene wieder auf.

»Es ist gut«, sagte sie.

»Oh«, sagte ich, »ich muß jetzt aber, also, soll ich dir eine Besorgung machen?«

Sie gab mir das Taschentuch zurück.

»Was für eine Besorgung?«

»Nein«, sagte ich, »nur weil du mich gestern gefragt hast, ob ich wiederkomme, hab ich halt gemeint …«

Dann wollte ich aufstehn, denn jetzt mußte es doch schon spät sein.

»Also«, sagte ich, »dann müßte ich vielleicht jetzt ...«

Aber sie guckte mich an, als hätte ich ihr was getan.

Dann nahm sie die große Tasche, die sie jetzt auf einem Stuhl neben dem Bett stehn hatte, und sah rein. Sie nahm die Geldbörse raus.

»Also«, sagte sie, »vielleicht doch, schau. Kaufst du mir den letzten *Perry Mason*, wenn du ihn findest?«

»Den ... Ach, ja! Auch als du bei uns gewesen bist, weiß ich noch, daß du immer den *Perry Mason* wolltest!«

»Oh, schön, du erinnerst dich. Und dann, bitte, auch noch zweihundert Gramm Bonbons.«

»Schokoladenbonbons? Moretto?« fragte ich.

»Ja.« Sie fing an zu lachen.

Sie nahm das Geld aus der Geldbörse.

»Aber«, sagte sie, »ich hatte dich eigentlich ja gefragt, ob du mich wieder besuchen kommst. Nicht ob du mir Besorgungen machst.«

»Nein? Aber warum dann?«

»Warum?«

Sie antwortete nicht.

»Einfach so eben«, sagte sie dann. »Weil ich doch allein bin. Damit du mir Gesellschaft leistest. Damit du mir Gesellschaft leistest, weil ich doch allein bin.«

»Aber ...«

Dann schwiegen wir, weil auch ich nichts mehr sagte. Ich saß da und sah mir diese anderen Socken an, die ich heute anhatte. Die hatte ich doch vor den anderen gekauft, aber sie waren weniger kaputt als die, die ich später gekauft hatte. Man hörte die beiden anderen, die schliefen. Auf dem Flur hörte man einen, der sagte, nein, dann sei es doch besser, daß seine Schwägerin ihren Hausarzt kommen lasse. Denn die Kranke habe doch mehr Vertrauen in diesen Hausarzt.

»Aber ich«, sagte ich, »entschuldige, aber, was für Gesellschaft kann ich dir schon leisten?«

Ich ging mit Gina bis dorthin, wo die Leute wohnten, was nicht weit nach der Haltestelle war, und dann ging ich wieder zurück. Ich stand ein wenig an der Haltestelle und guckte, ob es bewölkt war, und wußte nicht, ob ich mich in ein Café setzen sollte, das da ganz in der Nähe war, oder ob ich wieder in diese Hadriansvilla gehn wollte, wo ich mich das letzte Mal immer ganz nah am Eingang aufgehalten hatte aus Angst, daß ich mich vielleicht verspäten könnte.

Danach schien es weniger bewölkt, ja, man sah, daß es sich in Richtung Rom aufheiterte. Ich machte mich auf den Weg dahin, wo der Eingang war.

Am Eingang waren ein paar Fräulein, die Seife verkauften, und einer, der fragte, wohin ich wollte.

»Warum?« fragte ich. »Braucht man eine Eintrittskarte?«

Er sagte, am Sonntag nicht.

»Aber was willst du dann? Was willst du von mir?« fragte ich.

Danach kam noch einer, denn es waren mehrere da, und der fragte, ob ich zum Besichtigen das Büchlein wollte.

Drinnen war dann kein Mensch. Ich ging an einem langen Brunnen ohne Wasser vorbei und dann unten an einer Mauer entlang, von der in dem Büchlein stand, was sie war und wozu sie diente, aber wo es dann hieß, daß es gar nicht stimmte, weil sie nämlich viel größer war und auch die Form der Theorie widersprach. Eigentlich hieß es, daß man in Wirklichkeit nicht wußte, was sie war.

Weiter hinten hieß das Gelände »Hundert Kämmerchen«, weil nämlich unter der Mauer auf der anderen Seite wirklich all diese Kämmerchen waren, wo sie noch Ausgrabungen machten, und es hieß, daß die für das Dienstpersonal waren oder auch eine Kaserne oder wenn nicht, dann konnten es auch Lagerräume oder was anderes sein. Aber die eingestürzten Mauern, die danach kamen, hieß es, die waren sicher vom ehemaligen Eingang und von einem anderen Gebäude ungewisser Bestimmung, von dem es hieß, daß es vielleicht früher erbaut worden war.

Diese Mauern waren zwar dann eingestürzt, aber man sah doch, daß sie sehr solide gebaut waren. Denn auch Stücke vom Dach, die am Boden lagen, waren fast noch ganz und noch mit allen Ziegeln dran. Ich setzte mich hin und schaute mir diese Ziegel an.

Danach war es später. Ich war in einen Bereich gegangen, wo erklärt wurde, daß dort teilweise wiederaufgebaut worden war, mit Bruchstücken, die sie auf dem Grund des Beckens gefunden hatten, denn auch da war nämlich ein Becken, und dann ging ich eine Treppe rauf, die nach oben zum Landgut der Bulgarini führte. Und weil das Gelände dort oben anscheinend zu dem noch nicht erforschten Bereich gehörte, hieß es im Büchlein, daß jede Bestimmung willkürlich wäre, und man solle sich einfach nur die jahrhundertealten Olivenbäume zwischen den Ruinen der sogenannten Akademie anschauen und sich vor den Hunden hüten. Also war ich diese Olivenbäume angucken gegangen und hatte mich auf eine kaputte Mauer gesetzt, vor einem freien Platz, wo auf der anderen Seite ein Gebäude war, das ja dann vielleicht zu dieser sogenannten Akademie gehörte.

Es war da feucht. Ab und zu schüttelte der Wind die Pflanzen, so daß man meinte, es regnete. Man sah also, daß es hier vor kurzem geregnet hatte. Die Mauer, auf der ich saß, war nicht wie die anderen aus Reihen von langen Backsteinen und breiteren Streifen von quadratischen Ziegeln gemacht, sondern nur aus quadratischen Ziegeln, aber man sah, daß es gar keine Ziegel waren, sondern kleine Blöcke, die auf einer Seite quadratisch geschnitten waren und auf der anderen wohl spitz zuliefen und aus Tuffstein sein mußten. Da sah man also, daß die Mauer weniger solide war, denn der Boden dort rum war voll von diesen Blöckchen, die von dieser Mauer runtergefallen waren, die ja vielleicht früher entstanden war oder die sie auch später gebaut haben konnten. Aber wo man ja doch nicht richtig wußte, was sie war, war das ja vielleicht egal.

Aber jetzt war es vielleicht besser, wenn ich mich wieder auf den Rückweg machte. Gina hatte nämlich gesagt, ich sollte ein bißchen früher dort sein, weil sie nicht allein an der Haltestelle warten wollte, falls sie auch früher kam. Daher war es vielleicht besser, wenn ich mich beeilte. Dann aber fing es an zu regnen, auf einmal regnete es richtig, und ich rannte und stellte mich bei diesem anderen Gebäude auf der Seite gegenüber unter, das ja Gott sei Dank nicht eingestürzt war.

Ich guckte auf das Wasser, das da runterströmte, und dachte, wenn ich für den von der Via Cernaia dann immer mit dem Karren bis hinter die Piazza Bologna mußte, dann mußte ich mir was für den Regen besorgen. Morgen mußte ich auch daran denken, dieses Moretto-

Konfekt zu kaufen, auch wenn sie gesagt hatte, daß sie mich nicht wegen Besorgungen gefragt hatte.

In diesem anderen Gebäude war ein hohes Eingangstor aus dickem Holz, und drin war es so wie mehrere Grotten in einer Reihe, überall mit Stroh, so daß man sah, daß die für Schafe waren. Draußen regnete es stärker, dann wieder weniger, es fing an aufzuhören. Aus einer Grotte weiter hinten kam ein Hund und guckte, wie ich da so stand, und danach kamen noch zwei, die waren größer. Die Hunde und ich standen dann da und guckten, wie es aufhörte zu regnen.

Im Bus waren nicht viele Leute, und in Ponte Lucano hielt er gar nicht. Gina schlief. Ich schaute mir immer noch dieses Büchlein an, das ich auch Gina hatte erklären wollen, aber sie hatte gemeint, sie würde gar nichts verstehn. Danach, bei Acque Albule, stiegen mehrere aus, aber niemand stieg zu. Gina fragte, ob wir da wären.

»Was? Nein, wir sind noch bei Acque Albule.«

»Hu«, sagte sie, »das dauert ja ewig.«

Sie nahm mir das Büchlein weg und sah sich eine Abbildung an, wo drunterstand: »Das griechische Theater«.

»Aha«, sagte sie, »das griechische Theater.«

»Das sogenannte griechische Theater. Denn dann nämlich wird erklärt, daß sie es eigentlich auch nicht wissen, was es war.«

»Aha.« Sie fing an zu lachen. »Na toll, das ist ja klasse!«

Sie suchte in ihrer Tasche nach dem Döschen mit den Pfefferminzpastillen. Dann fing sie noch mal an zu kramen, weil nämlich der Schaffner gekommen war und die Fahrkarten sehn wollte. Draußen war die Landschaft dunkel. Wir kamen wieder an einem Gehöft vorbei, wo ein Turm drüber war. Der Turm war ja vielleicht vorher dagewesen, und dieses Gehöft hatten sie dann erst später gebaut. Aber wie so oft konnte man gar nicht sicher sein, nicht einmal, ob es ein Turm war oder etwas anderes.

»Möchtest du?« fragte Gina.

»Danke.«

Wir lutschten die Pfefferminzpastillen.

»Morgen«, sagte ich, »muß ich unbedingt dran denken, daß ich diese Schokobonbons für die Marchesa kaufe. Sie hat gesagt, den *Perry Mason* und zweihundert Gramm Moretto.«

»Guter Junge«, sagte Gina.

V.

»Was?« fragte er.

Aber weil da nämlich einer war, der die *Epoca* wollte, gab er erst dem die *Epoca*. Dann sah er nach, was für ein anderes Heft ich anguckte, er glaubte nämlich, weil ich mir das anguckte, ich wollte das.

»Das *Capolavoro Urania*?«

»Nein«, sagte ich, »ich hab gefragt, ob der *Perry Mason* da ist. Der letzte.«

»Aha«, sagte er. »Ja. Also hier. Nein.«

»Nein?«

»Nein, das ist der vorige. Der letzte, warten Sie, ich schau nach.«

»Danke.«

Er kam raus und guckte bei denen, die draußen mit Klammern festgemacht waren.

»Ah«, sagte er, »sehn Sie, der da ist es. Nehmen Sie ihn doch bitte selbst.«

Danach rieb er das Heft mit der Schürze ab, um die Spur von der Klammer wegzukriegen, woran man sah, daß es eine Weile draußen gewesen war, weil die Klammer rostig geworden war.

»Hier«, sagte er, »sehn Sie, es ist fast ganz weggegangen.«

Im Gehen guckte ich mir diesen *Perry Mason* an. Eigentlich war die Spur nicht weg, aber vielleicht, wenn man es nicht wußte, konnte man meinen, ja, es konnte wirklich so aussehn, als wäre da absichtlich so ein Strich drunter, da, wo stand: *Krimi Mondadori*. Aber dann konnte es ja vielleicht auch sein, daß die Spur von der Klammer weggegangen und dieser andere Strich schon vorher druntergewesen war. Dann kaufte ich auch noch die Moretto in einem Café in der Via Merulana und Trauben an einem Karren vor dem Krankenhauseingang.

Am Eingang blieb ich stehn, nämlich plötzlich kam es mir jetzt so vor, daß sie vielleicht gar nicht gesagt hatte, ich sollte Trauben kaufen. Obwohl, meinte ich, eigentlich schon, ja, mir schien, sie hatte wörtlich gesagt: »Hör zu, und kaufst du mir auch Trauben, wenn du dran denkst?«

»He, Sch... !« schrie ich einen an, der sofort angefangen hatte zu drängeln, so daß mir fast die Trauben runtergefallen wären.

Dann ging auch ich schnell rein, denn da war eine Nonne, wo man gleich sah, die hätte auf jeden Fall dem andern da recht gegeben. Und so verlief ich mich dann und landete wieder auf der Station Giannantonio, ich mußte die ganzen Flure und Treppen zurück bis zur Station C der Zweiter-Klasse-Patienten.

»Mensch«, sagte ich, als ich ankam, »bei dem Gedränge hier ... – Huch, entschuldigen Sie«, sagte ich dann.

Da war nämlich eine von diesen beiden anderen, die ging im Nachthemd im Zimmer rum. Die andere war nicht da.

»Aber ich bitte Sie! Hier sind wir doch unter Kranken«, sagte die, die im Zimmer rumging.

»Grüß dich«, sagte die Marchesa.

Die andere da zog jetzt ihren Mantel über das Nachthemd an.

»Aber«, sagte ich, »wenn ich vielleicht störe, geh ich wieder raus.«

»Nein, nein, ich bitte Sie!« sagte die. »Ich geh ja jetzt sowieso selbst raus, weil ich doch zur Krankengymnastik muß, die wir jeden zweiten Tag haben. Wissen Sie?«

»Aha«, sagte ich, »wirklich?«

»Ja. Auf der Station von Professor Giacobbe, da unten. Wissen Sie, wo das ist?«

»Nein, ich kenne nur die Station Giannantonio. Wo ich übrigens jetzt, wo die alle so gedrängelt haben ...«

»Aber nein«, sagte sie, »die Krankengymnastik ist immer in der Station Giacobbe gewesen. In der Station Giannantonio ist Professor Giannantonio.«

»Nein«, sagte ich, »ich meinte nur, weil nämlich ...«

»Aber Professor!« schrie die Marchesa.

»Oh, mit Verlaub ...«, sagte ich. »Sie entschuldigen, ja?«

»Bitte«, sagte die, »ich bitte Sie.«

Ich ging zum Bett der Marchesa.

»Entschuldige«, sagte ich, »aber die ...«

Sie zog mich am Ärmel zu sich runter, nahm mir die Trauben, die Bonbons und den *Perry Mason* ab und legte alles auf den Nachttisch. Dann zog sie mich wieder, als ich mich auf den Stuhl setzen wollte, weil sie wollte, daß ich mich aufs Bett setzte.

»Du«, sagte sie, »hör. Hör jetzt mal.«

»Ach«, lachte ich, »entschuldige! Aber die da, die wollte halt reden, wie man sieht. Und dann, weil sie nämlich von dieser Station Giacobbe gesprochen hat, wollte ich ihr das erklären.«

»Das weiß ich doch«, lachte sie, »daß du ihr das erklären wolltest! Aber warum erklärst du es dann nicht mir?«

»Aber was denn?«

Auf einmal zog sie mich an den Haaren.

»Was du willst halt!« sagte sie. »Wenn du mich hier besuchen kommst, dann erklär die Sachen doch mir, oder?«

»Wie denn ›gelangt man dahin‹?«

»Wie man dahingelangt? Das hab ich dir doch gesagt«, sagte ich. »Man geht die Befestigungsmauer entlang.«

»Nein. Ich meine, warum du sagst, ›man gelangt dahin‹.«

»Ach so, weil es so in dem Büchlein steht. Da steht, man gelangt dahin, wenn man die Befestigungsmauer entlanggeht. Und ich bin ja auch wirklich diese Mauer entlanggegangen und dorthin gekommen.«

Sie guckte mich fest an.

»Du«, sagte sie, »ich glaub fast, du hältst mich für blöd. Hältst du mich für blöd?«

»Wieso denn?« Ich fing an zu lachen. »Aber wenn doch ...«

Sie fragte, ob ich noch ein Bonbon wollte.

»Nein«, sagte ich, »danke, wirklich nicht.«

»Trauben?«

»Danke. Nein, weil, da wird also dieser Rundgang erklärt, der nämlich sehr schön erklärt wird, und deshalb hab ich es dir gesagt, wie da steht, daß man da hinkommt. Aber wer weiß, was das war, heißt es. Es steht da, daß nicht einmal sie das wissen.«

»Ach nein?« fragte sie. »Aber wieso denn?«

»Sie wissen es halt nicht. Warum? Müssen die das denn unbedingt wissen? Na ja, da kann natürlich dann schon einer kommen und fragen, wozu sie dann überhaupt diese ganzen Ausgrabungen machen.«

»Aber nein«, sagte sie, »das wollte ich ja gar nicht sagen.«

»Nein, weil auch Gina, der ich das erklären wollte, fragte, wozu sie dann überhaupt diese Ausgrabungen machen.«

»Ach!« sagte sie. »Gina! Was versteht Gina schon davon!«

Dann sagte sie, ich sollte auf dem Gang nachschauen, ob die Nonne herumging oder sich hingesetzt hatte, weil sie nämlich rauchen wollte.

»Nein«, sagte ich, »sie sitzt hinten. Aber was denn? Du willst rauchen?«

Sie zündete sich eine an und rauchte.

»Rauch du jetzt bitte nicht«, sagte sie, »rauch später. Wenn die Nonne kommt und ich noch rauche, dann sagst du, daß du's warst.«

»Gut«, sagte ich, »aber ist das nicht schlecht für dich?«

»Ach was«, sagte sie.

Ich schaute sie an, wie sie rauchte. Dann schaute ich auf den Boden, auf die Kacheln am Boden, meine Schuhe auf den Kacheln. Ich schaute mir diese Socken an, die ich heute wieder angezogen hatte, aber die jetzt wirklich zu löchrig waren, ich mußte sie wegwerfen. Aber jetzt war ich gar nicht mehr so sicher, ob es die waren, die ich später gekauft hatte. Denn vielleicht hatte ich nämlich doch die anderen später gekauft und diese hier vorher. Aber eigentlich war es mir doch egal, welche vorher und welche später, wirklich.

»Außerdem, wirklich«, sagte ich, »Gina hat doch gleich gesagt, daß sie bei dem Büchlein da eigentlich gar nichts versteht. Außerdem läßt sie dich grüßen.«

»Ach«, sagte sie, »danke. Aber was hast du denn?«

»Ich? Was ich habe? Nichts«, sagte ich. »Warum?«

»Nein«, sagte sie, »ich meine, weil du mich vorher angeschaut hast, und dann hast du mich nicht mehr angeschaut.«

»Ach so?« sagte ich. »Nein.«

»Nein«, sagte ich danach, »ich hab mir diese Socken angeschaut, die … – Aber was denn«, ich fing an zu lachen, »muß ich denn jetzt immer dich anschauen?«

»Sicher«, sagte sie.

Sie lachte, sie drehte den Kopf weg, als wollte sie zur Tür gucken.

»Ich hab jetzt genug«, sagte sie. »Da. Rauch du.«

Auch ich drehte mich um.

»Was denn?« fragte ich. »Ist die Nonne vorbeigegangen?«

»Ich weiß nicht. Was meinst du? Ist sie vorbeigegangen?«

»Wie?« fragte ich.

»Nein«, sagte sie, »entschuldige, ich hab nur Spaß gemacht.«

»Du, was hast du von diesen Socken gesagt?«

»Ach«, sagte ich, »nein, ich hab nur gesagt, daß … Wieviel Uhr ist es denn?«

»Es ist noch früh. Warum? Hast du zu tun?«

»Nein, nicht sofort. Aber nachher muß ich zu dem von der Via Cernaia, der hat mir ausrichten lassen, daß ich heute wieder hin soll. Ich hab nur gefragt, weil vielleicht die Besuchszeit vorbei ist.«

»Aber hier in der zweiten Klasse«, sagte sie, »gibt es gar keine feste Besuchszeit.«

»Ach, Gott sei Dank«, sagte ich. »Sonst muß ich mich immer von diesen Scheißnonnen ausschimpfen lassen.«

»Aber Professor!« rief sie.

»Was? Oh, nein, entschuldige.«

»Schäm dich«, sagte sie.

Sie nahm mir das Stückchen Zigarette weg, das ich noch in der Hand hatte, weil ich nicht wußte, wo ich es hinschmeißen sollte, und warf es selbst weg. Dann nahm sie wieder meine Hand.

»Aber hör mal, warum erzählst du mir nicht lieber von dieser Akademie?«

»Was für eine Akademie?« fragte ich. »Ach so, ja. Aber ich erzähl dir doch schon die ganze Zeit davon!«

»Das ist nicht wahr«, sagte sie. »Du hast mir nur gesagt, daß dort diese Akademie war, daß man entlang der Befestigungsmauer dahinkommt.«

»Ah ja«, sagte ich, »aber … – Du meine Güte!« rief ich, »siehst du, daß ich mich nicht einmal mehr daran richtig erinnert hab?«

»Warum?«

»Weil es nämlich gar nicht heißt: ›Entlang der Befestigungsmauer‹. Da steht: ›Über eine kurze Rampe zwischen Zypressen und Olivenbäumen‹.«

»Ach, du liebe Güte!« rief sie. »Aber warum willst du mir denn unbedingt sagen, wie man mit diesem Büchlein dahinkommt, wenn du es nicht einmal mehr richtig weißt? Wie bist du denn hingekommen?«

»Und woher soll ich das noch wissen?« rief ich.

Danach, als wir noch lachten, kamen die von der Krankengymnastik zurück.

»Oh«, sagten die, »Entschuldigung.«

Sie stierten, weil die Marchesa mir die Hand hielt.

»Aber bitte«, sagte die Marchesa, »ich bitte Sie. Also, haben Sie Ihre Krankengymnastik gemacht?«

»Ja, und der Pfleger hat uns so zum Lachen gebracht. Da nämlich der Professor nicht da war und auch nicht einmal der Assistenzarzt ...«

»Aha, erzählen Sie mir das dann nachher?« fragte die Marchesa.

»Ja«, sagte die mit dem Mantel, »weil, da war nämlich auch der Assistenzarzt nicht da ...«

»Ja, ja«, sagte die andere – es war die, die ich am Tag vorher geweckt hatte –, »also wir erzählen es Ihnen dann nachher.«

Ich guckte auf diese Hand, die richtig hübsch und gepflegt war. Daneben auf der Decke aber war eine schmutzige Stelle, wie wenn einer Asche hätte drauffallen lassen, und vielleicht war ich es gewesen.

»Was guckst du?« fragte sie.

»Nichts«, sagte ich, »ich hab nur wieder dran gedacht, daß ganz oft auch nicht einmal die anderen da wissen, ob was vorher da war oder ob es vielleicht nachher gebaut worden ist. Zum Beispiel dort bei dieser Akademie ist ein Gebäude, das noch steht, wo jetzt Schafe grasen, und dann ein anderes, das dagegen ganz eingestürzt ist, wo ich mich sogar draufsetzen konnte. Wurde dann also, heißt es in dem Büchlein, dieses andere vielleicht früher gebaut? Sie wissen es nicht.«

»Aber diese Schafe«, fragte sie, »war denn da niemand?«

»Wie meinst du das«, fragte ich, »›diese Schafe‹?«

»Ich meine«, sagte sie, »du sagst doch, daß in dem Gebäude drin diese Schafe waren: Waren die denn ganz allein da drin?«

»Mit den Hunden«, sagte ich. »Aber warum? Was hat das denn jetzt damit zu tun?«

»Nein, nichts. Weil du mir doch von diesen Schafen erzählt hast, hab ich halt gefragt, nicht?«

»Aber ich hab doch gar nicht von den Schafen gesprochen!« sagte ich. »Ich wollte dir nur sagen, weil man nämlich so oft nicht einmal weiß, ob der Bau älter war, heißt es in dem Büchlein da, da ist also auch zwangsläufig jede Festlegung willkürlich!«

»Na ja, gut!« sagte sie. »Das hatte ich ja verstanden! Aber weil du mir nämlich gesagt hast ... Mensch«, sie fing an zu lachen, »was für ein Pedant du doch bist!«

»Nein«, sagte die mit dem Mantel, »aber weil sie die nämlich oft an verschiedenen Orten unterbringen, ist ganz oft der, der sie hütet, nicht da. Dann lassen sie bloß die Hunde da.«

Den Mantel hatte die sich jetzt ausgezogen, aber sie war noch nicht wieder ins Bett gegangen. Sie war hergekommen, um auch das andere Bett zu richten, das neben der Marchesa, obwohl es da gar nichts zu richten gab, weil da ja niemand drinlag.

»Ich weiß das«, sagte sie, »weil auch in Maglianello in der Provinz Rieti ...«

Die Marchesa hatte wieder zu lachen angefangen, und dann, um nicht zu zeigen, daß sie lachte, tat sie so, als wollte sie ihre Kissen zurechtrücken. Die aber kam zu ihr und rückte sie ihr selbst schön zurecht.

»Danke, sehr freundlich«, sagte die Marchesa.

»So, jetzt sollten Sie besser liegen«, sagte die aus Maglianello.

»Vielen Dank. Sie sind also aus Rieti?« sagte die Marchesa.

»Aus der Provinz Rieti. Aber jetzt bin auch ich in Rom im Betrieb meines Schwagers. Seit vierundfünfzig.«

»Ich dagegen schon seit vor dem Krieg«, sagte die andere. »Und Sie sind dagegen richtig aus Rom?«

»Ja«, sagte die Marchesa. »Oder vielleicht auch nicht? Denn der Professor da sagt nämlich, daß man das oft gar nicht wissen kann.«

»Ach so?« sagte die aus Maglianello.

Die andere, die vorher auf ihrem Bett gesessen hatte, stand wieder auf und setzte sich in unsere Nähe. Auch die aus Maglianello setzte sich hin.

Die Marchesa drehte sich um, weil sie die Zigaretten und die Tüte mit den Bonbons vom Nachttisch nehmen wollte. Aber weil sie sie mit der anderen Hand nehmen wollte, denn mit der einen hielt sie ja immer noch meine, kam sie schlecht hin. Danach tat es ihr dann auch weh, weil sie sich zu stark verdreht hatte.

»Es tut mir noch ein bißchen weh«, sagte sie. »Aber nur ein bißchen. Möchten Sie ein Bonbon?«

»Oh, danke«, sagten die anderen, »sehr freundlich von Ihnen.«

»Na ja«, sagte ich, »wenn du dich so ...« Ich wollte ihr sagen, daß, wenn sie sich so verdrehte, um die Sachen zu nehmen, es doch ganz natürlich sei, daß ihr das weh tat. Dann sah ich, daß sie mich anschaute. Die anderen beiden wickelten die Moretto aus.

»Ja?« fragte sie.

Sie ließ meine Hand los, um die Zigarette anzuzünden, dann nahm sie sie wieder.

»Nein, ich wollte sagen, wenn ich dir wieder diese Moretto bringen soll«, sagte ich, »soll ich sie dann nicht lieber ohne Bonbonpapier nehmen?«

Die anderen hatten schon jeweils noch eins genommen. Sie hörten gespannt zu, ob ich wieder welche kaufen sollte.

»Denn eigentlich«, sagte ich, »brauchst du sie doch nicht eingewickelt. Denn weil sie ja nämlich gleich viel kosten, ist das doch, wenn man sie eingewickelt kauft, bloß Gewicht, um das einen der Einzelhändler bescheißt.«

»Huch!« Sie fing an zu husten. »Aber was … Siehst du, jetzt hab ich mich deinetwegen noch am Rauch verschluckt!«

Sie warf sogar die Zigarette weg, um zu zeigen, daß sie sich am Rauch verschluckt hatte. Dann lachte sie so, daß man gar nicht mehr sah, daß sie sich verschluckt hatte.

»Aber Professor«, sagte sie, »was bist du doch für ein Komiker! Ist es möglich, daß du immer solchen Blödsinn daherreden mußt? ›Der Einzelhändler‹!«

»Nein?« Ich fing auch an zu lachen. »Aber warum denn? Heißt das vielleicht nicht Einzelhändler?«

»Nein!« sagte sie. »Doch. Na ja, wie du meinst, aber …«

»Aber«, sagte die aus Maglianello, »es ist wahr, daß es immer günstiger ist, wenn man die Moretto uneingewikkelt kauft.«

»Also«, sagte ich, »dann nehme ich sie uneingewickelt. Aber jetzt muß ich wirklich gehn, weil mich der in der Via Cernaia erwartet.«

»Ach«, sagte auch die andere, »schade, daß Sie schon gehn müssen! Kommen Sie morgen wieder?«

»Aber sicher«, sagte die Marchesa. »Ich steh nämlich morgen auf, und er muß mir helfen, wenn ich auf bin.«

»Ach«, sagte die aus Maglianello, »prima! Dann läßt er also auch Sie schon aufstehn, der Professor Giacobbe?«

»Der Professor Giannantonio«, sagte die andere. »Oder?«

»Der Professor«, sagte die Marchesa. »Den Namen weiß ich nicht. Aber der da muß jetzt wirklich los, sonst kommt er noch zu spät in die Via Cernaia. Möchten Sie beide nicht einen Moment rausgehn, damit wir uns verabschieden können?«

»Huch!« Sie fingen an zu lachen. »Wir gehn sofort!«

Sie gingen. Die Marchesa zog mich an der Hand. Mit der anderen stellte sie fest, daß ich mich nicht rasiert hatte.

»Du«, fragte sie, »warum hast du dich heute nicht mal rasiert?«

»Ich hab halt keine Zeit gehabt«, sagte ich, »entschuldige. Aber was kümmert dich das denn?«

»Es kümmert mich, daß dann viele es vielleicht falsch interpretieren, oder etwa nicht?«

Sie zog mich immer noch.

»Ansonsten«, sagte sie, »ist mir das völlig egal.«

VI.

Hallo«, sagte ich, »ja ...? Nein, die ist nicht mehr hier ... Nein, sie hat gesagt, man soll ihr postlagernd nach Piazza San Silvestro schreiben ... Ja ... Bitte sehr.«

Ich ging wieder zu Gina, weil die Mädchen sich in dem Zimmer von Gina fertigmachten.

»Also, ich seh zu, daß ich mich beeile«, sagte ich, »aber um vier bei den Bussen in der Via Gaeta sein – ich weiß nicht, ob ich es schaffe.«

»Oh«, sagten sie, »meinst du?«

»Ich weiß es halt nicht. Das heißt, daß ihr eben vielleicht allein fahren müßt und ich euch dann für die Rückfahrt abhole. Beim Sieben-Uhr-Bus. Geht das?«

»Na ja, gut«, sagten sie, »aber du, warum mußt du auch heute mit diesem Karren los, wo doch Sonntag ist?«

»Na ja, ihr arbeitet ja auch«, sagte ich. »Und außerdem sagt der, am Sonntag ist es sogar besser, weil der Karren immer früher frei ist. Ciao. Also, dann beeil ich mich jetzt.«

Aber in der Via Cernaia waren sie mit dem Aufladen noch nicht fertig, sie luden noch die Flaschen drauf. Und dann waren da auch noch ein paar Alteisenteile, die sie vergessen hatten, und so mußten sie die Flaschen wieder runternehmen und danach wieder drauftun.

»Na toll«, sagte ich, »das wird ja Abend, bis ich hier wegkomm.«

Danach nahm ich den Weg durch die Via Palestro und hinter dem Castro Pretorio vorbei, weil nämlich am Sonntag die Karren in der Via Nomentana wegen des Abbiegeverkehrs nicht erlaubt waren. Auf dem Viale del Policlinico mußte ich dann ganz langsam machen, weil da die ganzen Leute waren, die in die Poliklinik wollten, in der die Besuchszeit anfing. Bevor ich über die Straße konnte, mußte ich neben einer Dackelbeinigen warten.

»He, Sie«, fragte diese Dackelbeinige, »verkaufen Sie Trauben?«

»Was?« meinte ich. »Nein.«

Danach war es leicht, weil es immer abwärts ging, und es waren auch nicht viele Leute auf der Straße. Ich schob diesen Karren, als gäbe es ihn gar nicht, und dabei hatte er doch hohe Seitenwände und war bis obenhin beladen. Ich guckte auf das Alteisen unter den Flaschen.

»Immer tapfer drauflos«, sagte der, der hinter der Piazza Bologna die Lieferscheine schrieb, als ich ankam.

Er schrieb den Lieferschein, und dann half er mir beim Abladen.

Auf dem Rückweg kam ich wieder bei der Poliklinik vorbei, aber jetzt war es spät, und alle waren schon drin. Auch die mit den Traubenkarren waren am Weggehn. Auch unten in meinem Karren waren noch ein paar ganz zerdrückte Trauben, die sie, scheint's, da reingeschmissen hatten, bevor sie ihn beladen hatten. Aber wenn man das nicht wußte, konnte es vielleicht auch so aussehn, als wäre ich auch einer von denen, die dort Trauben verkauft hatten.

Dann war es aber vielleicht doch noch nicht so spät, wenn diese Karren erst jetzt weggingen. Nur, wer weiß, ob die Besuchszeit in der Poliklinik die gleiche war wie die vom San Giovanni. Und außerdem erinnerte ich mich gar nicht einmal mehr richtig an die vom San Giovanni, weil es in der zweiten Klasse ja gar keine gab.

Beim Castro Pretorio bog ich ab und ging wieder durch die Via Palestro zur Via Cernaia, und ich schaute auf diese Trauben, die immer noch im Karren lagen. Ich sah, daß auch noch ein Stück Eisen dringeblieben war, die eine Hälfte war lackiert, die andere nicht, und ich steckte es zwischen die Bretter im Karrenboden, so daß man auch von dem nicht wußte, ob es von dieser letzten Fuhre war oder von einer vom Tag davor oder von sonstwann, und außerdem wußte man auch nicht, was es war.

Dann war es aber doch spät, ich mußte auf den anderen Bus warten. Oder ich ging wieder nach Hause und fuhr dann mit dem von sechs Uhr hin. Aber wenn auch sie sich verspätet hatten, dann war es doch besser, wenn ich dort wartete, denn vielleicht erwischten ja auch sie erst den anderen. Ich schaute in dem Café an der Ecke der Via Volturno nach, denn oft waren sie ja in diesem Café. Danach ging ich wieder zu den Bussen.

Gegenüber der Stelle, wo die Busse hielten, neben dem Schaffnerhäuschen, war ein Stück Mauer, auf dem stand: »Antike Servianische Mauern«. Dann aber stand drunter: »Sogenannte Servianische Mauern«, weil sie nämlich später gebaut worden und danach noch einmal erneuert worden waren, und als ich dastand und las, wo das erklärt wurde, wie es gewesen war, kam auch ein Schaffner und las es.

»Hm? Na ja«, sagte danach dieser Schaffner.

Dann sagte er, wenn ich auf den Sonntagsbus zur Hadriansvilla wartete, dann fuhr der jetzt gleich von der anderen Haltestelle dort ab.

»Oh«, sagte ich, »danke.«

Ich ging nachschauen, denn vielleicht waren ja auch sie da. Dann stieg auch ich ein, es stiegen nämlich alle ein, weil wir gleich abfuhren.

»Beeilung, wir fahren jetzt«, rief der Fahrer.

In diesem Sonntagsbus zur Hadriansvilla war es aber dann so, daß fast alle bei Acque Albule ausstiegen. An der Hadriansvilla stiegen nur zwei aus, die sich gleich hinter dem Eingang irgendwohin verzogen und nicht mehr zu sehn waren. Sonst war da niemand.

Ich ging ein Treppchen mit ganz kaputten Stufen rauf, das unter den Bäumen entlanglief – das mußte diese kurze Rampe zwischen Zypressen und Olivenbäumen sein. Das vorige Mal mußte ich aber irgendwo anders durchgegangen sein, denn hier war ich noch nie gewesen. Auch danach, wo ein runder See kam mit einer Insel in der Mitte und lauter Säulen drauf, war ich noch nie gegangen, und vielleicht war das also das, wovon in dem Büchlein stand, daß es »Seetheater« genannt wurde, was aber ein reiner Phantasiename war.

Ich setzte mich vor diesem See hin und guckte auf das Wasser und dieses Theater, das man im Wasser auf dem Kopf stehn sah, mit den Wolken drunter. Außerdem hatte ich das Büchlein gar nicht dabei, und vielleicht war es ja nicht einmal das, sondern etwas anderes, aber es war halt das, was es war, denn ganz bestimmt wußte man ja nicht einmal dieses andere. Dann kam einer vorbei, der einen orthopädischen Schuh trug und eine Parkwächterjacke.

»Wissen Sie, wieviel Uhr es ist?« fragte ich.

»Sechs.«

Dann kam er zurück.

»Sie haben noch eine halbe Stunde Zeit«, sagte er. »Haben Sie schon das Antiquarium gesehn?«

»Nein. Wie?« fragte ich.

»Kommen Sie«, sagte er, »ich zeige es Ihnen.«

Er brachte mich zu diesem Antiquarium, und das waren alles Schaukästen an den Wänden in einem Häuschen, das er mit einem Schlüssel aufgeschlossen hatte.

»Hier«, sagte er. »Sehn Sie. Hier sind die Exponate nur vorläufig untergebracht, aber sie sind wichtig.«

»Aha, danke«, sagte ich.

Aber es gab kaum Licht, und man konnte schlecht sehn. Über den Scheiben war auch ein Drahtnetz mit einer Menge Staub drunter, und drin waren, scheint's, kaputte Tassen und Flaschen, Nägel, andere Stücke aus Eisen, von denen man nicht verstand, was sie sein sollten. Auf eine Scheibe fiel mehr Licht, weil sie gleich bei der Tür war, aber darin sah man nur die Tür und den Stuhl neben der Tür mit dem Wächter, der draufsaß.

»Haben Sie gesehn?« fragte er.

Ich sah mein Spiegelbild in der Scheibe.

»Also«, fragte er, »haben Sie gesehn?«

»Wie bitte?« fragte ich. »Ach so, ja.«

Wir gingen raus, er schloß die Tür wieder zu.

»Danke«, sagte ich.

Er ging weg und sah dabei ziemlich unzufrieden aus.

Ich ging langsamer zurück, über die kurze Rampe, auf der Allee ging ich dann schneller, weil sie lang war und ich früher an der Haltestelle sein wollte, weil die Mädchen doch oft früher kamen.

»Danke. Willst du nicht eine von meinen?«

»Was? Nein.«

Gina saß vor uns und schlief, den Kopf an die Scheibe gelehnt. Draußen war schon alles dunkel. Sie waren nämlich später gekommen, und wir hatten den Bus danach nehmen müssen.

»Was denkst du jetzt?«

»Was ich jetzt denke?« sagte ich. »Wer weiß das schon? Ich weiß es selbst nicht.«

»Dann also«, sagte sie, »darf man das offenbar nicht wissen. Darf man es wirklich nicht wissen?«

Der Schaffner kam durch den Mittelgang. Nach Acqua Bullicante fuhren wir wieder an diesem Turm vorbei, der über dem Landhaus hervorragte. Aber jetzt sah man bloß den Turm, denn das Gehöft unten war zu dunkel. Oder es war ein anderer Turm.

»Wonach hast du da geguckt?« fragte sie. »Oder kann man jetzt nicht einmal mehr das wissen?«

»Was? Ach, so ... Also, eigentlich darf man es ja nicht, weil nämlich ...«

Ich erzählte ihr das von diesem Turm, und dann, in Portonaccio, sagte auch sie, wer weiß, ob das auch wirklich Portonaccio sei. Beim Friedhof Verano sagte sie, jetzt müsse sie aber lachen, denn auch der Verano sei ja dann nicht sicher. Dann sah sie auf Gina und redete leise.

»Hör mal, gehn wir ins Kino?« fragte sie leise. »Schikken wir doch Gina nach Hause und gehn ins Kino, ja?«

»Aber ja, wie du willst«, sagte ich.

»Ach«, sagte sie, »was bist du für einer.«

An der Haltestelle vor der Via Gaeta weckte sie Gina.

»Was?« fragte Gina. Sie sah, daß es draußen dunkel war. »Was«, fragte sie, »sind wir noch in Acque Albule?«

»Nein, in der Via Marsala. Wir steigen dann hier aus, weil er mich noch irgendwohin begleiten muß.«

»Ach?« sagte Gina. »Aber …«

»Also ciao, ja? Wir sehn uns dann zu Hause. Ciao.«

»Beeilung mit dem Aussteigen, wir fahren weiter«, rief der Fahrer.

»Ja«, sagte sie. »Kommst du?«

Wir stiegen aus. Ich sah, daß wir an dem großen Platz waren, wo die Bahnhofsmauer aufhört, am Ende der Via Marsala.

»Komm«, sagte sie. »Gehn wir da lang.«

Wir gingen rüber zu dem Bogen, der auf der anderen Seite ist, der wieder zu San Lorenzo führt. Nach diesem Bogen war die Straße noch dunkler. Hier fing die Mauer der Porta Tiburtina an.

»Aber so«, sagte ich, »kommen wir doch wieder zur Kirche von San Lorenzo zurück. Wohin willst du denn? Wolltest du nicht ins Kino?«

Sie ging zu der Mauer und blieb stehn, ließ meinen Arm los. Ich wartete, daß sie etwas sagte.

»Aber warum? Was ist?« fragte ich. »Willst du denn nicht ins Kino?«

Sie fing an zu heulen.

»Mir ist doch gleich, wo ich hingeh«, heulte sie. »Ich geh, wohin du willst. Wohin du willst. Wohin will ich schon? Wohin du willst.«

Sie schluchzte laut und lehnte sich an die Mauer.

Dann zog sie meine Hand zu sich und ließ mich fühlen, daß sie ganz naß im Gesicht war, daß sie weinte.

So standen wir da und hielten uns an den Händen und weinten und wußten nicht einmal, wo wir waren.

Wir standen ganz nah beieinander und lehnten uns an die Mauer.

Danach gingen wir immer an der Mauer entlang, die immer noch die Mauer der Porta Tiburtina war, und dann war es schon nicht mehr Porta Tiburtina, sondern Porta San Lorenzo. Auf der anderen Seite war die Ausgrabung, über die die Züge drüberfuhren. Dann kam Porta San Lorenzo.

»Aua«, sagte sie, bevor wir hinübergingen, »es tut mir noch ein bißchen weh.«

Sie ließ mich unter ihrer Jacke fühlen, wo es ihr weh tat.

»Entschuldige«, sagte ich. »Ich hab dir weh getan.«

Sie lachte, sagte, das stimmte nicht. Wir bogen in die Via Tiburtina ein und gingen auf dem Bürgersteig die Häuser entlang, gegenüber vom Tiburtino-Park, vor den geschlossenen Läden.

»Du hast mir nur weh getan, als du so muffelig zu mir warst«, sagte sie. »Danach hast du mir nicht weh getan.«

»Entschuldige«, sagte ich, »das war, weil ...«

»Denn ich«, sagte sie leise, »was soll ich denn machen?«

»Ja«, sagte ich, »ich weiß.«

Wir gingen auf dem Bürgersteig.

»Ich hab doch«, sagte ich, »ich wollte nicht. Es war, weil ...«

»Ich weiß«, sagte sie.

Sie blieb vor einem Laden stehn, wo Haushaltsartikel verkauft wurden, und hinter der Scheibe war es dunkel, und sie betrachtete ihr Gesicht im Schaufenster und richtete sich das Haar. Sie sah in der Scheibe, daß ich sie anguckte, und lachte. Sie guckte zufrieden, weil sie hübsch war.

»Du«, sagte sie, »könntest du jetzt mal bitte dieses Fräulein schön anlächeln? Ja?«

Ich lächelte sie in dieser Glasscheibe an, in der man dahinter die Straße sah und die Leute, die vorbeigingen, und dann noch weiter hinten auf der anderen Straßenseite im Dunkeln vom Tiburtino-Park konnte man auch hinter dem heruntergelassenen Metallgitter ganz schwach die Haushaltsartikel erkennen, und das waren, scheint's, auch hier alles Tassen, Gläser und andere Stücke, von denen man nicht wußte, was sie waren, und mitten drunter waren, scheint's, wir, die hier reinguckten, aber wer weiß, ob wir es waren und was das alles überhaupt war.

Porträt des Künstlers als schöne Seele

Von Carlo Fruttero

Es gibt eine glückliche Zeit zwischen Jugend und Alter, in der ein Mensch es sich leisten kann, sein Leben nicht persönlich zu nehmen. Noch ist die dürre Hand in weiter Ferne, mit der wir eines Tages, mit kleinlicher oder melancholischer Geste, immer wieder das nunmehr unveränderliche Häufchen der uns verbliebenen Münzen zählen werden; andererseits hat der leidenschaftliche und kapriziöse Egozentrismus, mit dem wir eben noch wichtige Rollen auf imaginären Bühnen spielten, uns aus seinem präkopernikanischen Druck entlassen.

Wer ist Fruttero in diesem »leichten Alter«? Wer ist Lucentini? Nichts Besonderes, niemand, irgendwer. Die Frage ist völlig belanglos, es zählt allein, was man tut, von einem Tag auf den andern, von einem Monat zum andern, und nur, während man es tut; und der einzige Stolz ist jetzt, es endlich geschafft zu haben, sich nicht mehr als Held, als Dramenfigur, als Protagonist zu fühlen. Endlich hat man sie abgelegt, die naiven Aureolen aus Silberpapier, die schlecht genähten Kostüme, die man sich aus dem faszinierenden Fundus an Verhaltensweisen ausgeliehen hatte. Dieses klare, trockene, auf seine Art unbekümmerte Lebensalter haben Lucentini und ich ungefähr zur gleichen Zeit erreicht, und so war es nicht leicht, aber völlig natürlich, uns zusammen an den leergeräumten Tisch (oder Marktstand) zu setzen und uns an die Arbeit zu machen.

Und ausgerechnet in dieser Zeit größter Gleichgültigkeit gegenüber Ruhm und Erfolg (oder vielleicht gerade deswegen, argwöhnen wir manchmal) haben wir *Die Sonntagsfrau* geschrieben, einen Roman, der durch seine undurchdringliche Geschlossenheit unvermeidlich neugierig macht auf Anekdoten und Persönliches aus dem Leben der Autoren. Jeder Erfolg hat für das Publikum etwas von einem Wunder: Der Fußballspieler, der unversehens alle anderen übertrifft, die Sängerin, die plötzlich auf allen Fernsehschirmen triumphiert, der Finanzier, in dessen Hand, wie sich herausstellt, die Fäden der tollsten Spekulationen zusammenlaufen, sie alle müssen auf einmal zwangsläufig eine Vergangenheit voller Vorahnungen, Weissagungen und schicksalhafter Zufälle vorweisen. Und es ist dumm, all diesen indiskreten Fragen und Gerüchten nur verächtliche Zurückhaltung entgegenzusetzen; Berühmtheit ist nicht gleich Ruhm und verdient keine stolzen Posen. Besser, man sträubt sich nicht und spielt das Spiel mit, wie es der kluge Autofahrer im Stadtverkehr tut.

Ich werde daher die Wahrheit sagen, auch wenn es schwierig ist, ihr alles Schillernde zu nehmen und sie zu verflachen. Ich habe Lucentini 1953 in Paris kennengelernt. Nun ist Paris ja ein geradezu von Literatur überbordender Ort, wenn auch ein bißchen *passé*, und ich wäre weniger in Verlegenheit, wenn alles in Rom angefangen hätte, wo Lucentini geboren ist, oder in Turin, wo ich geboren bin, oder im geschäftigen Mailand, an das uns gegenwärtig unsere Arbeit als Lektoren beim Mondadori-Verlag bindet. Aber der Schauplatz ist Paris, und das ist noch nicht alles. Wenn der Anlaß eine unschuldige Dreitagereise zum Besuch einer Ausstellung, einer kurzen kulturellen Tagung oder einfach ein touristischer Ausflug gewesen wäre, hätte eine solche Begegnung etwas unbedeutend Zufälliges gehabt, über das ich hinweggehen könnte wie über eine Begegnung an einer Autobahntankstelle. Leider waren Lucentini und ich aber aus ganz und gar nicht zufälligen Gründen in Paris, sie waren denen vergleichbar, die heute die jungen Leute nach Katmandu führen (wenn man von Drogen und der Suche nach Heiligkeit absieht). In Turin würde man sagen, wir machten »un gran cine«, wir führten uns auf, als wären wir Helden in einem Film.

Wachsam, gierig, leidenschaftlich nahmen wir Gemeinplätze in Augenschein, überprüften Klischees, schritten euphorisch die Pfade eines literarischen Disneylands ab, in dem sich unserem entzückten Blick statt Mickey Mouse und Bambi die Asphaltstraßen und *cafétabac* von Simenon darboten, die *passages* von Céline, die Gassen und engen Armenbehausungen von Hugo, die Sonnenuntergänge von Baudelaire, die zierlichen Stadtpalais von Stendhal, die nächtlichen Alleen von Monsieur Teste. Für wenige Spielmarken war das alles unser. Es gab keine Platane, keinen Kellner, keine Parkbank, keinen Regenguß, kein Dachprofil, keine Prostituierte, keinen Markt, Innenhof oder Geruch, den wir nicht sofort wiedererkannten, und jedesmal, wenn wir über eine Brücke schlenderten oder eine Treppe in die Métro hinuntergingen, jedesmal, wenn wir mit einem Mädchen an einem Arm und einer Baguette unter dem andern spazierengingen, war es wie ein literarisches Zitat. Heute denken wir, daß es vielleicht kein besseres Verfahren gibt, um ein für allemal die Literatur auf ihren Platz zu verweisen, sie nicht mehr mit dem Leben zu verwechseln; auch weil wir damals, zwischen einem Zitat und dem nächsten, wohl oder übel, tatsächlich lebten.

Wir lebten freilich nicht – da wir weder schön noch verdammt waren – à la Hemingway und Scott Fitzgerald, deren Paris aus dicken Trinkgeldern, Luxushotels, sagenhaften Räuschen und aus unausrottbarem amerikanischem Akzent bestand und für uns unerreichbar war. Die (freiwillige, aber deshalb nicht weniger dornenreiche) Geldknappheit zwang uns dazu, uns in die Stadt einzufügen, in ihre Spalten zu schlüpfen, in denen die flexibleren und anpassungsfähigeren Fremden immer eine Unterkunft finden; stilistisch gesehen glichen unsere Tage also eher denen von Henry Miller und Orwell, zwei Meistern der Pariser Improvisation und Notbehelfe, von denen wir nicht wenige Überlebenstricks lernten.

1953 wohnte Lucentini, wie zu erwarten, in einer Mansarde am Montmartre. Ich, das war ebenso zu erwarten, in einem lausigen Hotel am Montparnasse. Eines Nachmittags brachte ihn unser gemeinsamer Freund Sandro mit zu mir. Sandro war gerade aus Italien gekommen und hatte mir ein paar Tage zuvor eine Nummer der Zeitschrift *Nuovi Argomenti* dagelassen, damit ich Lucentinis Erzählung *Die Tür* lesen konnte, die erste der drei in diesem Buch. Ich hatte sie gelesen, und als Lucentini mit Sandro, Ida und Sidney kam, sagte ich ihm gleich, wie schön ich den Text fände, wie sehr er mir gefallen habe, obwohl ich in bezug auf gewisse Punkte geheime Vorbehalte hatte.

Lucentini murmelte dankend etwas mit seiner unverwechselbaren Stimme, die schon damals sehr leise und an der Grenze der Verständlichkeit war und ihm heiße Auseinandersetzungen mit Kinokassiererinnen, Angestellten von Eisenbahnen und Museen, Pförtnern, Verkäufern und anderen Vertretern des Dienstleistungsgewerbes einbrachte, denen er eine perverse Absicht unterstellte, ihm kein Gehör schenken zu wollen. Aber ich erinnere mich noch sehr gut an sein Lächeln.

Es ist ein Lächeln – die Anhänger von Benedetto Croce und die Strukturalisten mögen Nachsicht mit mir üben –, in dem alle Themen seines schriftstellerischen Werks zusammenfließen: Es enthält an der Oberfläche Verwirrung, Verlegenheit, ein irgendwie rekrutenhaft bestürztes Schlucken. All dies vermag es aber kaum, eine zitternde Bitte um Verzeihung zu verbergen, ein Eingeständnis von Lebensuntüchtigkeit, völliger Verletzlichkeit und eine grenzenlose, schmerzliche Zärtlichkeit für noch das kleinste Ding der Schöpfung sowie das Verständnis für jede denkbare Schwäche, Verrücktheit, Gemeinheit und menschliche Widersprüchlichkeit. Es ist ein sanftes, mildes, ehrliches, entwaffnendes Lächeln, das auf jeden, der es zum ersten Mal sieht, unweigerlich die gleiche Wirkung hat: Endlich, denkt man, ein Guter Mensch.

Wenn Lucentini die Priesterlaufbahn eingeschlagen hätte, wäre er heute zweifellos einer dieser Landpfarrer oder Erzbischöfe, deren Versetzung an einen anderen Wirkungsort die Gemeinde dazu bringt, auf die Straße zu gehen und die Zerstörung des Vatikans und den kollektiven Übertritt zum Islam anzudrohen. Doch auch so, in seiner Gleichgültigkeit gegenüber der Religion, kann er auf eine ansehnliche Schar getreuer Anhänger zählen. Ich habe gesehen, wie verkniffene Sekretärinnen, eiskalte Verwaltungsbeamte, Literaten von seltener Boshaftigkeit, besessene Geschäftsleute und finstere Revolutionäre auf sein Lächeln hin alles stehen und liegen ließen und ihn in den Kopierraum begleiteten oder in eine kaum bekannte Florentiner Kirche, zu einem Rahmenmacher oder auf einen bestimmten Berg, von wo aus man einen Blick auf eine bestimmte Ruine hat.

Das funktioniert offensichtlich, weil Lucentini sich dieser Rattenfängermacht nicht bewußt ist, oder vielmehr, sie nicht auf bewußte Weise ausübt. Den Gegenbeweis findet man darin, daß jedesmal, wenn er meint, jemandem aus Berechnung sympathisch sein zu müssen, und sich mit einem, seiner Ansicht nach, wohldosierten Charme darum bemüht, das Ergebnis katastrophal ist. Personen, deren Wohlwollen ihm von Vorteil gewesen wäre, fangen an, ihn aus tiefstem Herzen zu hassen, andere kommen und fragen mich, ob er nicht zufällig schwachsinnig sei, wieder andere stehen tödlich beleidigt einfach auf und lassen ihn sitzen, weil er so schrecklich in ein Fettnäpfchen getreten ist.

Nein, Lucentini hat seine Macht nicht im Griff, er ist nicht imstande, sie zu seinem Vorteil einzusetzen, sie als abgestufte Währung im Handel mit seinem Nächsten zu benutzen. Er ist ein echter, reiner Tor und daher unwiderstehlich. Aber wenn es soweit ist, kommt der Widerstand von ihm.

»O Gott, wie furchtbar«, murmelt er und legt die Hand über die Augen, »jetzt haben die mich schon wieder angerufen. Warum müssen die mir bloß so auf den Sack gehen?«

»Weil du eine schöne Seele bist«, erkläre ich ihm.

Lucentini antwortet mit Stöhnen, das in unbändiges Gelächter umschlägt, das wiederum in einen erschrekkenden Hustenanfall mündet.

»Verdammt noch mal, nein«, flucht er halb erstickt, »nein, verdammt noch mal.«

Aber es ist die Wahrheit. Mich nennen die Leute jahrelang Fruttero, ihn im Lauf einer halben Stunde schon Franco. Alle empfinden blitzartig ein Bedürfnis, ihn zu duzen, sich ihm anzuvertrauen, ihm alle Herzenskammern aufzuschließen, ihn zu besuchen, einzuladen, ihn zum Reisegefährten, Freund, Bruder zu haben. »Franco« reagiert darauf ebenso blitzartig mit dem Bedürfnis zu verschwinden, und ein beträchtlicher Teil seiner Geistesgaben wird zur ausgeklügelten Erfindung von Ausreden, Vorwänden und Lügen verwendet, die ihm das Leineziehen und die Flucht erleichtern sollen. Einer älteren Dame, die ihn mit Zeichen ihrer Zuneigung bedrängte, schrieb er zum Beispiel einen nüchtern-betrübten Brief, in dem er ihr mitteilte, daß er leider verrückt geworden sei und sein Psychiater ihm jeden Umgang mit den ihm lieben Personen verboten habe; obwohl er stolz auf diese Erfindung war, machte er sich aber doch bewußt, daß er sie nicht unbeschränkt benutzen konnte, und so schuf sein fruchtbarer Geist eilends andere Lösungen von ähnlich drastischer Einfachheit: eine unheilbare, ansteckende Krankheit, eine vorgebliche Auswanderung nach Australien, gigantische Schulden, plötzliche Verarmung der schwärzesten und jämmerlichsten Art. Doch die »schriftliche Entschuldigung« ist eine Sache, eine ganz andere ist die telefonische.

Wenn im Hause Lucentini das Telefon klingelt, ist es, als erklängen die Posaunen des Jüngsten Gerichts. Der Apparat befindet sich nicht im Arbeitszimmer, wo wir oft zusammen am Schreibtisch sitzen, sondern in dem Raum daneben, zu dem eine ziemlich schmale Tür führt, die wiederum eine Besonderheit hat, für die Lucentini nichts kann, die aber charakteristisch ist für die verschrobenen Komplikationen, von denen er anscheinend verfolgt wird: Es gibt einen nicht entfernbaren Stahlträger, der ungefähr fünfzehn Zentimeter hoch ist und auf dem die Trennwand ruht. Er verläuft über die ganze Breite der Tür. Um von einem Zimmer ins andere zu gehen, muß man deswegen einen Schritt über diesen Träger machen, und Lucentini, der ihn mit derselben Farbe des Fußbodens dunkelbraun angestrichen hat, läßt niemanden in die Wohnung ein, ohne ihn mit der atemlos ängstlichen Fürsorge eines Fremdenführers im Schloß Draculas vor der bösartigen Fußfalle zu warnen.

Wenn also dort im Nebenraum das Telefon klingelt, richtet sich Lucentini im Arbeitszimmer mit einer Miene lebhaftester Besorgnis in seinem Stuhl auf. Meistens fällt ihm dabei die Zigarette aus dem Mund.

»Oh!« sagt er mit gespitzten Ohren und bereits von Panik verschleiertem Blick.

Das Telefon klingelt weiter.

»Das ist doch das Telefon!« schreit Lucentini.

»Allerdings«, sage ich.

Lucentini schießt hoch, macht mit gesenktem Kopf ein paar schnelle Schritte zur Tür hin, bleibt dann plötzlich stehen.

Das Telefon klingelt weiter.

»Vddmt, schsch, leckmi mA«, keucht Lucentini, von dem teuflischen Apparat wie hypnotisiert.

Dann kehrt er um, stürzt zum Flur und brüllt: »Simoooone!«

Simone ist seine Frau, eine Pariserin, die ihm ins Exil nach Turin gefolgt ist, wie Anita Garibaldi gefolgt wäre.

»Simoooooone!« donnert Lucentini, entsetzlich in seiner Wut.

»Ouiiii!« ertönt aus einem fernen Zimmer Simones Stimme.

»Le téléphone!«

Wie durch Zauber, aber in Wirklichkeit dank jahrelangem Training, materialisiert sich Simone neben dem Apparat, die Hand schon am Hörer.

»Qui est-ce?«

Lucentini streckt fünf genervte Finger zur Decke hoch. »Mais je ne sais pas!«

Unter beängstigendem Klingelcrescendo ringt nun Lucentini, zu einem kläglichen inkohärenten Häufchen Elend geworden, mit tausend Möglichkeiten, empfiehlt, zieht wieder zurück, perfektioniert, ordnet an und verwirft tausend mögliche Antworten.

»Mais tu es là ou tu n'es pas là?« möchte Simone zum Schluß einfach wissen.

»Simone …«, fleht Lucentini mit schluchzender Verzweiflung in der Stimme ob dieses x-ten Beweises weiblichen Stumpfsinns und Zynismus.

Simone hebt den Hörer ab, sagt »hallo«, und in wenigen Sekunden erfährt Lucentini, daß es sich nicht um eine Vorladung des KGB handelt, sondern um einen Freund oder um ein normales Arbeitstelefonat. Das Gefühl der Befreiung, Schuld und Scham setzen in seinem Organismus eine gewaltige Dosis Adrenalin frei: Er rennt zum Apparat und haut sich den Fuß an dem Stahlträger an.

»Aua … vdmt … schei leckmi, Scheiße, nein«, stottert er und stürzt im freien Fall aus der Höhe einer Tragödie Racines in ein Vaudeville hinunter. Doch die Todesqual hat ein Ende, und als Lucentini schließlich den Hörer in die Hand nimmt, schickt er sofort wieder die gewohnten Signale einer schönen Seele in den Äther, und Simone kann sich unbekümmert aus der Schußlinie entfernen.

An jenem Nachmittag des Jahres 1953 gab es Simone noch nicht, und ich kann auch ehrlicherweise nicht behaupten, daß ich mit Lucentini sofort Freundschaft geschlossen hätte. Ich weiß noch, daß wir dann alle zum Abendessen in ein nahe gelegenes Restaurant gingen, daß es Sidney im Lauf der Mahlzeit schlecht wurde und er zusammen mit Ida den Tisch verließ und daß wir drei uns noch zum Plaudern in ein Café setzten. Darauf haben wir uns in Gesellschaft anderer Leute noch ein paarmal wiedergesehen.

Ich hatte aber bemerkt, mit Lucentini etwas gemeinsam zu haben, und beide wußten wir bereits, daß das Fundament jeder wahren Freundschaft zwischen sprachbewußten Menschen nicht in geteilten Vorlieben besteht, sondern in geteilten Abneigungen. Wir vertrauten einander an – und ich gebe zu, daß das heute bedeutungsvoll erscheinen mag –, es werde uns regelrecht übel bei dem Ausdruck *au préalable* sowie beim Namen eines Stückeschreibers, Audiberti, der seit Jahren überall in Paris auf den Plakaten stand, und schließlich bei der Formel *à l'heure de (Le Congo à l'heure de l'uranium, La carotte à l'heure du dollar* usw.), die jede französische Zeitung mindestens einmal täglich in den Schlagzeilen verwendete. Es waren die ersten Risse, die wir in den von uns à la Walter Mitty errichteten phantastischen Kathedralen der Frankophilie wahrnahmen, aber das Auswanderungskapitel, das für mich damals bald zu Ende sein sollte, dauerte bei Lucentini noch lange und hat in einem gewissen Sinn nie aufgehört, da er ja heute als unangepaßter, widerspenstiger Zugewanderter in Turin lebt und nicht einmal im Traum daran denkt, sich wieder in Rom niederzulassen, wo er doch immer noch seine Freunde, Verwandten, Denkmäler, Museen hat.

Was ihn zunächst bewogen hat, seiner Stadt den Rükken zu kehren, hat er mir nie klar gesagt, aber ich glaube aus bruchstückhaften Bemerkungen und gelegentlichem Kopfschütteln schließen zu dürfen, daß der entscheidende Anstoß dazu eine Frau gewesen ist, die, was die Sache noch verschärft, Slawin und unwiderstehlich war. Von dieser »unglücklichen Liebe«, die man sich im Fall Lucentinis getrost als »zerrissen, stürmisch, leidenschaftlich, jämmerlich, jaulend« und ganz ohne irgendeinen rationalen Filter vorstellen darf, wird der Leser Spuren im zweiten Teil dieses Buchs finden, in den *Unbekannten Gefährten*, wo ein vom Schicksal gebeutelter Franco im Wien der ersten Nachkriegsjahre nach einer grausamen Trennung von Liebesalpträumen gequält wird. Trotzdem bin ich sicher, daß Lucentini fortging, weil er eine tiefe und unwiderstehliche Abneigung gegen die gute Stelle entwickelt hatte, die er in der Auslandsabteilung der *ANSA*, unserer nationalen Presseagentur, innehatte, und gegen den dicken Lancia, den er besaß, gegen die brillante Karriere, die sich vor ihm erstreckte, gegen die Familie, die Freunde, Rom und Italien im allgemeinen.

Diese Sache mit Lucentinis Abneigung verdient ein paar Worte der Präzisierung. Seit wir zusammenarbeiten, ist die Rolle des »Bösen« immer mir zugefallen: Ich bin es, der sich mit Verlegern, Lektoren, Redakteuren, Journalisten, Fernsehleuten, Übersetzern, Rechtsanwälten, Schreibkräften, Graphikern, Theateragenten usw.

herumzankt, ich protestiere, brülle, schreibe böse Briefe, werfe Leute heraus, mahne im Feldwebelton an und mache mich bei aller Welt verhaßt. In den Augen der Leute erscheint Lucentini als eine Art engelhafter Doktor Jekyll, als eine Taube sublimer Fügsamkeit, die ein beklagenswertes Bündnis mit einem aggressiven, blutdürstigen Falken eingegangen ist. Wenn sie nur wüßten!

Lucentinis Toleranzschwelle gehört zu den niedrigsten, ja, ist vielleicht die niedrigste, die mir in meinem Leben je untergekommen ist. Seine Vorstellung von einer Verhandlung ist, die Tür einzutreten, ein Thompson-Maschinengewehr zu zücken, mit einer Salve sämtliche Versammelten niederzumähen und erst dann mit der Diskussion anzufangen, wenn schon die Leichenträger im Vorzimmer eingetroffen sind. Das ist so, weil er im Lauf der Jahre eine riesige private Ablage an Fallbeispielen gesammelt hat, aus der sich ergibt, daß die Menschen längst nicht böse genug, aber viel zu dumm sind, und Dummheit (ein bei ihm unendlich nuancierter, komplexer Begriff, den er jedoch zu praktischen Zwecken mit einem einzigen Wort umschrieb: »Idiotie«) erträgt er einfach nicht, nur stößt er eben dauernd darauf oder meint, jederzeit damit rechnen zu müssen, darauf zu stoßen.

Man kann sich leicht vorstellen, was für einen solchen Menschen der Faschismus gewesen sein muß, aber es wäre eine grobe Vereinfachung, Lucentini als »aufrichtigen Demokraten« oder »Antifaschisten« zu bezeichnen. Die provokatorische Aktion, deren geistiger Vater und Ausführer er am 1. Mai 1941 an der Universität von Rom war und die ihn vor das Sondergericht brachte und sechs Monate Gefängnis kostete, ist typisch für seine Haltung, die ich nicht wirklich politisch nennen würde, sondern (das gebührt ihm hier) existentiell.

Mit drei Freunden (ein weiterer wurde zum Mitmachen aufgefordert, zog sich aber fast sofort zurück und denunzierte darauf die Gefährten gleich beim ersten Routineverhör) beschloß Lucentini auf jugendliche Art, seiner Wut auf die Dummheit des Regimes Luft zu machen. Er war keiner Partei oder irgendeiner organisierten geheimen Widerstandsbewegung verbunden und hatte andererseits auch nie mit den Gruppen junger intellektueller Faschisten geflirtet, die um Vittorio Mussolini und Bottai herum innere Opposition trieben. Im Gegenteil nährte er für diese, so wie auch heute für alle Oppositionsgruppen innerhalb der etablierten Macht, noch stärkeren Haß und tiefere Verachtung als für die oberen Ränge in Uniform und Stiefeln. Da er keine Ideologien zu verbreiten, keine politischen Modelle vorzuschlagen hatte und überhaupt keine Neigung zu einem exemplarischen Martyrium besaß, dachte er sich, es sei das beste, seine Kommilitonen mit der Demonstration zu beauftragen, die natürlich in überwiegender Mehrheit Faschisten waren. Dazu ging er auf folgende Weise vor: Er kaufte in einem Schreibwarenladen zehn Packungen Luftschlangen und ein bescheidenes Set, das es auch heute noch zu kaufen gibt (er hat meinen Töchtern das gleiche geschenkt) und das »Der kleine Buchdrucker« heißt. In seinem Keller bastelte er mit zwei Rollen und anderem Notbehelfsmaterial eine wackelige Vorrichtung und machte sich geduldig mit den übrigen Verschworenen an die Arbeit: Einer drehte eine Kurbel, ein anderer bestrich die Stempelkissen mit Druckerschwärze, der dritte setzte die Lettern, der vierte druckte, während die Luftschlange von einer Rolle abgerollt und von der anderen wieder aufgerollt wurde, Sätze gegen den Krieg, den Duce usw. auf deren Innenseite.

Wer jemals mit oder für Lucentini gearbeitet hat, weiß, daß solch ein Plan nur von seiner in der Verlagswelt inzwischen legendären Pedanterie ausgeheckt und ausgeführt werden konnte, und wird sich nicht über die Skepsis der Polizei wundern, die einfach nicht glauben wollte, daß das Grüppchen nicht über eine heimliche Druckerei verfügte, so daß Lucentini sich schließlich gezwungen sah, unter den Augen der verblüfften Beamten den Beweis für seine millimetergenaue Meisterschaft als kleiner Buchdrucker anzutreten.

Als sie auf diese Weise die Luftschlangen präpariert und wieder verpackt hatten, warteten die vier einfach eine der vielen Massendemonstrationen ab, mit denen damals die Studenten auf dem Universitätsplatz forderten, daß alle Prüfungen als bestanden zu gelten hatten (*»It rings a bell«*, sagt Lucentini heute, wenn er eine Studentendemonstration sieht); dann mischten sie sich unter die Hitzköpfe und ließen hinterlistig aus ihren Regenmanteltaschen und Hosenbeinen die Luftschlangen fallen, sicher, daß die Studenten sie, sobald sie sie entdeckten, aufheben und frohgemut in die Luft werfen würden. So geschah es auch, und als die unvorsichtigen Werfer merkten, »benutzt« worden zu sein, war der Universitätshof bereits von einem bunten Spinnennetz subversiver Schriften überzogen. Sofort wurde eine Treuekundgebung unter dem Balkon des Duce beschlossen, aber Fantomas-Lucentini, der beobachtete, wie die Dinge sich entwickelten, lief in ein Café, rief das Polizeipräsidium an und berichtete, ein großer Studentenzug schicke sich an, in pazifistischer Absicht auf die Piazza Venezia zu marschieren. Der Studentenzug marschierte, traf auf eine Polizeiabsperrung und wurde brutal verprügelt. Erst spätabends wurde der Betrug entlarvt und die Dutzende von verhafteten jungen Faschisten wieder nach Hause geschickt.

Der Streich erregte in Rom großes Aufsehen, und die Gestapo registrierte ihn sorgfältig (in den Archiven von Prag haben wir später den an das Berliner Kommando geschickten Bericht unter den Dokumenten des Schwarzen Sees gefunden); was ich aber am meisten mag und was mir am vielsagendsten erscheint, ist ein kleines Detail aus der Zeit, die Lucentini nach der Verhaftung im Regina-Coeli-Gefängnis verbrachte. Er wurde dort in den Trakt der »politischen« Häftlinge gesteckt und blieb sechs Monate lang in Isolationshaft in einer Zelle. Dann, als sein Vergehen niedriger eingestuft wurde und der Fall der Kommission für die Verbannung an einen Zwangswohnort weitergeleitet worden war, wurde die Einzelhaft aufgehoben und er ein paar Tage lang mit zwei anderen zusammengelegt, einem jungen Brillenträger und einem vornehmen Herrn, die in ihm sofort heftige Antipathie auslösten. Würdevoll, aufgeblasen, selbstgefällig, tödlich ernst erkundigten sich die beiden – erzählt er – sofort nach seinem Parteibuch, und als sie erfuhren, daß Lucentini sich weder auf einen Glauben noch auf Ideale, noch auf erkennbare Programme berief und daß er zu keinem der verschiedenen Komitees gehörte (bei dem Wort schaudert es ihn noch heute), versuchten sie zunächst, ihn zu einer »Bewußtwerdung« zu bringen, und überließen ihn dann verächtlich seinem individualistischen Schicksal. Am Abend wünschten sich die »Politischen« durch Rufe von Zelle zu Zelle gute Nacht.

»Schlaf gut, Silvio!«

»Schöne Träume, Fabrizio!«

Aus dem danebenliegenden Trakt der gemeinen Verbrecher ertönten darauf sarkastische Nachahmungen mit Falsettstimme.

»Schlafi guti, Romolé!«

»Schöni Träumeli, Giggé!«

Durch Prusten hervorgebrachte schallende Furzgeräusche antworteten auf diese Grüße, und Lucentini, der doch ein wohlerzogener junger Mann war, aus guter Familie stammte und Macedonia Extra rauchte, der an der Universität studierte, sich mit Philosophie beschäftigte, Chinesisch lernte, seinen Freundinnen Liebesgedichte schrieb und der doch eine gewisse Vorstellung davon hatte, wie das Land *nicht* regiert werden sollte, und dafür ins Gefängnis gekommen war, Lucentini ertappte sich zu seiner Überraschung dabei, bei dem Furzprusten mitzumachen.

In seinem Buch gibt es keine Vertreter der bürgerlichen Klasse. *Die Tür*, die Geschichte einer selbstinszenierten Isolationshaft in einem vom eben erst vergangenen Krieg völlig aufgelösten Rom, endet mit dem Auftreten abstoßender expressionistischer Marionetten, die *Ordnung*, *Gesetzestreue*, *Spießigkeit*, *Bürokratie*, *moralisierendes Schleimertum* verkörpern, kurz: alles, wovor dem Freien Menschen am meisten graut. Diese sozusagen in Großbuchstaben daherkommende Symbolik störte mich, schien mir nicht zu der übrigen Erzählung zu passen, die schmucklos und äußerst konkret ist. Heute sehe ich, daß Lucentini recht hatte. Die Prostituierte, die sich in ihre modrige unterirdische Klausur vergräbt, ist die einzige »heroische« Gestalt des Buchs, das heißt, jemand, der etwas Unmögliches versucht und gnadenlos von den

Göttern dafür gestraft wird. Innerhalb dieses tragischen Schemas ergab sich für Lucentini die Notwendigkeit, auf extreme Hilfsmittel zurückzugreifen: den Inzest am Anfang und einen wenn auch monströs karikierten Olymp am Schluß. Doch zwischen dem einen und dem andern – und gerade das ist für den Leser faszinierend und irreführend – gewinnt sein Erzählerinstinkt die Oberhand, seine Genialität als lexikalischer und syntaktischer Bastler. Seine Prosa ist aus vier Brettern gemacht, einem halben Dutzend Nägeln, ein paar Stücken Bindfaden, einem Gummiband, ein paar Korken, wenigen verrosteten Halteringen; es ist eine arme Kunst, die Kunst eines Häftlings, eines Eingeschlossenen, eines Schiffbrüchigen, eines Eremiten, und sie hat nichts mit Realismus oder mit dem italienischen »neorealismo« zu tun. Der Mann, der hier durch unerbittliches Weglassen diese fanatisch schlichte Schreibweise durchhält, ist derselbe, der Ariosto und Flaubert vergöttert, der zum persönlichen Vergnügen den *Coup de dés* von Mallarmé übersetzt hat, der ganze Passagen aus Romanen von D'Annunzio auswendig zitieren kann, der von Borges' *Ficciones* eine italienische Version erstellt hat, die den prächtigen und ironischen Marmor der Originalprosa noch in der feinsten Maserung wiedergibt.

Mit gewollt armseligen Mitteln eine starke poetische Wirkung zu erreichen haben sich viele »gebildete« Schriftsteller zum Ziel gesetzt, vor allem in Italien. Aber bei Lucentini erscheint mir dieses experimentelle Element, diese Herausforderung, eher sekundär, auch wenn es vorhanden ist. Niemand, am wenigsten der Betreffende selbst, weiß, was tatsächlich im Kopf eines Schriftstellers vorgeht, wenn er die Feder in die Hand nimmt, aber

Lucentinis Freunde wären bereit, jede Summe darauf zu wetten, daß er sich seiner auf einem Schemel abgestellten Olivetti nähert und brummt: »Oh, aha ...«, »Also, sehen wir mal ...«, »Na, das kann doch kein Hexenwerk sein!«, genau dieselben Sätze, mit derselben Unverzagtheit ausgesprochen, mit der sie ihn so viele Male eine Lampe auseinanderschrauben, ein Stuhlbein absägen, eine elektrische Anlage oder eine Spielzeugeisenbahn reparieren, in einem Automotor herumwerkeln, ein Glas für einen seiner holländischen Stiche zurechtschneiden gesehen haben. Typisch für ihn sind Kordhosen, kariertes Hemd, eine zerschlissene Jacke, die ihn wie einen Fahrraddieb aussehen läßt, und seine ganz feinen, geduldigen, nicht locker lassenden Hände, die keine Aufgabe scheuen und nie Angst haben, »sich schmutzig zu machen«. Die Kunst ist für ihn einfach eine große Werkstatt, und das härteste Urteil, das er über einen anderen »Werktätigen« fällen kann – sei es nun ein Meister der venezianischen Malerei, ein elisabethanischer Dichter, ein Westernregisseur –, ist, daß er »sein Handwerk nicht versteht«.

Er erkennt unter jeder Verkleidung den Versager, den Pfuscher, den Blender, die ausgelutschte Zitrone, den Parasiten, den Drückeberger; aber im übrigen hat er keine Vorurteile, seine außerordentliche intellektuelle Neugier erlaubt ihm nicht, von vornherein auch noch das bescheidenste Angebot zu verachten oder sich auch noch dem kühnsten Unterfangen nicht gewachsen zu fühlen. Eine Vorurteilslosigkeit (eine Disponibilität) dieser Art kann nicht erworben und auch nicht als Weltanschauung bezeichnet werden. Sie ist ein Instinkt, ein angeborener Zug, der notwendigerweise alle Aspekte des Lebens eines Menschen berührt.

In seinem Landhaus in der Nähe von Fontainebleau, wo außer dem Dach und den alten Mauern alles von ihm selbst eingebaut, angenagelt, zementiert, geschliffen und gestrichen worden ist, gibt es ein Marinefernrohr zur Beobachtung der Sterne, ein Mikroskop aus Messing, das aus dem neunzehnten Jahrhundert stammt und das er auf dem Flohmarkt erworben hat, um die *animalcules* im Schlamm der Umgebung zu beobachten; außerdem einen rudimentären Apparat, den Lucentini sich vor ungefähr fünfzehn Jahren gebaut hat, als er sich in den Kopf gesetzt hatte, Regenwürmer der Pawlowschen Konditionierung zu unterziehen. »Nichts gegen die Hunde«, sagte er sich eines Tages aufgrund einer von ihm ersonnenen komplizierten kosmologischen Theorie, »aber warum nicht auch Würmer, Algen, Kristalle oder überhaupt alles?« Gesagt, getan (er hatte beschlossen, mit den Regenwürmern anzufangen, um »sich einzuarbeiten«), und so bastelte er ein Instrument, um diesen Geschöpfen elektrische Reize zu übertragen, sammelte auf den umliegenden Wiesen einen großen Vorrat der Tierchen ein und legte mit den Experimenten los. Simone schüttelt es heute noch, wenn sie daran denkt.

Wenn man neben ihm durch jene Wälder oder an einem jener Kanäle entlangwandert, ist es schwer, nicht an jene andere *âme belle* zu denken, die Jean-Jacques Rousseau gewesen ist, an seine demütige, eigensinnige, bezaubernde Unabhängigkeit, die oft mit extravagantem Größenwahn verwechselt wurde und die ihn alles in Frage stellen ließ, solange er sich nicht persönlich damit vertraut gemacht hatte. Lucentini liebt ihn übrigens sehr, weil er eben einer war, der »es ausprobierte«, aber der Besucher wird sehr schnell merken, für wie wenig außergewöhnlich und persönlich er seine eigene Neigung »es auszuprobieren« hält. Bald wird er liebenswürdig, aber nachdrücklich dazu aufgefordert werden, mit einer Schnur und einem verbogenen kleinen Nagel zu angeln, höchst bedenkliche Pilze zu sammeln, eine Decke mit Stuck zu versehen, sich die Grundlagen des Hebräischen oder Japanischen anzueignen, ein Bild zu malen, Boxhandschuhe anzuziehen und auf einen alten Autoreifen einzudreschen, ein Gummifaltboot zu lenken, eine Blume oder Fliege zu sezieren. »Das ist doch kein Hexenwerk!« versichert der Gastgeber. Jeder kann mit etwas Geduld alles schaffen. Und der seine ist nicht der unruhige, degradierende Eskapismus des Hobbys, sondern das Gegenteil davon. Robinson Crusoe kann eben nicht von seiner Insel weg und trifft daher in aller Seelenruhe die notwendigen Maßnahmen. Die Fähigkeiten des Menschen sind unendlich, wenn ihn die Umstände dazu zwingen, allein zurechtzukommen, wenn sie ihn aller – anerzogenen, snobistischen, versicherungstechnischen, kulturellen – Hüllen berauben, mit denen die Gesellschaft ihn zu schützen vorgibt und unter denen er sich dümmlich räkelt, ohne die geringste Ahnung von seinen Befähigungen und Reichtümern zu haben.

Daher rührt wohl in diesem Buch die Ab- und Anwesenheit einer »bürgerlichen« Welt, wie sie im traditionellen Sinn zu verstehen ist, die also gut geölt ist, ohne Erschütterungen, monoton, einlullend, schwer und alles auslöschend wie ein nasser Lappen. Die seine ist natürlich eine kunstvolle Auffassung der Literatur als bloßes Instrument; Lucentini bedient sich ihrer, um seine Gestalten »in eine Situation zu bringen«. Die Prostituierte der *Tür* (die natürlich der Autor selbst ist) versucht, sich durch einen radikalen, endgültigen Schritt, etwas wie eine Rückkehr zur Selbstgenügsamkeit, zur reinen Animalität, jenem »nassen Lappen« zu entziehen. Diese metaphysische Auflehnung wird, wie gesagt, niedergeschlagen. Darauf treffen wir dieselbe Gestalt (die jetzt Franco heißt) in Wien wieder, wo sie sich die Wunden leckt, in einem noch in Besatzungszonen unterteilten, chaotischen, provisorischen, nicht »bürgerlichen« Wien, in dem es also möglich ist, sich ernsthaft auf die Probe zu stellen, was schließlich das einzige ist, worum es jungen Menschen geht oder gehen müßte.

Die Erzählung *Die unbekannten Gefährten* hat eine besondere Geschichte. Sie erschien als erster Band in der von Vittorini herausgegebenen Reihe *I gettoni* und wurde deswegen als herausragendes Beispiel des neorealistischen Stils angesehen und mit anderen Romanen und Filmen jener etwas diffusen Gattung zusammengeworfen. Doch Jahre danach entdeckten Kritiker und Literaten völlig anderer Ausrichtung deren großartige, hochkonzentrierte sprachliche Üppigkeit, die Kühnheit und überzeugende Phantasie, mit der tschechische, russische, deutsche, römische Einsprengsel eingefügt wurden, und ordneten Lucentini den Meistern einer ebenso unbestimmten Avantgarde zu. Ich bin mir da nicht sicher.

Ich sehe zwar alle diese Aspekte in der langen Erzählung, aber ich sehe genausogut auch die Köchin und die Portiersfrau, die sie lesen und dabei in Tränen zerfließen. Die Erzählung ist ein »Rührstück«, wie es unser Freund Lodo etwas grob ausdrückt. Ich persönlich bin nicht leicht zu rühren, im Kino und bei Beerdigungen weine ich nie, und wenn Lucentini mich je dazu gebracht hat, ein stummes Stoßgebet zum Herrn zu schicken, er möge mich zu sich nehmen, dann war das immer wegen irgendeines zu streichenden oder hinzuzufügenden Adjektivs oder Adverbs in einem Text, den wir zusammen schrieben. Ein Strichpunkt kann bei ihm Anlaß zu einer fünfundvierzig Minuten dauernden Diskussion sein. Und doch muß ich anerkennen, daß die Geschichte *Die unbekannten Gefährten* mich in erster Linie wegen ihrer erstaunlichen sentimentalen Spannung anspricht. Der Inhalt ist schnell erzählt. Der Protagonist entdeckt, daß man an menschlichen Beziehungen leidet. Und je zärtlicher, liebevoller, einfacher, richtiger sie sind – das ist die Tragödie –, desto mehr leidet man daran.

Diese schreckliche Wahrheit ist heute ziemlich unpopulär, aber sie erklärt einerseits Lucentinis Widerstand gegen die Versuche seiner Mitmenschen, ihn an ihren Gefühlen teilhaben zu lassen, und andererseits seine stark »reaktionäre« Stellungnahme gegenüber der Unzahl von Worten, die gerade über die menschlichen Beziehungen gesagt und geschrieben werden. Wenn es nach ihm ginge, müßte man den Leuten wenige praktische Normen des zivilen Zusammenlebens beibringen, am besten durch beharrliche Medienkampagnen, und dann würde in bezug auf intimere und zartere Verästelungen jeder, am besten durch ein amtliches Rundschreiben, darüber informiert, daß er allein damit fertigwerden muß. Alle Kongresse, Symposien, Gesetze, Umfragen, Schutzmaßnahmen, Betrachtungen, die dicke Rauchwolke, die um die Frage herum wabert und sich immer mehr verbreitet, verhüllen doch nur (*et pour cause*, denkt Lucentini in diesen erbärmlichen Zeiten) den harten, unveränderlichen Sachverhalt: Gefühle sind etwas äußerst Schmerzliches, wer Liebesbindungen hat, erlebt unvermeidlich furchtbare emotionale Keulenschläge und Erschütterungen, unerträgliche Verluste, schwindelerregende Leere, grauenhafte Ängste und Gewissensbisse. Da ist nichts zu machen, das ist das Leben.

Der Protagonist der *Unbekannten Gefährten* akzeptiert das Leben nicht und nimmt am Schluß – die Passage gehört zu denen der italienischen Literatur, die als »bleibend« angesehen werden – einfach Reißaus. Von Wien ging Lucentini dann nach Prag, eine Stadt, die, wie er glaubte, unauffällig war. Eines Morgens, als er dort aus dem Haus trat, waren die Straßen voller Menschen, Fahnen, Musik, Transparente, Reiseomnibusse. Es war das Jahr 1948, und es fand ein von den Kommunisten organisiertes kolossales Jugendfestival statt, an dem Parteimitglieder und Sympathisanten aus ganz Europa teilnahmen. Als die Stadt sich wieder leerte, war sie nicht mehr dieselbe. Lucentini ahnte im voraus die großen touristischen Migrationen unserer Tage und das daraus folgende Aussterben jeder Exotik und jedes Abenteuers. Und so akzeptierte er die Banalität von Paris, bestieg einen Zug nach der Hauptstadt aller Exilanten und fing dort sein vorschriftsmäßiges Bohemeleben an. Schäbige Hotels, möblierte Zimmer, die merkwürdigsten Gelegenheitsarbeiten, zu denen – ich kann es mir nicht verkneifen, es zu erwähnen – die als Hilfskraft in einem Schlankheitsgymnastikinstitut gehörte (ich habe den Verdacht, daß er der *bon ami* der Besitzerin war), wo er unter anderem auf dem Boden ausgestreckten dicken Damen auf den Bauch springen mußte.

Schließlich ließ er sich in der Rue des Trois Frères auf dem Montparnasse nieder. Das auf dem Umschlag dieses Buchs reproduzierte Temperabild zeigt den Blick, den er vom Fenster seiner Mansarde aus hatte. Das Original ist nicht viel größer als eine Briefmarke und zeigt außer der Straßenecke und der Straßenlampe auch Lucentinis Vorliebe für Kleinformate, seine Ästhetik der Miniatur, seinen Hang, das Größtmögliche im Allerkleinsten zu konzentrieren. An dieser Ecke war ein *bistrot*, in dem Prostituierte, Zuhälter, kleine Verbrecher verkehrten und dessen *patron* mit Schürze, in Hemdsärmeln und mit seiner *gauloise* im Mundwinkel direkt aus einem Film von Carné zu stammen schien. Lucentini, der nie einem romantischen Reiz widerstehen konnte, sagte sich, das Leben lohne sich nicht, wenn man (das heißt er) es nicht zustande bringe, dieses Lokal zu betreten und auf der Schwelle mit der dazugehörigen heiseren Stimme den Satz auszusprechen: »Alors, patron, ça gaze?«, den mit sublimer Lässigkeit hingeworfenen Gruß der zwielichtigen Stammgäste. Zur gleichen Zeit, aber in einem anderen Viertel, machte ich mich inzwischen vor ihm mit dem Satz »Non, mais tu es folle?« vertraut und mit der Mimik, die ihn begleitete – Kinn nach unten sacken lassen, Lider halb schließen, die Brauen hochziehen. Wir verfolgten unsere edlen idiomatischen Vorbilder, ohne voneinander zu wissen, und später hat uns ein verständliches Schamgefühl davon abgehalten, bis auf ein paar Andeutungen, von unseren jeweiligen Torheiten zu sprechen. In bezug auf Lucentinis Pariser Jahre bin ich daher der am wenigsten geeignete Chronist.

Allerdings weiß ich, daß er sich sehr abmühte, um sein Ziel zu erreichen, und lange leiden mußte. Einerseits weil er Fremdsprachen, vor allem die, deren er vollkommen mächtig ist, nur mit großer Verlegenheit spricht, andererseits weil seine Ernährungsmethoden, die absolut vernünftig und einleuchtend sind, wenn er mit stringenter

Logik ihre theoretischen Vorzüge preist, sich, einmal in die Praxis umgesetzt, als nahezu tödlich erweisen. Als er an der Sorbonne einen Chemiekurs belegt hatte, kam er durch die an dieser erhabenen Universität gewonnenen Kenntnisse zu der Überzeugung, daß eine ausschließlich aus Eiern und Schokolade bestehende Diät genau das sei, was Gott geschaffen habe, um den menschlichen Organismus perfekt funktionstüchtig zu erhalten. Es war dann Simone, die den Krankenwagen rief. Sie hatte ihn vor kurzem kennengelernt und war, da sie einige Tage lang nichts von ihm gehört hatte, nachsehen gegangen, was mit ihm los war, und hatte ihn in komatösem Zustand vorgefunden. Deswegen oder wegen anderer analoger Mißgeschicke hat Lucentini aber nicht darauf verzichtet, periodisch neue wundertätige Dogmen zu formulieren: Es gibt nichts Gesünderes, als zwischen zwei und vier Uhr nachts, jede Nacht, einen Liter Coca-Cola zu trinken; die Mittagsmahlzeit muß abgeschafft und durch fünf große Tassen Kaffee ersetzt werden; dafür wird dann logischerweise die Abendmahlzeit verdreifacht; man kann jede beliebige Menge *pâté* essen, wenn man nur darauf achtet, kein einziges Essiggürkchen dazu zu verzehren, und so weiter, von einer Einlieferung ins Krankenhaus (oder beinahe) zur andern.

Unser Freund Ciccetto, der nebenbei auch Arzt ist und dem Lucentini gerne seine revolutionären Eingebungen zu Fragen der Ernährung, der Abwehrkräfte, des Kreislaufs oder der Leber- und Gallenfunktion darlegt, hat schon lange aufgehört, ihm zu widersprechen. Er läßt ihn reden, nickt dazu ernst und übertrumpft ihn nicht selten, indem er ihm mit völlig unbewegter Miene hochwissenschaftliche Informationen und Daten mitteilt und ihn ermutigt, seine Argumentationen zu den extremsten und absonderlichsten Schlußfolgerungen zu treiben. Aber wenn es dann soweit ist, kommt er eilends mit seinem schwarzen Köfferchen und einem selbstgefälligen Grinsen herbei und fragt Simone an der Tür: »Wie geht es dem Professor?«

Damit will er aber keineswegs durchblicken lassen, daß der merkwürdige Patient sich besser befände, wenn er sich nur um die Literatur kümmern und ihm, der wirklich Professor ist, nicht ins Handwerk pfuschen wollte. Es klingt zwar Ironie mit, aber es ist keine böswillige von der Art: »Ich hab's dir ja gesagt« – sie ist eher mit dem vielschichtigen Gefühl verwandt, das Flaubert gegenüber Bouvard und Pécuchet empfunden haben muß: voller Lachen, Mitleid, Resignation, Bewunderung. Nicht einmal sein Todfeind wäre imstande zu behaupten, Lucentini drücke sich in pedantisch-professörlichem Ton aus. Ja, je ernster und komplizierter eine Frage ist, desto geschmeidiger, forschender, abwägender wird seine Sprache und um so größer seine wunderbare Unvoreingenommenheit, seine natürliche, dem Skeptiker eigene, Bereitschaft, eine Meinung für eine andere, besser erscheinende fallenzulassen, woher sie auch kommen mag. Doch wenn es sich in einer Diskussion nicht um den Ursprung des Universums oder die Gründe der Französischen Revolution dreht, sondern darum, in einen bestimmten Film zu gehen oder einen bestimmten Zug zu nehmen, dann zeigt sich im Gesprächspartner Lucentini plötzlich ein völlig anderes Temperament. Auf dem Gebiet der Nichtigkeiten ist Lucentini allerdings ein strenger, unerschütterlicher »Professor«, der einem den Eindruck vermittelt, alles, wofür er sich einmal entschieden hat – ob es ein Hemd ist oder ein

Klebeband –, sei das Ergebnis seiner nobelpreisträchtigen Forschungen. Das Kino, zum Beispiel, muß in unmittelbarer Nachbarschaft zu seiner Wohnung liegen; der Film muß ein Happy-End haben; falls es ein Krimi ist, geht Lucentini schon mal fünf Minuten vor Schluß in die frühere Vorstellung, um gleich zu erfahren, wer der Mörder ist, damit diese Frage erledigt ist; im Saal muß er unbedingt einen Platz auf der linken Seite finden, was mit gewissen Eigenheiten seiner Augen zusammenhängen soll (sieht er auf einem Auge schlechter als auf dem anderen?), die ich nie ganz verstanden habe.

Und das ist nur die Spitze des Eisbergs, unter der eine weit beträchtlichere Masse von Vorbereitungen liegt, die die Versammlungen des Generalstabs der Wehrmacht bezüglich der Operation Barbarossa wie eine kleine Plauderei unter Müßiggängern erscheinen läßt. Die Verabredung vor dem Kino wird von Lucentini wie ein gigantisches strategisches Unternehmen in Angriff genommen. Nichts darf dem Zufall überlassen bleiben. Nach der Parole »Falls dann doch …« wird der Operationsplan bekanntgegeben: Du parkst in der Sowiesostraße, wo es donnerstags gewöhnlich nicht so voll ist; aber falls dann doch alle Parkplätze dort bereits vom Feind besetzt sein sollten, tritt Plan B in Kraft, und du ziehst dich auf den Sowiesoplatz zurück, aber halt dir immer auch Plan C vor Augen, die kleine Sowiesosackgasse, die du durch Überquerung des Sowiesokorsos und Umfahrung des Sowiesoblocks erreichst. Zu berücksichtigen sind dabei die Möglichkeiten von Regen, Nebel, Schnee und starken Nordwestwinden, und jede dieser Eventualitäten eröffnet andere, immer breiter gefächerte Alternativszenarios: Das Eintreffen vor dem Kino kann je nach dem Zusammenspiel verschiedener Faktoren aus der einen oder der anderen Richtung erfolgen, und daher muß für jede Möglichkeit das günstigste Café bestimmt werden, wo der Kaffee eingenommen werden soll (für Lucentini koffeinfrei), bevor die fatale Grenze des Kinosaals überschritten wird. Alles bricht dann, wie nicht anders zu erwarten, jämmerlich zusammen, weil irgendeine der Abteilungen in diesem wuchernden Gestrüpp von Befehlen, Instruktionen, Empfehlungen völlig den Kopf verloren hat, und oft ist es der General selbst, der nicht mehr durchblickt und an der falschen Ecke wartet, an der Kreuzung, die für die feuchtkalten Februarmittwoche vorgesehen ist.

»Aber wieso denn?« wundert sich Lucentini. »Ist denn heute nicht Mittwoch?«

»Nein. Es ist Dienstag.«

»Ach geh! Bist du sicher?«

»Und ob!«

»Entschuldige mal, wenn wir vor zwei Tagen das Dings da nach Mailand geschickt haben, dann muß doch heute zwangsläufig ...«

»Aber das haben wir doch am Samstag abgeschickt.«

»Simona, war das nicht gestern, daß wir wegen des verdammten Dings zu dem Dings gegangen sind?«

»Also dahin gegangen sind wir ...«, rechnet Simone, deren Namen im Zuge der Feldforschung italianisiert worden ist, »attends ... c'était vendredi.«

»Ah, ça! C'est pas possible!«

Unerklärlicherweise haben sich Tage und Ereignisse verstrickt und die geraden Verbindungslinien blockiert, die der Kartograph Lucentini gezogen hatte. Lucentini scheint überzeugt zu sein, aber dann tritt er einen Augenblick zur Seite, zieht seinen Taschenkalender heraus und sucht eine schriftliche Bestätigung des unglaublichen Zeitsprungs.

»Ah, so so, aha, schau, schau …«

Aber die Niederlage demoralisiert ihn nicht, schon regt er sich, als er schließlich vor der Kinoleinwand sitzt, über einen dicken Fehler der Drehbuchautoren auf.

»Nicht zu fassen!« ruft er und schlägt sich mit der flachen Hand ans Bein.

»Was ist denn?«

»Diese elenden Verbrecher, diese Hurensöhne …«

»Aber wen meinst du, was ist denn los?«

»Die da ist doch in dem brennenden Auto gestorben«, flüstert Lucentini empört, »und jetzt lassen die sie wieder auftreten, und dazu erwartet sie noch ein Kind.«

»Aber nein, die im brennenden Auto, das war doch die Schwester des Drogensüchtigen.«

»Und die da, wer ist die dann? Die Ehefrau?«

»Die Freundin.«

»Aber die Freundin hatte doch so eine dicke rote Tasche.«

»Nein, das war die Sekretärin.«

»Eben. Hat er denn nicht mit der Sekretärin geschlafen?«

»Nein, die Sekretärin ist die Freundin von dem Dikken.«

»Und die stirbt im brennenden Auto.«

»Nein, das ist doch die, die sich in den Schwarzen verliebt.«

»Entschuldige, Moment mal: Die, die bei der pferdenärrischen Tante lebt, ist das nicht dieselbe, die …«

Die Zuschauer in Hörweite stehen auf und setzen sich weiter weg, aber an ihrem Schnauben ist deutlich erkennbar, daß sie, hätten sie die Macht, den »Professor« in eine Sonderschule strafversetzen, den »General« mit Eimer und Reisigbesen zum Latrineputzen abkommandieren würden. Trotzdem glaube ich weiterhin, daß Lucentini alle Voraussetzungen gehabt hätte, um ein großer Befehlshaber oder ein großer Pädagoge zu werden; in unbekümmerteren Zeiten mit jüngeren und dynamischeren Hierarchien hätte er es bestimmt zu einer Gedenkbüste in diesen beiden Gebieten menschlichen Wirkens gebracht, die ihm, so ist es nun mal, immer nur langweilig, deprimierend und fremd erschienen sind.

Zur Untermauerung meiner Behauptung wäre ich versucht, gegen jeden äußeren Anschein die dritte Erzählung dieses Buchs, *Bericht von den Ausgrabungen*, anzuführen, wo ein halb schwachsinniger armer Teufel mit dem höhnischen Spitznamen »der Professor« ein elendes Leben als Faktotum in einem fünftklassigen römischen Bordell fristet. Ist ein weiter von der militärischen oder akademischen Welt entferntes Milieu überhaupt vorstellbar? Wir sind hier im niedrigsten Unterproletariat, nahe am Untermenschlichen. Und doch bin ich aus meiner privilegierten Perspektive heraus zu der Mutmaßung gekommen, daß es sich um eine unbewußte Übertragung von Lucentinis Erfahrungen beim italienischen Militär handelt, die, wie man sich vorstellen kann, für beide Parteien traumatisch gewesen sind.

Allerdings hätte sich Lucentini in seinen recht bewegten Jugendjahren nie auf eine Dienstbotenarbeit in einem Bordell eingelassen, nicht, weil das unter seiner Würde gewesen wäre, sondern wegen einer seiner vielen Abneigungen, die aber unbestreitbar die stärkste von allen ist: Er erträgt keine Unordnung, und bekanntlich wird das italienische Wort für Bordell, *casino*, heute ja fast nur noch im übertragenen Sinn eben genau für Unordnung gebraucht. Wenn man bedenkt, daß er während des Algerienkriegs beschloß, aus Paris wegzuziehen, weil ihn die damaligen Demonstrationen, die Hupkonzerte, die tumultuöse und vergiftete Atmosphäre anwiderten, und daß er sich als Wohnsitz Turin aussuchte, weil es ihm 1957 wie eine ruhige Provinzstadt vorkam (*»Little«*, sagt der Unglücksrabe heute, *»did I know…«*), so ist es unmöglich, ihn sich in dem Milieu voller Gezänke, hysterischem Kreischen, Eifersuchtsszenen vorzustellen, das für ein volkstümliches Bordell eben typisch ist. Stofflich hat der *Bericht von den Ausgrabungen* daher nichts Autobiographisches, und der »Professor« darin ist keinesfalls Lucentini.

Lassen Sie uns einen kurzen Flashback auf das Jahr 1941/42 machen, als Lucentini im Gefängnis saß. Er ist, wie er heute selbst nostalgisch eingesteht, ein glücklicher Mensch. Endlich allein in seiner engen Zelle, lebt er ein Leben vollkommener, wie für ihn gemachter Regelmäßigkeit von Mondrianscher Rechtecksklarheit, skandiert durch die Mahlzeiten, das Reinemachen, die Hofgänge, das Wandern der Sonnenstrahlen, die schräg durch das Fenster einfallen und je nach Tages- und Jahreszeit fast unmerklich verschiedene Muster zeichnen. Nichts lenkt den zukünftigen Übersetzer Robbe-Grillets von dieser monotonen Kalligraphie ab, von dieser trotz ihrer anscheinenden Kargheit sinnlichen Abstraktheit. Dem folgt ein böses Erwachen. Er wird zu einem Jahr Zwangsaufenthalt verurteilt und freigelassen, da er bereits die Hälfte der Zeit im Gefängnis abgesessen hat, und man steckt ihn nun in die graugrüne Uniform und zwingt ihn, dem Vaterland zu dienen. Jetzt ist er mitten im »casino«, das das Militär ja per definitionem immer schon gewesen ist und ganz besonders in Kriegszeiten. Das erste Durcheinander, das mit Lucentini Franco passiert, ist bürokratischer Natur. Niemand wird auf dem Revier davon in Kenntnis gesetzt, daß es sich um einen Aufwiegler handelt, um einen Defätisten, einen Antiitaliener, und da der blasse Jüngling regulär an der Universität eingeschrieben ist, wird er automatisch für den Offizierslehrgang bestimmt. Der blasse Jüngling ist außer sich vor Scham und Erniedrigung, bereits sieht er sich mit blauer Schärpe, Säbel und einem Offiziersburschen zur Seite; eilends sorgt er dafür, daß die Behörde über seine wenig patriotische Vergangenheit informiert wird, aber in der Zwischenzeit kommt er nicht um mehrere Monate Lehrgang in Caserta, Salerno und Fossano herum. Endlich trifft der Gegenbefehl ein, und Lucentini wird in eine gewöhnliche Kaserne verlegt, wo man dann entdeckt, daß er auch nicht zum einfachen Soldaten berufen ist.

Ich spreche nicht von Verwegenheit, Korpsgeist und Opferbereitschaft, Verachtung der Gefahr und anderen kriegerischen Eigenschaften; solche Probleme hat Lucentini nicht, wie hoffentlich aus dem bis jetzt Erzählten deutlich hervorgeht. Ich spreche von den Kleinigkeiten, aus denen das Leben der Truppe besteht. Auf dieser Ebene erweist sich Lucentini als ein hoffnungslos schlechter Soldat. Er macht alles falsch: Er marschiert nicht im Takt, versteht die Befehle nicht, wacht zu spät auf, vergißt seinen Tornister, schnürt sich die Stiefel falsch, salutiert schlapp, läuft nicht schnell, steht nicht stramm, knöpft sich die Jacke nicht vorschriftsmäßig zu, trifft bei den Schießübungen nie das Ziel. Doch die an alle möglichen

Tolpatschereien gewöhnten Unteroffiziere und Offiziere wollen ihren Augen nicht trauen: Der da ist nicht der übliche Waschlappen oder der übliche Lümmel, der ist mehr und ist weniger, der ist die reinste Strafe Gottes, eine Schande noch für das heruntergekommenste Regiment, ein geistig Behinderter, eine namenlose Plage, ein Schwachkopf jenseits von Gut und Böse. Beleidigungen, Drohungen, Strafen, Ermahnungen, händeringende Bitten erreichen nichts, außer Lucentini das Leben zu einer sich ständig ausdehnenden Hölle zu machen. Nach und nach verliert er auch in bezug auf die einfachsten Dinge seine Zurechnungsfähigkeit, seine persönliche »Ordnung« stößt jeden Tag mehr und immer heftiger mit der Ordnung der militärischen Organisation zusammen.

Eine solche unverbesserliche Unstimmigkeit und die bittere Mischung aus Frustration, Wut, Verlorenheit, die daraus folgt, finden sich in den tragikomischen Beziehungen wieder, die den »Professor« aus dem *Bericht von den Ausgrabungen* mit der Hierarchie des Bordells verbinden, dem er zugeteilt ist. Diese neue Gestalt ist weder heroisch wie in der *Tür* noch verzweifelt wie in den *Unbekannten Gefährten*, sondern auf rührende Weise lächerlich. Der junge Mann spricht in der ersten Person, und Lucentinis radikales stilistisches Reduktionsverfahren stutzt ihm den Wortschatz auf ungefähr dreißig Wörter herunter, die in seinem armen Kopf wie Tischtennisbälle herumspringen; es ist ein von jähen Aussetzern behinderter Kopf, ein verwirrtes, durchlöchertes, lethargisches, taumelndes, zuckendes, unbrauchbares Denken. Und das wird noch dadurch verstärkt, daß darin irgendein Relais absurderweise immer noch funktioniert und bestimmte Verbindungen herstellt, aber immer anläßlich ganz marginaler Einzelheiten (einer Socke, eines Stücks Käse), die deshalb so unpassend und lachhaft hervortreten wie fixe Ideen.

Der »Professor« verdankt seinen Spitznamen diesen vereinzelten Rädchen, die sich noch drehen und groteskes Geschwafel, sabberndes Gejammer, verschrobene Gedankengänge und eigensinnige Spitzfindigkeiten hervorbringen, die sich in den Schwanz beißen. In den russischen Romanen hieß eine solche Gestalt »ein Unschuldiger«; in den nichtrussischen »der Dorftrottel«. Verhöhnt, aber gelitten, wie ein verwirrter, unfähiger, hoffnungsloser Hund behandelt und trotzdem zu kleinen Dienstleistungen gebraucht, mit belanglosen Aufträgen herumgeschickt, lebt der »Professor« im Bordell vor sich hin, wie Lucentini in der Kaserne vor sich hin lebte und mit gesenktem Kopf und ständig von Selbstmitleid zugeschnürter Kehle litt.

Der letztere befreite sich dann aus diesem jämmerlichen Zustand durch ein Mittel, das auf den ersten Blick vielleicht wie ein schlauer Notbehelf aussehen mag, das aber nach meinem Urteil ein leuchtender Gegenbeweis für Lucentinis angebliche Untauglichkeit zum Soldatenhandwerk ist. Als er nach häufigem Angebrülltwerden und etlichen Verweisen auf die Dienstvorschrift schließlich kapiert hatte, daß die ganze Armee darin wetteiferte, in möglichst kurzer Zeit das Gewehr Modell '91 auseinander- und wieder zusammenzubauen, sagte er sich, daß, falls es ihm gelingen sollte, den Rekord bei dieser Pantomime zu senken, ihm seine unmittelbaren Vorgesetzten vielleicht eine kleine Atempause gönnen würden. In den freien Stunden konzentrierte er sich nun mit der ruhigen Umsicht, die er oft bewiesen hat, auf die Lösung des Problems: Er beobachtete tayloristisch die Besten des Regiments in Aktion, zerlegte ihre Bewegungen, berechnete mit der Stoppuhr in der Hand deren Dauer, erstellte eine umfassende Reihe von Notizen und machte sich dann selbst ans Werk. Wie er gehofft (seine Freunde würden sagen: vorausgesehen) hatte, war die offizielle Technik verbesserungsfähig, die Mindestzeit ließ sich herabsetzen. Er erkannte Zehntelsekunden vergeudeter Zeit, überflüssige Handbewegungen, unnötige Verkrampfungen der Finger, und sogar die traditionelle Reihenfolge des Zerlegens und Zusammensetzens der einzelnen Gewehrteile erwies sich als unvernünftig, archaisch, voll alberner Wiederholungen. Er entwickelte eine völlig andere Methode, übte sich unermüdlich darin, und als er sich bereit fühlte, legte er sein As auf den Tisch.

Ein ungläubiger Feldwebel ließ ihn die Prozedur wiederholen. Lucentini wiederholte sie. Die Nachricht, daß ein Soldat von so außerordentlicher Unfähigkeit das '91 in fast der Hälfte der Zeit zerlegen und wieder zusammensetzen konnte, die der nationale Rekord betrug, verbreitete sich wie ein Lauffeuer bis in die höchsten Ränge hinauf und erreichte seinen Oberst. Über Nacht wurde Lucentini zum Stolz des Regiments, der Division, des Armeekorps, wurde im Triumph von Kaserne zu Kaserne geschickt, vorgeführt wie ein wunderbares neues Kanonen- oder Panzermodell. Alle Quälerei hörte auf, es gab auf einmal Sonderurlaube, Vergünstigungen und sogar die Beförderung zum Feldwebel. Ein wirklich umsichtiger und vorurteilsfreier Generalstabschef hätte sich ein solch vielversprechendes Element nicht entgehen lassen, und statt der späten Versetzung zur Verteidigung Catanias (eine ungelegene und untergeordnete Aufgabe, der sich der Rekordmensch des '91 unter dem Vorwand einer Fehlleitung seines Eisenbahnzugs entzog) hätte Lucentini die Gelegenheit gehabt, sein phantasievolles, praktisches Genie auf einer ihm würdigeren Hierarchiestufe anzuwenden.

Doch auch wenn seine strategische und taktische Größe leider zu den großen »Wenns« der Geschichte zählen wird, läßt, so meine ich, die Episode keinen Zweifel an den zutiefst militärischen Zügen von Lucentinis Charakter: Initiative, finstere Entschlossenheit, Zähigkeit, moralische Festigkeit und diese ganz besondere, für den guten Soldaten typische Form von Unbezähmbarkeit, die erst dann herauskommt, wenn alles verloren zu sein scheint.

Auch der »Professor« aus dem *Bericht von den Ausgrabungen* ist in einer hoffnungslosen Lage verstrickt, und auch er rettet sich am Schluß dank seiner grundlegenden Gaben. Tief zu Boden gebeugt, unterdrückt von seiner grausamen Brotgeberin, von Huren, Nonnen, dem Krankenhauspersonal und dessen Besuchern, von Hausfrauen, Zeitungsverkäufern, Ladenbesitzern, Passanten, kurz: praktisch von der ganzen Menschheit, erhält er sich doch ein hartes Körnchen Kampfgeist, verschanzt sich in einem ganz eigenen, winzigen Schützengraben des Widerstands. Er weint, zittert, hat Angst, aber im letzten Augenblick findet er doch noch einen Ausweg, um sich nicht vernichten zu lassen. Statt des Modells '91 zerlegt er die Zeit.

Wer mehr über die lucentinische Zeittheorie und die eng damit verbundene lucentinische Leidenschaft für die Ruinen und antiken Steine Roms erfahren möchte, sollte versuchen, sich das inzwischen seltene Bändchen *L'idraulico non verrà* (*Der Klempner kommt nicht*, Verlag Spagnol, Mailand) zu besorgen, das außer vierzehn von mir verfaßten Gedichten (alle schön!) die ersten dreizehn Stanzen eines Lehrpoems von Lucentini mit dem Titel *Epigrafica e metafisica (Epigraphik und Metaphysik)* enthält. Hier im *Bericht von den Ausgrabungen* wird die Frage nicht direkt behandelt, weil die Glaubwürdigkeit (die der Erzähler Lucentini als Synonym für die Achtung vor dem Leser ansieht) nicht gewahrt wäre: Sein »Professor« *kann einfach nichts* von Lukrez, Laplace oder Heisenbergs Unschärferelation wissen, und wenn der Künstler es nicht für nötig hält oder nicht den Mut hat, sich diese Selbstzensur aufzuerlegen, dann sind die Zeiten reif für eine Zensur von oben.

Gewiß, das ist eine Beschränkung, die Lucentini sehr wenig Raum läßt; aber andererseits wissen wir, daß das Briefmarkenformat ihn dazu anregt, sein Bestes zu geben. Und so erfindet er hier ein wunderbares Imperfekt.

Zu Beginn wirkt es wie eine grammatische Unbeholfenheit, die nur die Funktion hat, realistisch den sozialen Stand des »Professors« anzuzeigen; dann erkennt man, daß es auch dazu dient, seine geistige Unartikuliertheit auszudrücken, den psychischen Nebel, der seine Fähigkeiten beeinträchtigt und der Grund für seinen Leidensweg als nervtötender Tolpatsch ist; dann, wenn die ersten Liebesregungen zwischen ihm und der jungen Frau auftauchen (hauchzarte, vorsichtige, watte- oder schmetterlingsleichte Berührungen), tut dieses Imperfekt noch eine dritte, unsichtbare Arbeit: Es ist so schwammig, ungenau, unbestimmt, daß es die vielen stummen Pausen und das Ungesagte zwischen den beiden rechtfertigt. Die beiden hätten sich freilich eine Unmenge zu sagen, aber sie wissen schon – das haben sie am eigenen Leib erfahren –, daß die Worte betrügen, und sie trauen ihnen nicht mehr. Ihr verängstigtes Idyll wird ganz ohne pseudoklärende Aussprachen auskommen müssen.

An solchen Stellen erinnert das schillernde Imperfekt manchmal an das »phantastische« der Kinder (»Ich war ein Goldsucher, und du warst seine Braut«), manchmal überschneidet es sich mit dem des Traums (»Ich ging mit dir zusammen über einen großen Platz voller Elefanten«). Es ist ein hochkompliziertes und sensibles Instrument, das für das Ohr des feinsinnigen Literaten immer reichere, feiner abgestufte und köstlichere Resonanzen produziert. War das Lucentinis Absicht?

Keineswegs. Lucentini schert sich einen Dreck um den feinsinnigen Literaten. Als der »Professor« den Auftrag bekommt, eine Hure zur Arbeit in der Nähe der Hadriansvilla zu begleiten, kauft er, um sich die Zeit zu vertreiben, am Eingang einen kleinen Führer über diese Ruinen und besichtigt nach dessen Angaben Mauern, Bögen, Säulengänge, Stummel von Tempeln und Theatern. Doch recht bald muß er feststellen, daß der Führer (er nennt ihn »das Büchlein«) nichts mit Bestimmtheit zu sagen weiß. Die Hadriansvilla ist ein Labyrinth von Zuschreibungen, ein Rätsel, ein Traum, eine reine Vermutung aus Steinen, Marmorblöcken, Ziegeln, Jahrhunderten; Gelehrte und Historiker bewegen sich zwischen diesen Ausgrabungen mit der gleichen schwankenden Unsicherheit, mit der er durch das Leben geht, sie irren sich, sie widersprechen sich, sie lassen sich verwirren wie er. Wer weiß, was das war, sagen auch sie immer wieder, und der »Professor« entdeckt, daß sein Imperfekt, das eines halben Analphabeten, in Wirklichkeit der Schlüssel, das Gesetz des Universums ist, eine abgrundtiefe Zeitform, die alle anderen in ihr inneres Fließen hineinsaugt. Man weiß nichts mit

Sicherheit, man kann nichts wissen. Der Turm war vielleicht ein Turm, die Straßenbahn ist denkbar, die Schafe sind zweifelhaft, die Weintrauben sind nur eine Annahme, der Sonntag ist fraglich, die Vergangenheit, die Gegenwart, die Zukunft sind nicht beweisbar, das Leben ist ein riesiger, verschwommener Strom, von dem man nicht einmal weiß, in welche Richtung er fließt, wenn er überhaupt fließt. Es ist eine grenzenlose Unordnung, ein unendliches, metaphysisches »casino«.

Aber wenn es so um die Dinge steht, wenn die Angelegenheit von solcher Größenordnung ist, dann kann man es am Ende doch akzeptieren, das Leben, kann es wenigstens versuchen. Und die beiden jungen Leute machen sich, wie in Lucentinis Lieblingsfilmen, Hand in Hand auf den Weg zu ihrem briefmarkengroßen Glück.

Man muß schon sehr, aber wirklich sehr pessimistisch sein, um sich von der Konvention des nichtglücklichen Endes zu befreien, und wir alle, die ihn kennen, können dafür bürgen, daß Lucentini sich sein glückliches Ende verdient hat und es sich jede Minute jeden Tages verdient (und auch, Gott möge ihm verzeihen, dafür sorgt, daß wir es uns verdienen). Ich könnte allein über dieses Thema ein ganzes Buch schreiben; und ein anderes über Lucentini und die Steuern; und noch eins über Lucentini und die Reisen, und die Versteigerungen und die Museen, und die periodische Neuordnung seines Papierkrams und so weiter. Das habe ich dieser Tage zu Pietro Citati gesagt, als ich ihm meine Schwierigkeiten und Zweifel als Biograph anvertraute, der gezwungen ist, auf tausend kleine Einblicke, Hinweise, Besonderheiten zu verzichten, und ganze Jahre, ja, Jahrzehnte bei diesem unzulänglichen Porträt weglassen muß. Pietro hat mir aufmerksam zugehört und mich dann gefragt: »Wieviel hast du schon geschrieben?«

»Dreißig Seiten.«

»Dann hör da auf. Das ist die Länge der *Parallelbiographien* von Plutarch.«

Juli 1973

Inhalt

PIPER

Giuseppe Tomasi di Lampedusa
Der Gattopardo

Roman. Neuausgabe. Herausgegeben und mit einem Nachwort von *Giocchino Lanza Tomasi. Aus dem Italienischen und mit einem Glossar von Giò Waeckerlin Induni. 367 Seiten. Gebunden*

»Il Gattopardo«, der berühmteste Sizilienroman der Weltliteratur und einzige Roman des Fürsten Lampedusa, eine glühende Hommage an das alte Europa: Von seiner eigenen Familiengeschichte inspiriert, schuf Lampedusa diesen literarischen Meilenstein um Glanz und Untergang eines Adelsgeschlechts im 19. Jahrhundert. Nach dem Tod des Autors von Giorgio Bassani entdeckt, erschien das Manuskript 1958 bei Feltrinelli und wurde bald rund um die Welt als Sensation gefeiert – wiewohl von Lampedusas Witwe um einige vermeintlich kompromittierende Passagen gekürzt. Bis heute zählt »Der Leopard« zu den wichtigsten und erfolgreichsten Büchern des Piper Verlags, die Verfilmung von Luchino Visconti zu den schönsten Kinoerlebnissen. Jetzt liegt erstmals seit fast 50 Jahren der vollständige Text vor – von Lampedusas Erben freigegeben und zum Piper-Jubiläum originalgetreu neu übersetzt.

01/1353/01/R

PIPER

Sándor Márai

Die Nacht vor der Scheidung

Roman. Aus dem Ungarischen von Margit Ban. 220 Seiten. Gebunden

»Die Verhandlung kann nicht stattfinden, weil ich heute meine Frau getötet habe. Und ich bin gekommen, weil ich dir alles erzählen will.« – Mit dieser verzweifelten Eröffnung beginnt das nächtliche Gespräch zwischen dem Richter und seinem späten Gast. Erschöpft ist Christoph Kömüves mit seiner Frau von einer Gesellschaft heimgekehrt. Und als sei die tiefe Unruhe, die an diesem Abend auf ihm lastet, nur eine unerklärliche Vorahnung gewesen, erhält er überraschend Besuch von einem Gefährten aus Jugendzeiten: Imre Greiner, dessen Ehe mit der schönen, verwöhnten Anna Fazebas er am folgenden Morgen würde lösen müssen, bittet ihn zu sprechen. Kömüves ist dem Freund seit Jahren nicht mehr begegnet. Doch der angesehene Arzt kommt ohne Umschweife zur Sache, und er sucht Antwort auf eine Frage, die nur der Richter ihm geben kann.

»Ein genialer Erzähler, in dem der Reichtum der k.u.k.-Monarchie noch einmal zum Leben erwacht.«
Die Zeit

01/1336/01/R